인피니트 덴드로그램

1. 가능성의 시작

카이도 사콘 지음
타이키 일러스트
천선필 옮김

슈우

슈우 스탈링
무쿠도리 슈이치

레이를 게임으로 끌어들인 장본인이며 레이의 실제 형. 인형 옷을 입고 있는 이유는 현실 얼굴 그대로 캐릭터를 만들어버렸기 때문.

릴리아나

릴리아나 그란드리아

레이가 처음 만난 티안 (NPC). 그녀의 여동생이 행방불명된 사건으로 인해 레이의 첫 퀘스트가 시작되었다. 근위기사단 부단장이며 국내에서 인기가 많다.

바빌론

바빌론

루크의 엠브리오. 천진난만하고 애교가 넘치는 음마지만 루크가 미성년자이기 때문에 제한이 걸려있어 유혹 방법이 어깨두드리기나 무릎베개 같은 훈훈한 것이 한계다.

레이
레이 스탈링
무쿠도리 레이지

대학 입학시험이 끝나 초보 플레이어로서 〈Infinite Dendrogram〉에 발을 내딛은 청년. 기본적으로는 순하지만 양보할 수 없는 것을 위해서는 몇 번이든 맞서는 강한 의지를 지니고 있다.

루크
루크 홈즈

레이가 필드를 산책하다가 만난 초보 소년. 절세의 미소년이며 현실과 아바타는 차이가 별로 나지 않는 것 같다. 직업은 [포주]로 테이밍 몬스터를 사용하여 싸운다.

네메시스
네메시스

레이의 엠브리오로 나타난 소녀. 무기 형태로 변화할 수 있으며 제1단계로서 대검으로 변화한다. 식탐이 좀 있다.

『《카운터…… 앱솝션》!』

네메시스가 전개한 빛의 벽이

아슬아슬하게 나와 〔갈드랜더〕의

주먹 사이에 끼어

그 대미지를 경감시켰다.

인피니트 덴드로그램

1.가능성의 시작

카이도 사콘 지음
타이키 일러스트
천선필 옮김

커버 그림, 본문 일러스트 | **타이키**

Contents

2043년 7월 15일. '무한의 계통수'라는 이름의 VRMMO 〈Infinite Dendrogram〉이 세계 각 국에서 동시에 발매되었다.

사람들이 VRMMO——버추얼 리얼리티 매시블리 멀티플레이어 온라인 게임을 꿈꾼 기간은 반세기에 가까웠다.

2000년대의 VRMMO라는 소재는 만화나 애니메이션, 그리고 게임 등의 매체를 통해 '꿈의 게임'으로 다루어지기 시작했다.

VRMMMO는 많은 창작물 중에서도 큰 기대를 받으며 발전하였고, 나아가서는 오감 전부를 한꺼번에 게임 세계로 집어넣는 완전 다이브형 VRMMO도 2030년대부터 적게나마 발매되었다. 수가 적은 것은 개발 난이도가 높다는 것과 막대한 개발비가 들어간다는 이유 때문에 선진 기술력과 자금력이 있는 제작사에서만 손을 댈 수 있었기 때문이다. 손을 대더라도 완성에 이르지 못한 경우도 많았다.

하지만 완성되어 세상에 나온 몇 개 안 되는 게임들도…… 곧바로 실망을 안겨주었다.

창작물 등에서 계속 묘사되었던 VRMMO와는 달리 리얼리티가 떨어지는데다 오감은 위화감에 시달렸고, 그래픽도 기존의 게임기와 별다른 차이가 없었다.

그리고 안전, 안심 설계를 보증하면서도 건강을 해쳐 병원으로 실려 오는 피해자가 속출했다.

초기 다이브형 VRMMO는 매출과 평판, 그리고 건강 피해자와의 소송에서도 패하여 개발회사는 도산했다.

이 게임에 대해 당시의 어떤 리뷰어는 작품의 감상으로 다음과 같은 말을 했다.

『꿈의 게임』을 만들 수는 있었지만『꿈』을 만들 수는 없었다'라고.

그 이후로도 다이브형 VRMMO가 개발되긴 했지만 성공했다고 할 만한 게임은 하나도 만들어지지 않았다.

〈Infinite Dendrogram〉이 발매되기 전까지는.

◇

〈Infinite Dendrogram〉은 발매되기 전까지 부자연스러울 정도로 정보가 나돌지 않았다.

비밀리에 맞이한 발매일에 전 세계의 미디어와 네트워크에 동시 발매했다는 정보뿐.

〈Infinite Dendrogram〉의 제작자는 그 발표에서 세일즈 포인트로 다음과 같은 네 가지 요소를 제시했다.

하나, 오감을 완벽하게 재현한다.

둘, 단일 서버로 몇 억명이라도 모든 플레이어가 같은 세계에서 플레이할 수 있다.

셋, 실사, 3D CG, 2D 애니메이션 중에서 어떤 시점으로 세계를 볼지 선택할 수 있다.

넷, 게임 내에서는 현실보다 시간이 세 배 빠르게 흐른다.

이 발표에 대해 전 세계에서는 '정말로 실현 가능한가?', '얼마나 많은 예산과 기술을 사용해서 실현시킨 것인가', '과장광고라고 해도 너무 지나치지 않은가?'라는 목소리가 넘쳐났다.

충격적인 발표이기도 했지만 내용이 너무나도 황당무계했기 때문이다.

원래 게임을 즐기지 않는 사람들까지 포함하여 발표를 본 사람들 중 99.9998퍼센트는 믿지 않았고, 게임을 사려 하지 않았다.

하지만 남은 0.0002퍼센트인 사람들은 '거짓말 같긴 하지만 사실이라면……', '시험해보자', '나는 믿는다'라고 하며 가게로 가서 구입했다.

전용 하드웨어의 가격이 일본 화폐로 만 엔 정도, 파격을 뛰어넘어 무모하다고밖에 할 수 없는 가격 설정에 힘입어 그들은 '뭐, 거짓말이라도 만 엔이니까'라고 하며 게임을 구입한 뒤 플레이했다.

그리고 로그인한 그들은…… 그것이 진짜라는 것을 알게 되었다.

리얼리티에 멍해졌고, 로그아웃한 뒤 시계를 보고 경악했다.

그들이 꾼 모든 꿈이 진실이었고── '꿈의 게임'은 현실이 되었다.

발매일 다음 날, 전 세계 사람들이 플레이한 사람들의 입소문으로 인해 떠들썩해진 와중에 이번에는 제작사에서 게임 내용에 대해 발표를 가졌다.

발표 진행자였던 남자, 〈Infinite Dendrogram〉의 개발책임자라는 루이즈 캐럴 씨는 중계 화면 너머에서 이렇게 말했다.

"〈Infinite Dendrogram〉 게임 시스템에는 어떤 특징이 있습니다."

"수천 개가 넘는 직업의 조합이나 스킬 구성보다 명확한 온리 원."

"진정한 의미로 무한의 가능성과 온리 원을 제공하는 것——〈엠브리오〉입니다."

"〈엠브리오〉는 여러분 개개인에 반응하여 무한한 패턴으로 진화합니다."

"색만 다르거나 파츠만 다른 것이 아니라 고유 스킬까지 포함하여 진정한 의미로 무한한 패턴으로."

"그것이야말로—— 〈Infinite Dendrogram〉입니다."

"그렇습니다, 〈Infinite Dendrogram〉은 신세계와 당신만의 가능성[온리 원]을 제공해드립니다."

그 말은 〈Infinite Dendrogram〉이 일대 붐을 일으키게 되는 최후의 계기가 되었다.

◇ ◇ ◇

□2045년 3월 16일 무쿠도리 레이지

나, 무쿠도리 레이지는 게임 패키지를 앞에 두고 긴장한 표정으로 정좌하고 있었다.

내가 생각하기에도 오버하는 것 같긴 했지만 1년 반 만에 드디어 〈Infinite Dendrogram〉을 플레이할 수 있게 되었으니 긴장될 만도 하다.

"긴 여정이었지."

고등학교 2학년 여름, '지금부터는 수능 공부만 열심히 하자'라고 기합을 넣자마자 발표, 발매된 이 게임.

당시에 고등학교 2, 3학년이었던 게이머 학생들은 나처럼 절망했을 것이다.

어째서 수능 시즌에 이렇게 재미있을 것 같은 게임이 나오는 거냐고.

하지만 지금, 도쿄의 대학에 무사히 합격하여 대학 입학을 계기로 자취도 시작했다. 이사는 어제 끝났고, 도와주신 부모님도 집으로 돌아가셨다.

지금이라면 마음껏 게임을 할 수 있어!

오늘 아침, 게임 샵이 문을 열자마자 가서 〈Infinite Dendrogram〉을 구입했다.

발매일로부터 반년 동안은 물량이 별로 없었던 모양이지만 1년

반이나 지난 지금은 별문제 없이 살 수 있었다.

여담이지만 우리 형은 발매일에 구매했다. 1년 반 동안 '얼른 같이 덴드로 하자'라고 전화를 거는 형이 원망스럽기도 하고 부럽기도 하고……

하지만 그런 아픔도 오늘까지다!

"……간다!"

마음을 굳게 먹고 패키지를 열었다.

박스 안에서 나타난 것은 헬멧 형태의 게임기와 설명서였다.

설명서에 따르면 헬멧을 쓰고 스위치를 켜면 게임 세계로 들어갈 수 있는 모양이었다. 그 밖에도 영상이나 시간에 대한 설명이 있었는데, 그저 대단하다는 말만 나왔다.

정말 어떻게 하면 이런 게임을 만들 수 있는 걸까. 현재 기술 수준보다 10~20년 정도 앞서가는 기술인 것 같다.

그래도 겁을 먹고 있을 수는 없다.

나는 설명서에 나와 있는 대로 헬멧을 머리에 장착하고, 설명서에서 추천한 대로 침대 위에 누워서…… 게임 스위치를 켰다.

그 순간, 시야가 어두워졌다.

◇

"네~ 잘 와주셨습니다~."

정신을 차리고 보니 나는 내 방이 아닌 공간—— 목조 저택 서재를 방불케 하는 방에 있었다.

눈앞에는 낯선 고양이가 고급스러워 보이는 목제 흔들의자에 앉아서 내게 말을 걸고 있었다.

……고양이?

"실례합니다."

당황스럽긴 했지만 우선 인사를 해보았다.

"응, 좋은데~. 예의바른 사람은 좋아해~."

고양이는 유창하게, 그러면서도 말끝이 늘어지는 우리말로 말하고 있었다.

"여기는 게임 튜토리얼 같은 거야?"

"맞아~. 여기에서 여러 가지 설정을 한 뒤에 들어가는 거야~. 아, 나는 〈Infinite Dendrogram〉의 관리 AI 13호인 체셔니까~. 잘 부탁해~."

관리 AI…… 그렇군, 그래서 애매하게 대답하는 거구나.

관리 AI는 요즘 사용되고 있는 슈퍼컴퓨터를 그대로 뇌로 이용하는 인조 전뇌지성이다. 주 용도는 그 이름대로 관리이며, 한 대 있으면 작은 나라의 데이터베이스나 네트워크를 고속화와 완벽하게 관리할 수 있다고 한다. 13호라는 걸 보니 그 밖에도 비슷한 수준의 관리 AI가 12대나 이 게임 관리를 맡고 있을 것이다.

"잘 부탁해."

"네~. 우선은 묘사 선택이야~. 샘플 영상이 전환될 테니까 뭐가 좋을지 골라~."

고양이…… 체셔가 그렇게 말하자 주위의 풍경이 변했다.

서재에서 넓은 공간…… 왠지 중세 유럽 같은 거리로 변했다. 그곳에는 많은 사람들이 돌아다니고 있었는데 일정 주기로 모습이 전환되고 있었다.

아니, 모습이 아니라 보여주는 방식이 전환되고 있다 해야 하나. 현실에서 볼 수 있을 법한 모습에서 CG로, CG에서 애니메이션으로, 다시 현실로.

"……아니, 이건 어떻게 한 거야?"

"시각으로 포착한 영상은 결국 뇌의 처리를 통하게 되니, 다 하는 방법이 있어~. 이런 느낌으로 보여주는 방식을 바꿀 수 있는데 뭘로 할래~? 나중에 아이템을 사용하면 변경할 수도 있어~."

"있는 그대로."

게임에 익숙해질 때까지는 평소처럼 보는 게 나을 것 같아서 그렇게 했다.

애니메이션처럼 보이는데 촉각이 있다면, 무슨 느낌이 드는지 신경 쓰이긴 했지만.

"오케이~."

그 말과 함께 경치가 다시 원래 있던 서재로 돌아왔다.

"다음은 플레이어 네임을 설정해줘야겠어~. 게임 안의 이름을 뭘로 할래~?"

"레이 스탈링으로."

이건 내가 예전부터 게임에서 자주 쓰고 있는 이름이다. 그냥 성인 무쿠도리(찌르레기)를 영어로 바꾸고 이름을 약간 손댄 것뿐이지만.

"그러면 그렇게 할게~. 다음, 외모를 설정해줘~."

체셔가 그렇게 말하자 눈앞에 밋밋한 마네킹과 수많은 화면이 떴다. 화면 안에는 '신장', '체중', '가슴둘레' 등의 단어와 함께 늘어선 슬라이더, 눈금이 떠 있었다.

"이건……."

"거기 있는 파츠와 슬라이더를 사용해서 자신의 게임 내 아바타를 만들어줘~. 아, 나처럼 동물 형태로 만들 수도 있고 성별도 바꿀 수 있어~."

아니, 이렇게 리얼한 게임에서 성별을 바꾸는 건 좀…….

"천천히 고민해도 돼~. 이쪽에서는 현실보다 시간이 세 배나 있으니까~. ……아, 그러고 보니 전에 로그인하고 로그아웃을 반복하면서 지구 시간으로 한 달에 걸쳐서 만든 사람도 있었지……."

엄청난 노력과 집중력이다. 나는 그렇게까지는 못할 것 같다.

이 슬라이더와 파츠 숫자도 그렇고, 설정할 수 있는 수치가 너무 세세하다. 진짜 사람 얼굴을 만들라고 하는 거나 마찬가지다. 초보에게는 너무 어렵다.

……그렇다면.

"현실 모습을 기반으로 좀 손댈 수도 있어?"

"할 수 있어~."

체셔는 꼬리를 살랑살랑 흔들었다.

그러자 마네킹이었던 것이 나와 똑같게 변했다.

"이제 그걸 기반으로 손대면 오케이~."

"고마워."

이렇게 되니 그럭저럭 간단했다. 머리카락을 금발로 바꾸고, 다른 설정은 그대로 둔 뒤 이목구비의 기반인 인종을 바꾸어보았다.

작업 도중에 '내 얼굴을 애니메이션이나 CG로 만들면 어떻게 될까?'라는 의문이 들었다. 변경하지 않고 로그인하면 알 수 있겠지만…… 아무리 그래도 온라인에서 쌩얼 플레이를 할 수는 없지.

그렇게 30분 정도 걸려서 내 캐릭터 모델링이 끝났다.

"완성."

"오케이~. 그러면 다른 일반 지급 아이템도 줘버릴게~."

체셔가 하늘로 육구가 달린 손을 흔들자 아무것도 없는 공간에서 가방이 하나 떨어졌다.

"이게 레이의 수납 가방, 이른바 아이템 박스야~. 내부는 수납용 이차원 공간이니까~. 레이의 소지품이라면 들어가지만~, 반대로 말하자면 레이의 물건 이외에는 안 들어가니까~."

"그렇구나."

편리한 가방이지만 범죄에는 쓸 수 없다는 말이겠지.

"뭐~, PK한 상대방이 드랍한 물건이나 《절도》 스킬로 훔친 물건은 들어가지만 말이야~."

"…………."

뭐라고 해야 할까.

"참고로 말이야~.《절도》스킬의 레벨이 높은 사람은 이 4차원 ○머니 같은 아이템 박스 안에서도 훔칠 수 있으니까~. 조심해~."

4차원 공간까지 대응할 수 있는 도둑을 상대로 뭘 조심하라는 거야.

"그 가방은 초보용이고 그 밖에도 여러 종류가 있으니까~. 훔치기 힘들다거나 작은 것, 용량이 큰 거라든지~."

"참고로 이거 용량은?"

"사이즈는 교실 하나 크기 정도려나~. 무게는 지구 단위로 환산하면 1톤 정도?"

"꽤 많이 들어가는구나. 충분해."

"상인을 하게 되면 부족한 모양인데 말이야~. 그런 사람은 다른 걸로 사서 바꾸려나~. 아, 아이템 박스는 부서지면 안에 들어 있던 것들이 튀어나오니까 내구도에 신경 써~."

"신경 쓸게."

"다음은 초보 장비 세트구나~. 레이는 어떤 걸로 할래~?"

체셔는 책장에서 꺼낸 카탈로그를 내게 보여주었다.

거기에는 여러 가지 무구가 세트로 나왔다. 전통 장비, 서양 장비는 물론 중화나 인도, 중동이나 남미의 역사적인 의상 같은 것, 반대로 SF 영화 같은 의상도 있었다.

"그러면 이걸로."

선택한 것은 속옷과 재킷, 바지, 반다나 조합이었다. 왠지 전세기의 명작 게임 주인공과 비슷한 모습이었다. 시대에 좀 뒤

처지기는 했지만 형의 영향으로 고전 게임도 했던 내 취향에 딱 들어맞는다.

"오케이~. 그러면 초기 무기는 어떤 걸로 할래~?"

카탈로그의 다른 페이지를 펼쳤다. 목도나 날이 뭉툭한 가검, 나이프, 활, 새총, 지팡이, 그 밖에도 여러 가지 무기가 나왔다. 이건 의상에 맞추자.

"나이프로."

"오케이~. 그러면 장비와 무기를…… 이얍~."

기합이 들어간 건지 아닌 건지 잘 알 수 없는 체셔의 목소리와 함께 내 모습이 변했다.

방금 전에 선택했던 의상으로 바뀌었고, 허리에 찬 벨트에는 나이프가 달려 있었다. 무엇보다 외모도 방금 전에 내가 만든 아바타로 변한 상태였다.

"오, 대단한데."

체셔가 준비해준 전신 거울을 보자 꽤 어울렸다.

"그래, 그래. 이건 첫 노잣돈이야~."

체셔는 내게 동전 다섯 개를 건넸다. 보아하니 은화 같아 보였다.

"은화 다섯 닢, 5000릴이야~. 참고로 주먹밥 하나가 10릴 정도고~."

그렇다면 1릴은 약 10엔 정도인가. 그렇다면 5000릴은 꽤 큰 돈이다.

"처음부터 이렇게 많이 줘도 되는 거야?"

"응, 그 돈이 없어지기 전에 돈을 벌 수 있게 되어야 해~."

앞으로는 받을 수 없다면 계획적으로 써야겠지.

"자, 이제 드디어 〈엠브리오〉를 이식할 거야~."

"오, 그 유명한 거."

〈엠브리오〉. 그것은 〈Infinite Dendrogram〉의 가장 큰 특징이라고 들었다. 플레이어에 따라 진정한 의미로 천차만별하게 변하는 온리 원. 아이템이나 장비라는 틀을 뛰어넘은 파트너.

이미 플레이하고 있던 형은 '만약 이렇게까지 퀄리티가 좋은 다이브형 VRMMO가 아니라 그냥 MMO였다고 해도 〈엠브리오〉가 있었다면 히트했겠지'라고 했다.

"〈엠브리오〉에 대한 설명이 필요해~?"

"모처럼 해준다니 들어볼까."

고유 시스템에 대한 튜토리얼은 들어두는 것이 정답일 것 같고.

"오케이~. 엠브리오는 모든 플레이어가 시작할 때 받게 되는데, 같은 형태인 건 최초의 제0형태뿐이야~. 제1형태 이후는 소유자에 맞춰서 전혀 다른 변화를 하게 돼~."

"오호."

역시 게이머로서 온리 원, 유니크 요소라는 단어는 끌리는 구석이 있다.

"천차만별이긴 하지만 일단 카테고리는 있어~."

"아, 그건 몰랐는데."

사전 정보는 최대한 차단하고 있었으니까.

알게 되면 하고 싶어지는 마음을 억누를 수가 없어져 수능을 내팽개쳐버릴 것 같았으니까.

형에게서도 '재미있어'라는 정보만 들었다. 혹시 형도 내가 수능을 내팽개쳐버릴지도 모른다고 걱정해서 구체적으로 말하지 않은 걸까……

"큼직한 카테고리로 말하자면~.

플레이어가 장비하는 무기나 방어구, 도구 형태인 TYPE : 암즈

플레이어를 호위하는 몬스터 형태인 TYPE : 가드너

플레이어가 탑승하는 탈것 형태인 TYPE : 채리엇

플레이어가 거주할 수 있는 건물 형태인 TYPE : 캐슬

플레이어가 전개하는 결계 형태인 TYPE : 테리터리

려나~."

"오호."

벌써부터 내 〈엠브리오〉는 뭐가 될지 궁금해서 두근거린다.

"참고로 이러한 카테고리 이외에도 레어 카테고리나 〈엠브리오〉가 진화하면 될 수 있는 상위 카테고리가 있으니까~. 온리 원 카테고리도 있고~. 될 수 있으면 좋겠네~."

"그런 것도 있구나. 그런데 그러면 레어 카테고리가 될 때까지 캐릭터를 다시 만드는 사람도 있을 것 같은데."

"아~. 이 게임, 캐릭터를 다시 만드는 건 불가능하거든~."

"어?"

"그리고 하드웨어를 하나 더 사서 시작하더라도 그 사람은 첫 번째 캐릭터하고 같은 캐릭터로 로그인하게 되고 〈엠브리오〉도 그대로야~. 이쪽에 유저의 뇌파 데이터가 등록되어 있으니까~."

"⋯⋯⋯⋯."

뇌파 데이터의 등록. 응, 그건 좀 무섭다.

"만약에 리셋할 수 있더라도 결국에는 그 사람에 맞추게 되니까~. 같은 〈엠브리오〉가 될 거야~."

그런 건가.

"그래서~. 이야기하는 동안 〈엠브리오〉 이식 완료야~."

"어? ⋯⋯아."

정신을 차리고 보니 내 왼쪽 손등에 옅게 빛나는 알 형태의 보석이 박혀 있었다.

"그게 〈엠브리오〉야~ 제0형태는 왼손에 달라붙어 있지만 부화해서 제1형태가 되면 빠질 테니까~."

다시 말해 지금은 알을 품고 있는 거나 마찬가지인 건가⋯⋯.

"참고로 이거, 알인 상태로 부서지거나 하진 않아?"

"그러진 않아~ 제0형태에서 〈엠브리오〉에 가해지는 대미지는 전부 플레이어에게 가니까~."

아, 그렇구나. 플레이어가 죽더라도 〈엠브리오〉는 무사하다는 거네.

"부화한 뒤인 제1형태부터는 그냥 상처를 입거나 부서지곤 하지만 말이야~. 그렇게 되더라도 시간이 지나면 자기 수복을 하는데~."

왠지 생물 같다.

"참고로 알이 붙어 있는 곳은 제1형태가 되면 문장을 문신처럼 새긴 모양이 돼~. 그게 이 세계에서의 플레이어 증명서 같은 거니까~. 그렇지 않으면 NPC하고 구별이 안 되거든~."

"오호."

아니, 아무리 그래도 인간하고 NPC를 착각……하려나?

"그리고 문장에는 〈엠브리오〉를 수납할 수 있는 효과도 있어~. 볼일이 없을 때는 왼손에 넣어두는 거야~. 이 게임을 플레이하는 동안에는 계속 함께니까~. 소중하게 여겨줘요~."

"그래."

아직 내 〈엠브리오〉가 어떤 식으로 진화할지는 모르겠지만…… 뭐, 결국에는 개인에 따라 다르다니 어떻게든 되겠지.

"잘 부탁한다, 파트너."

물론 〈엠브리오〉의 대답은 없었지만 왠지 빛난 것 같은 느낌이 들었다.

"그러면 마지막으로 소속될 나라를 골라주세요~."

체셔는 서재의 책상 위에 지도를 펼쳤다.

그것은 낡은 두루마리형 지도였고, 다 펼치자 지도 위의 일곱 군데에서 빛기둥이 솟구쳐 그 기둥 안에 거리 모습을 비추고 있었다.

"이 빛기둥이 솟구치고 있는 나라가 초기에 소속될 수 있는 나라~. 기둥에 보이는 건 각 나라의 수도 모습입니다~."

일곱 개의 빛기둥 주위에는 나라의 이름이나 설명이 빛의 글자로 떠 있었다.

하얀 벽이 있는 성을 중심으로 성벽으로 둘러싸여 있어 그야말로 서양 판타지 같은 거리.

기사의 나라 '알터 왕국'.

벚꽃이 휘날리고 목조 건물이 늘어서 있는 곳. 그리고 거리를 내려다보는 전통 성곽.

칼날의 나라 '천지'.

그윽한 분위기를 풍기는 산들과 유구한 시간동안 흘러가는 큰 강의 사이.

무선(武仙)의 나라 '황하 제국'.

수많은 공장에서 피어오르는 까만 연기가 구름이 되어 하늘을 뒤덮고, 땅은 근대적인 철의 도시.

기계의 나라 '드라이프 황국'.

끝없이 펼쳐진 사막으로 둘러싸인 거대한 오아시스에 늘어선 야외 시장.

상업도시군 '카르디나'.

넓은 바다 한가운데에 거대한 배들이 무수히 연결되어 생겨난 인조 대지.

해상국가 '그란바로아'.

깊은 숲속, 세계수 아래에 만들어진 엘프와 요정, 아인들이 거주하는 비경의 화원.

요정향 '레전더리아'.

"오오……."

보고 있자니 전부 다 가보고 싶다. 천지는 아즈치 모모야마 시대 같은 분위기고, 황하는 중화 판타지 느낌이 나고, 드라이프는 로봇 같은 게 있을 것 같고, 카르디나의 야외 시장은 돌아다니기만 해도 관광하는 기분이 들 것 같고, 그란바로아도 바다가 부른다는 남자의 로망 같은 느낌이고, 레전더리아는 생각할 필요조차 없다.

하지만…….

"알터 왕국으로."

"오케이~. 참고로 그냥 앙케이트 같은 건데 고른 이유는~?"

"형이 기다리고 있어서……."

"아, 그렇구나……."

게임을 산 직후에 가게 앞에서 형에게 전화하니 '그러면 알터 왕국의 왕도에서 기다릴게'라고 했다.

……응, 기다리고 있으니 어쩔 수 없지.

아니, 그 형은 왜 알터 왕국을 고른 걸까. 분명 로봇이나 전함 같은 걸 좋아했을 텐데 왜 드라이프 황국이나 그란바로아를 고르지 않은 거지?

뭐, 그건 본인에게 물어볼 수밖에 없지.

"나중에 소속국가를 변경할 수 있는 이벤트도 있으니까 너무 실망하지 마~."

"응, 고마워……."

마음을 다잡자. 알터 왕국도 평범해 보이지만 좋은 나라일지도 모른다.

"그러면 알터 왕국의 왕도 알테어로 보내줄게~."

"아, 잠깐만. 이 게임은 뭘 목적으로 삼으면 되는 거야?"

어렸을 때 즐겼던 게임에서는 온라인 게임이라도 사신이나 마왕을 쓰러뜨리는 것이 설정상의 목적이었다.

이 게임도 그런 걸까 해서 체셔에게 물어보니……

"뭐든지~."

라고 대답했다.

"뭐든지라고?"

"그러니까 뭐든지~ 영웅이 되거나 마왕이 되거나, 왕이 되거나 노예가 되거나, 선인이 되거나 악인이 되거나, 뭘 하거나 아무것도 하지 않거나, 〈Infinite Dendrogram〉에 있거나 〈Infinite Dendrogram〉을 떠나거나, 뭐든지 자유야. 할 수만 있다면 뭘 하든 좋아."

체셔의 말투가 변했다.

"네 왼손에 있는 〈엠브리오〉와 마찬가지. 지금부터 시작되는 것은 무한한 가능성."

늘어지는 말투에서 시를 읊는 듯한 말투로.

"〈Infinite Dendrogram〉에 온 것을 환영해. '우리들'은 네 방문을 환영한다."

그 말을 들은 직후, 주위에서 서재가 사라졌다.

책상, 책장, 체셔도 사라지고 나는 하늘에 떠 있었다.

"어?"

아래쪽에는 눈에 익은 세계의 형태.

방금 전까지 보고 있었던 지도와 똑같은 형태의 대륙을 내려다보고 있었다.

이윽고 내 몸은 빨려 들어가는 것처럼 대륙의 한 곳, 내가 선택한 알터 왕국을 향해── 고속으로 낙하하기 시작했다.

이렇게 나는 〈Infinite Dendrogram〉의 세계로 발을 내디뎠다.

◇ ◇ ◇

□알터 왕국 · 왕도 알테어 남문 앞 레이 스탈링

"죽는 줄 알았네……."

갑자기 하늘 위에서 떨어진 나는 쿵쿵 뛰는 심장을 가라앉히기 위해 숨을 거칠게 쉬고 있었다.

그 낙하의 느낌이 아직 남아 있다.

선명하면서도 고속으로 바뀌는 시야. 나 자신이 낙하할 때 난 공기와의 마찰음. 직접 느낀 상공의 차가운 공기. 맡아본 적이 없는 바람의 냄새. 부자연스럽게도 아무 일 없이 착지하고 나서…… 당황하며 넘어진 뒤에 맛본 흙의 맛.

통각은 초기 설정으로 꺼져 있어서 느껴지지 않았지만 다른 오감 전부를 통해 이 세계가 현실과 똑같다는 것을 느끼고 있었다.

"이건…… 진짜다."

진짜 다이브형 VRMMO…… 꿈의 게임이 현실이 되었다는 것을 실감했다.

연출이라고 해도 스릴이 지나치긴 했지만 어쨌든 나는 〈Infinite Dendrogram〉의 세계에 돌입하게 되었다.

문득 주위를 둘러보니 내 뒤에는 거대한 문이 있었다. 문은 올려다봐야 할 정도로 커다랗고 하얀 성벽으로 연결되어 있었다. 그리고 문을 지키고 있는 것은 서양식 갑옷을 입은 병사들이었다.

저 문은 체셔의 방에서 본 경치 안에도 있었기에 이곳이 알터 왕국의 왕도 알테어인 것은 틀림없는 것 같았다.

거리로 이어지는 문은 열려 있었고, 아까부터 계속 마차와 사람들이 바깥에서 안으로, 안에서 바깥으로 오가고 있었다. 보아하니 그냥 드나들 수 있는 것 같았다.

처음이라서 조심조심——굳이 말하자면 수상쩍은 사람처럼——문을 지나자 당연하게도 거리 안으로 들어갈 수가 있었다.

"좋았어."

알터 왕국의 왕도 알테어에서는 드나들 때 심사 같은 것을 하지 않는 모양이었다. 무사히 거리로 들어올 수 있었으니 이제 형하고 만나기로 한 장소로 가기만 하면 된다.

"분명 왕도 중앙 거리에 있는 대분수였나. 입구에서 들어와서 쭉 가기만 하면 도착할 수 있다고 했는데…… 음, 혹시 모르니 봐둘까."

나는 마음속으로 '메인 메뉴'라고 말했다.

그러자 설명서에 나왔던 것처럼 내 앞에 게임 화면 같은 창이 나타났다.

그 창은 둘로 나뉘어 있었고, 오른쪽에는 나 자신의 이름과 간이 스테이터스, 왼쪽에는 여러 가지 메뉴 항목이 나열되어 있었다.

스테이터스를 힐끗 보자 내 현재 레벨은 0이었다.

〈Infinite Dendrogram〉은 직업마다 레벨이 있는 모양이라, 현재 무직인 나는 레벨0으로 고정이었다.

"지도는……."

메뉴 항목에서 찾던 것을 발견하고 띄웠다.

그러자 새로운 창이 열렸고, 거기에는 이 왕도 알테어의 지도가 표시되어 있었다.

보통 지도는 스스로 돌아다니면서 채우거나 상점에서 지도를 구입하여 늘려나가는 모양이었다. 하지만 초보의 시작 지점인 소속국가의 수도나 수도 주변의 지도만은 처음부터 입력되어 있다고 설명서에 적혀 있었다. 편리하네.

"흐음, 흐음."

왕도 알테어는 원형 성벽으로 둘러싸인 도시다. 성벽은 동서남북, 사방에 문이 있고 이렇게 사방에 있는 문으로부터는 나라의 중심부로 향해 똑바로 깔린 커다란 석제 도로가 나 있었다.

그대로 가면 가로세로로 난 길이 십자가로 교차하겠지만 그렇지는 않다. 왕도의 중앙에는 또 성벽이 있고, 그 안은 귀족 전용 거리인 모양이다. 귀족 거리에 들어가려면 특별한 허가증이 필요하고, 그 귀족 거리의 중심에는 왕성이 있는 것 같았다. 얼마 동안은 볼일이 없을 것 같지만.

만나기로 한 장소인 중앙 거리라는 건 남문에서 귀족 거리로 통하는 길인 것 같았다.

그리고 방금 내가 지난 것이 남문인 것 같으니 이대로 똑바로 가면 분수에 도착할 것이다.

그렇게 생각하면서 지도를 보며 걸어가고 있자니,

"윽?!"

"어?"

왠지 모르겠지만 낯선 여자와 바로 앞에서 눈이 마주쳤다.

그녀는 옆쪽 골목에서 뛰쳐나왔고, 나는 지도만 보고 있었기에 이 거리까지 그녀가 있다는 걸 눈치채지 못했기 때문이다.

반응이 뒤처진 나는 그녀를 피할 수도 없었기에 당연한 결과로 나와 그녀는 부딪혔다.

결과적으로 **내가 15미터 이상 튕겨져 나갔다.**

"커흑……."

꽤 위험한 느낌으로 대미지를 입은 것 같았다.

실제로 계속 띄워둔 창에 표시된 바로는 내 HP가 8할 정도 줄어든 상태였다.

그리고 뼈까지 부러진 모양이라 상태이상 [왼팔 골절] [오른쪽 다리 골절]이라고 나와 있었다.

여자와 부딪힌 것만으로도 치명상이라니 깜짝 놀랄 정도로 연약하잖아, 마이 보디…….

"괘, 괜찮으신가요?!"

부딪힌 그녀는 새파랗게 질린 표정으로 내게 달려왔다.

그녀는 푹신푹신한 머리카락에 자상해 보이는 이목구비……
하지만 엄청나게 무거워 보이는 하얀 금속 갑옷을 입고 있었다.
100킬로그램 정도 나가도 이상하진 않을 것 같다.

"괘, 괜……."

그녀에게 '괜찮아요, 아무렇지도 않아요'라고 대답하려 했지
만 대미지의 영향인지 몸이 마비되어 혀가 잘 움직이지 않았다.

"죄송해요! 《포스 힐》!"

그 순간 그녀의 손이 하얗게 빛났고, 그 손에서 뿜어져 나온
빛의 가루가 내 몸에 쏟아져 내렸다.

그 직후, 내 HP는 완전히 회복되었고 [골절] 상태이상도 사라
졌다.

"오, 오오……."

보아하니 방금 그건 회복마법이었던 모양이다.

게임에서 자주 보는 빈사 상태에서 완전 회복되는 것을 실제
로 맛보면 이렇게 되는 건가. 좀 무섭다.

"정말로 죄송해요! 제가 앞을 제대로 보지 않고 달리다가……."

"아, 아뇨. 저도 한눈을 팔고 있었으니…… 그런데 그쪽은 괜
찮으신가요?"

내가 치명상을 입을 정도로 세게 부딪혔으니 그녀도 다치지
않았을까 걱정했는데…… 전혀 아무렇지도 않았다.

그녀가 엄청 강해 보이는 장비를 착용하고 있는 걸 보니 레벨
이 꽤 높은 플레이어인 모양이다. 당연히 스테이터스도 높을 테
니 부딪힌 결과가 그렇게 된 거겠지.

"저는 괜찮아요. 하지만 당신은 그렇게 심한 상처를……."

"다, 다 나았으니 괜찮아요."

자연스럽게 말투가 공손해진데다 목소리가 떨리고 있는 건 착각이 아닐 것이다. 부딪혔을 때 입은 대미지의 영향으로 겁먹은 거다.

"그, 그런데 매우 서두르고 계셨던 것 같은데요. 무슨 일 있으신가요?"

내가 그렇게 묻자 여자가 무언가 생각났다는 듯이 움직였다.

"저기, 실은 여동생이 집을 나가버려서 찾고 있던 도중이었어요."

"여동생 분이요?"

"네, 이 사진에 나온 아이인데요, 어디서 본 적 없으신가요?"

여자는 그렇게 말하고 품속에서 사진──판타지 세계관이지만, 사진은 보급된 모양이었다──을 꺼내 내게 보여주었다.

사진에는 눈앞에 있는 여자를 어리게 만들고 머리카락을 웨이브에서 스트레이트로 바꾼 듯한 귀여운 여자애가 찍혀 있었다.

여동생인가. 나와 형처럼 자매가 함께 플레이하는 거겠지.

"…………."

지푸라기라도 잡는 듯한 시선으로 나를 보는 그녀에게는 미안하지만 본 적은 없다.

"죄송합니다, 저는 시작한 지 얼마 안 되어서 방금 저기 있는 문에서 이 거리로 들어왔거든요……."

"그런가요…… 그러면 이미 안에……. 저기, 이건 제 연락처예요. 만약에 어딘가에서 여동생을 보시면 연락주세요! 그리고 부딪혀서 정말 죄송합니다!"

그녀는 꺼낸 종이에 무언가를 적어 내게 건넸다.

"이제 사과하지 않아도 되니까 얼른 여동생 분을 찾으러 가보세요."

"감사합니다……. 그럼 또 봬요!"

그녀는 그렇게 말하고 달려갔고, 내 손에는 한 장의 메모가 남겨졌다.

메모에는 이렇게 적혀 있었다.

'알터 왕국 근위기사단 소속 부단장 릴리아나 그란드리아'

"어라?"

모르는 글자가 머릿속에서 우리말로 변환되고 있는데, 그것보다 적혀 있는 내용이…….

[퀘스트 [사람 찾기——밀리안느 그란드리아 난이도 : 5]가 발생하였습니다.]

[자세한 내용은 퀘스트 화면에서 확인해주세요.]

"…………."

아, 응.

이건 그러니까, 아무리 봐도 살아 있는 인간처럼 보였던 그녀는 플레이어가 아니라…….

"그 사람이 NPC라고?!"

〈Infinite Dendrogram〉의 엄청난 리얼리티를 또 하나 알게 되었다.

◇

릴리아나와의 만남과 첫 퀘스트 발생으로부터 잠시 후, 나는 형하고 만나기로 한 장소인 중앙거리의 대분수에 도착했다.

참고로 받은 퀘스트의 도움말을 보니 난이도 : 5는 상급자가 파티로 받는 퀘스트인 모양이라, 나는 분명히 손댈 수 없는 퀘스트일 것이다.

애초에 왜 시작한 지 얼마 되지도 않은 초보에게 이런 퀘스트가 뜨는 걸까.

일단 형에게 상담해보자. 그렇게 생각하여 이 분수로 서둘러 왔는데.

"…………."

형하고 만나기로 한 장소인 분수 앞에는.

'Welcome 동생'

이라고 적힌 팻말을 든 2미터에 가까운 크기의…… '곰 인형 옷'이 자리 잡고 있었다.

"······저게 뭐야."

설마, 아니. 그래도 설마······그래도.

만나기로 한 장소는 맞다.

동생을 기다리고 있는 사람은 그렇게 많지 않을 것이다.

동생의 캐릭터 네임은 모르고, 실제 이름을 적을 수도 없으니 '동생'이라 적은 팻말을 들고 있다는 건 알겠다.

하지만······.

"왜 인형 옷?"

저것에게 말을 걸려면 용기가 필요하다.

아까부터 NPC인지 플레이어인지 모르겠지만 아이들이 모여 있고.

아이들은 곰의 머리와 무릎 위에 올라타거나 팔에 매달리면서 매우 잘 따르고 있었다.

이대로 가다간 끝이 없을 것 같기에 마음을 굳게 먹고 말을 걸기로 했다.

"실례합니다, 말씀 좀 묻겠는 데요······."

『네네, 곰곰~.』

곰곰은 무슨.

"무쿠도리 슈이치 씨······ 아니, 형이신가요?"

『그렇다. 여어, 레이지.』

······아니었으면 했는데.

『합류해서 다행이구나. 그러면 갈까.』

곰······ 아니, 내 형인 무쿠도리 슈이치는 그렇게 말하고 일어섰다.

그리고 주위에 몰려들었던 아이들에게 내 것과는 디자인이 다른 수납 가방── 아니, 배에 붙어 있는 주머니에서 과자를 꺼내 나누어 주고 있었다.

도라에몽 흉내를 내는 건가. 그럴 거면 고양이, 적어도 너구리로 하든가.

"와~♪"

"곰돌아, 고마워~!"

과자를 받은 아이들은 큰 소리로 기뻐하며 떠나갔다.

그렇게 나와 형만 남았다.

『우선 자기소개부터. 여기에서 내 이름은 슈우 스탈링이다.』

"나는 레이 스탈링이야. 아니, 역시 겹치네."

성인 무쿠도리를 영어로 바꾸면 써먹기 편하기 때문에 우리가 캐릭터를 만들면 8할은 스탈링이라는 성을 쓰게 된다.

『그래서, 어떻게 할래? 아직 〈엠브리오〉도 부화하지 않은 것 같으니 마을 안내라도 해줄까? 그리고 장비를 맞추겠다면 돈은 무이자로 빌려주마.』

"아, 그거 말인데."

나는 형에게 방금 전에 받게 된 퀘스트에 대해 말했다.

『오호, 그 릴리아나가 퀘스트를 줬단 말이지. 나도 받은 적이 없는데.』

"아니, 왜 레벨0인 나한테 그런 퀘스트가 뜬 거야?"

『이 세계는 리얼해서 말이지. 퀘스트가 우발적으로 발생할 경우도 많아. 퀘스트를 위해 사건이 일어나는 것이 아니라, 우연하게 일어난 사건 때문에 퀘스트가 생기는 거야. 노리고 수주할 수 없는 퀘스트들도 많고, 노리지도 않은 퀘스트를 하게 될 경우도 많지. 뭐, 딱 좋은 경험이구나. ……이 세계에 있는 인간이 얼마나 리얼한지도 실감했지?』

"그래, 너무 리얼해서 지금도 '내가 이야기하고 있는 게 형 본인이 아니라 형을 흉내 낸 NPC 아닐까'라고 의심하게 될 정도야."

『그렇지 않다곰~. 믿어줬으면 한다곰~.』

"곰 말투 하지 마."

안에 들어 있는 사람을 알고 있어서 그런지, 상상해버리면 뭐라 말하기 힘든 기분이 드니까.

『하하하. 참고로 릴리아나는 이 나라에서 1,2위를 다투는 인기인이라고. 플레이어와 티안이 함께 소속되어 있는 팬클럽도 있을 정도거든.』

"팬클럽이 있구나……. 그런데 '티안'이라는 건 뭐야?"

『플레이어가 아닌 인간. 뭐, NPC의 총칭이라고 기억해두면 돼.』

"오호……. 다시 말해 NPC도 팬클럽 활동을 한다는 건가."

『운영쪽에서 말하기로는 '인간과 같은 수준의 사고력과 인격이 있다'니까. 보통이다곰~.』

정말 이 게임은 너무 고도의 기술이 적용되어 있어서 무섭기까지 하다.

『그런데 그 퀘스트, 내용에는 어디를 찾으라고 나오지 않았냐?』

"아무것도. 그래서 힌트 없이 사람을 찾으라고 해도 어디를 어떻게 찾아야 할지 몰라서."

굳이 말하자면 단서는 이 메모겠지만.

『흠, 그 메모 잠깐 줘봐.』

"자."

형은 메모를 받고 그대로 내용을 읽는 것이 아니라 뒤집어서 메모 뒷면을 내게 보였다.

[언니에게

가게에 렘 열매가 없어서 따러 다녀올게요.

방충향도 가져가니까 괜찮아요.

기대하세요.

밀리아가]

"이건."

『허둥대고 있던 모양이군. 여동생이 남긴 메모 뒤에 연락처를 적어서 넘긴 거야.』

나도 눈치채지 못했다. 메모가 적힌 종이가 이른바 양피지라서 뒷면이 비쳐 보이지 않았기 때문일 것이다.

"렘 열매라는 건 뭐야?"

『[렘 열매]. 이 근처에서 나는 고급 특산물 중 하나야. 엄청나게 맛있는 과일이라고 생각하면 돼.』

"따러 간다는 건 스스로 찾으러 갔다는 말인가."

밀리안느는 꽤 행동력이 있는 아이인 모양이다.

『이 근처에서 렘 열매를 딸 수 있는 곳은 두 군데. 하나는 왕도 안에 있는 과수원. 유료 수확체험도 진행하고 있는데, 수확하려면 참가비로 바구니 하나당 5000릴을 내야 해.』

게임 시작할 때 주는 자금 전액이잖아.

비싼데.

『다른 한 곳은 남문을 나가면 바로 있는 〈구 레브 과수원〉이지.』

"〈구 레브 과수원〉?"

『여러 가지 이유로 곤충형 몬스터가 마구 생식하게 되어 파기된 과수원이야. 지금도 많은 과일나무가 자생하고 있지만 그와 동시에 마물의 소굴이 되었지.』

"……방충향 운운한 건 다시 말해."

『그런 거겠지.』

행동력이 너무 뛰어나다…….

"안전한 쪽 과수원으로 가라고!"

『어린애게 5000릴은 너무 빡세잖아. 시장 가격이 하나당 50릴도 힘들 텐데.』

"그렇다고 해서……."

『참고로 그 〈구 레브 과수원〉말인데, 시작 지점하고 가까운 장소에 있기 때문에 초보용이라고 착각한 플레이어가 맨 먼저 살해당하는 던전이야. 별명은 '초보 킬러'.』

최악이다.

……지금 깨달은 거지만 나와 만났을 때, 릴리아나는 구 과수

원으로 가고 있었을 것이다.

그때 '그러면 이미 안에'라고 말한 것은 남문에서 막 들어온 내가 밀리안느를 만나지 않은 이상, 여동생이 이미 과수원으로 들어가 버렸다고 확인했기 때문인 거고.

『뭐, 어찌 됐든 이건 빨리 클리어해야만 해. 시간이 지나면 실패하는 타입일 테니까.』

"어?"

『말했잖아. 이 세계에서는 사건이 우발적으로 일어나고 리얼리티도 높아. 그러니까…… 구 세대 게임처럼 '플레이어가 클리어할 때까지는 무사하다'는 보장이 전혀 없어.』

"아니, 그래도."

『1세대로서 경험을 말하자면, 과거에 영웅이라 불린 현자나 기사단장, 이 나라의 왕까지 죽은 예가 있지.』

"…………."

『그래도 〈Infinite Dendrogram〉 세계는 지장 없이 돌아간다. 리얼하니까.』

상상한다.

만약 그 사진에 나온 애가 마물의 습격을 받고 무참히 죽어버린다면.

상상하자 기분이 나빠졌고, 릴리아나를 생각하니 기분이 더욱 가라앉았다.

NPC인 건 알고 있다. 하지만…….

"그건 뒷맛이 씁쓸하네."

『그렇지? 그러니까 클리어하자고. 해피엔딩을 목표로.』

얼굴이 보이지 않는 곰 인형 옷이긴 했지만 형이 그 안에서 웃은 것 같은 느낌이 들었다.

이렇게 초보인 나는 형하고 파티를 맺고 첫 퀘스트에 도전한다.

공략 대상은 퀘스트 난이도 : 5 [사람 찾기——밀리안느 그란드리아]

행선지는 초보 킬러 트랩 던전 〈구 레브 과수원〉.

목적은…… 해피엔딩.

퀘스트, 스타트.

『그런데 초기 스테이터스는 봤냐?』

형이 〈구 레브 과수원〉으로 가면서 내 능력에 대해 물었다.

그러고 보니 아직 확인하지 않았다.

"상세 스테이터스는."

새 창이 떴고, 현재 내 스테이터스를 나타내고 있었다.

당연하지만 레벨은 0이고 직업은 없음. 이 게임에서는 여러 가지 직업을 선택할 수 있는 모양이라, 직업별 레벨과 각 직업의 레벨을 합친 합계 레벨이 있는데 나는 둘 다 0이다.

그 밖에는 HP(체력), MP(마력), SP(기술력), STR(근력), END(내구력), DEX(손재주), AGI(속도), LUC(행운)이라는 항목들이 나열되어 있는데 전부 다 낮았고, HP가 98, SP가 23인 것을 제외하면 전부 다 20 미만이었다.

기준이 어느 정도인지는 모르겠지만 분명 약할 것이다. ……레벨0인 초보가 강할 리도 없겠지만.

"아니, 나는 지금 '초보 킬러' 같은 던전에 레벨0으로 가고 있지."

『직업을 선택하기 전까지는 계속 0이다곰~. 취직하고 나서 갈 거냐곰?』

"……아니, 시간도 없을 것 같으니 이대로 가자."

그러고 있다가 그 사진에 나온 아이가 죽기라도 하면 안 된다.

지금은 무엇보다도 스피드 우선. 형하고 이야기를 하는 것도 달려가면서 하고 있다.

"몇 가지 질문해도 돼?"

『그래라곰~.』

"스테이터스에 INT(현명함)이 없는데 마법의 위력 판정은 어떻게 하는 거야? 마법은 있지?"

릴리아나가 회복마법을 썼었고.

『MP의 최대치와 사용하는 마법의 스킬 레벨, 그리고 마법 스킬에 사용하는 MP의 합산. 참고로 이 게임에 INT 스테이터스는 없어. 자기 자신이니까.』

그렇구나. 하긴, 현명함이 늘어난다고 해도 감이 안 오니까.

『그리고 SP를 사용하는 스킬의 위력은 SP가 아니라 여러 가지 관련 스테이터스에 영향을 받는다곰~. 뭐, 여러 가지 스테이터스는 〈엠브리오〉의 보정도 있으니 천차만별이다곰~.』

"어렵네."

『결국은 될 대로 된다곰~. 마지막에 도달하는 것이 자신다운 것이다곰~.』

……곰 말투가 마음에 든 건가?

『그렇지. 내가 가지고 있는 액세서리를 몇 개 줄게곰~.』

곰 형은 그렇게 말하고 가방에서 아이템을 몇 개 꺼내어 건넸다.

아이템은 지금의 내 상태라면 쉽사리 완전회복 시킬 수 있는 정도로 회복량이 뛰어난 회복 아이템 [힐 포션] 열 개, 액세서리인 [구명의 브로치] 하나, [대역 용비늘]이 네 장.

『[구명의 브로치]는 치사량의 대미지를 무효화시켜주지만 대미지÷HP의 횟수만큼 10퍼센트 확률의 파손 판정이 있다곰~.
[대역 용비늘]은 대미지를 10분의 1로 줄여주지만 발동되면 반드시 부서진다곰~.』

그렇구나. 1회용 액세서리인 모양이지만 도움이 될 것 같다.

『이 게임은 장비에 레벨 제한이나 스테이터스 제한이 있다곰~.
그러니 레벨 제한이 없는 이러한 액세서리로 보강해둬라곰~.』

액세서리 장비 칸은 전부 다섯 개이니 딱 전부 장비할 수 있다.

"땡큐, 형. ……그러고 보니 이 게임의 데스 패널티는 뭐야?"

데스 패널티.

많은 온라인 게임에 탑재되어 있는 기능이다. 간단히 말하자면 사망한 캐릭터에게는 어떠한 디메리트가 있다는 것.

예를 들면 레벨이 떨어지거나 잠시 동안 스테이터스가 저하되거나 하는 것이다. 이런 식으로 사망하는 것을 피하게끔 하고 있으니 이 게임에도 어떠한 데스 페널티가 있을 것이다.

그래서 어떤 페널티가 있는지 형에게 물어본 건데.

『24시간 동안 로그인 제한이야.』

들은 대답은 내가 생각하고 있었던 것이 아니었다.

"……뭐라고?"

『이 게임에서 사망하면 현실 시간으로 24시간, 이쪽 시간으로 72시간 동안은 로그인할 수 없게 돼.』

……제정신인가?

게임이면서 게임을 하지 못하게 하는 데스 페널티가 존재하다니.

『이 데스 페널티의 무서운 점은 게임을 할 수 없는 것이 아니야. 아무것도 하지 않은 채 〈Infinite Dendrogram〉에서 3일이 지나간다는 거지. 예를 들어 지금처럼 퀘스트 진행 중이라면 3일 동안 퀘스트를 방치하게 돼. 리얼한 이 세계에서는 그게 무섭지.』

만약 지금 이 퀘스트를 받은 나나 곰 형이 3일간 사라진다면…… 결말은 말할 필요도 없다.

"죽지 않게끔 조심해서 따라갈게. 레벨0인 내가 얼마나 도움이 될지는 모르겠지만."

말은 그렇게 해도 도움은 전혀 되지 않겠지만.

『참고로 〈구 레브 과수원〉은 아까 말했던 것처럼 '초보 킬러'라 불리는 트랩 던전이다곰~. 아무것도 모른 채 덴드로를 시작한 가엾은 초보가 '와~, 근처에서 모험해야지~'라고 하면서 들어가면 끝장. 곧바로 살해당하고 하루 종일 로그인할 수 없게 된다곰~.』

트라우마 제조기잖아.

『그런데 묘하군. 왜 난이도 : 5지? 그 던전의 몬스터의 레벨을 따지면…… 너무 높은데.』

형이 그렇게 중얼거리는 것을 들으며 왕도 알테어의 남문을 지났다.

◇

남문에서 달려 10분 정도 거리에 그 시설이 있었다.

시설은 금속제 울타리로 둘러싸여 있었고 입구에 세워져 있는 너덜너덜한 간판에는 '〈레브 과수원〉'라고 적혀 있었다.

하지만 시설은 이미 버려진 상태라 식물은 마구 자라나 있었고 간판도 빛바랜 모습이었다.

『자, 드디어 돌입하게 될 텐데…….』

지금은 곤충 몬스터의 마굴로 변한 〈구 레브 과수원〉 입구 앞에서 형이 멈춰선 직후, 내 시야에 새로운 창이 나타났다.

[슈우 스탈링에게서 파티 가입 신청이 들어왔습니다.]

[파티 가입을 허가하시겠습니까? YES / NO]

『레이의 스테이터스를 항상 확인할 수 있으면 커버해주기 편하다곰~.』

"그래, 알았어."

나는 창의 YES를 눌렀다.

그 직후, 파티용 간이 스테이터스 화면이 열렸고 형의 이름이 추가되었다. 간이 스테이터스 화면에는 네 사람 분량의 공간이 더 있었기 때문에 이 게임은 최대 6인 파티를 구성할 수 있는 모양이었다.

지금 간이 스테이터스에는 형의 이름과 함께 스테이터스도 표시되고 있었다.

표시되고 있긴 했는데…….

"이게 뭐야?"

형의 간이 스테이터스는 이름을 제외한 항목이 레벨, HP도 까만색으로 칠해져 있었다.

『아, 그건 이 인형 옷의 은폐 효과다곰~. 레벨 차이가 나면 적이든 아군이든 내 스테이터스를 볼 수 없게 된다곰~.』

그 효과는 뭔데.

보조 계열 마법으로 지원할 때 불편하잖아…… 나는 못하지만.

……그러고 보니.

"형…… 퀘스트 때문에 미처 물어보지 못했는데 왜 그 곰 인형 옷을 입고 있는 거야?"

내가 묻자 형은 재주도 좋게 인형 옷 눈을 곰 손가락으로 문질렀다.

『듣는 사람도 눈물을 흘리고, 말하는 사람도 눈물을 흘리는 이야기다곰~.』

"바쁘니까 얼른 대답해줘."

형은『동생의 시선이 차가워……』라고 중얼거리고 나서 조용히 이야기하기 시작했다.

『그게, 캐릭터 작성할 때 말이지.』

"그래."

『그걸 처음부터 다 만드는 건 귀찮으니까 나를 기반으로 만들려고 했거든.』

"나도 그렇게 했지."

『그때 좀 실수해서 말이야…….』

"실수라니…… 어떻게 했는데."

『깜빡하고 전혀 손대지 않은 채 결정해버렸어.』

"……이런."

『곰~.』

다시 말해 저 인형 옷 안에는 형이 그대로 들어 있는 것이다. 온라인 게임에서 완전 쌩얼 플레이라니, 위험한 것도 정도가 있지.

이 형의 경우 특히 더 그렇다.

그야 인형 옷이라도 입을 수밖에 없겠지.

『참고로 이 나라를 선택한 건 수도 영상에 인형 옷을 파는 가게가 보였기 때문이다곰…….』

"아, 그래서 형이 좋아할 법한 드라이프나 그란바로아에 가지 않았던 거구나."

『어쩔 수가 없었지…… 참고로 인형 옷 1호는 4980릴이었다곰~.』

"거의 초기비용 전액이잖아."

이 형은 시작하고 나서 어떻게 생활한 거야?

『게다가 방어 효과가 전혀 없는 괴짜 장비였거든. 1세대였으니 아무런 정보도 없고. 아, 그 절망적인 시작에서 이 인형 옷까지 도달하는데 정말 가시밭길이었다곰~.』

"참고로 그 인형 옷의 효과는?"

『이런 거야.』

[Q극 인형 옷 시리즈 하인드 베어]

고대 전설급 무구

방어력 보정 +903(곰돌이)

장비 스킬

《뒤집어 쓴 가죽》 : 합계 레벨이 100 이상 낮은 상대방에게서 스테이터스를 완전히 숨긴다.

《에어컨 내장》 : 모든 환경에 대응하는 에어컨 내장. 언제 어디서든 적당한 온도.

《파워 어시스트》 : 머슬 모터로 움직임을 보조. STR +903

《방탄 사양》 : 십자포화도 OK인 방탄 사양. 원거리 물리공격의 대미지를 903 경감.

《방인 사양》 : 자객이 많은 날도 안심. 근거리 물리공격의 대미지를 903 경감.

《만능 곰발바닥》 : 신기하게도 물건을 잡을 수도 있고 재주 좋게 써먹을 수 있다. 물고기, 곤충에게 주는 대미지 증가.

《????》 : ▰

이렇게 이상하게 성능이 뛰어난 괴짜 장비는 대체 뭐야.

"+903(곰돌이)는 뭐야. 이거 꽤 높은 거 아니야? 아니, 레벨은 몇인데? 곰 형."

지금 나는 형의 스테이터스를 전혀 볼 수가 없으니 적어도 합계 100 이상은 될 텐데……

『비 · 밀 · 이 · 다 · 곰~.』

으아, 짜증나.

『자, 콩트는 이 정도만 하고 여자애를 찾으러 가자곰~.』

"……콩트 요소는 9할 정도 형 때문이지만 찬성. 가자."

우리들은 〈구 레브 과수원〉 내부로 돌입했다.

안에는 예전에 길이었던 것 같지만 지금은 잡초가 무성한 지면과 다 부서져 가는 안내 간판이 길을 알려주고 있었다. 안내 간판 중 하나에는 '렘 열매 밭 → 500메텔'이라고 적혀 있었다.

"저건 500미터라고 보면 돼?"

『알아보기 쉽지. 그리고 눈치챘냐?』

"……아까부터 들리는 소리 말이지."

안내 간판이 가리키는 방향에서 사람이 아닌 것이 내는 목소리와 격돌음이 들렸다.

여기서는 식물이 걸리적거려서 보이지 않지만 틀림없이 먼저 이 던전에 들어온 릴리아나가 전투를 벌이고 있을 것이다.

그때 문득 눈치챘다.

전투로 인한 소리는 렘 열매 밭쪽에서만 들린다. 다른 방향은 꽤나 조용하다.

"다른 플레이어는 없는 건가?"

『아, 이 던전에는 트라우마가 있는 사람이 많으니까. 그리고 이 레벨대에서는 그렇게 드랍 아이템이나 보상이 좋은 것도 아니고. 곤충이 떼로 덤비기도 하고. [독]이나 [마비] 공격을 하는 적이 많으니 상태이상 대책도 필수고.』

이른바 인기 없는 사냥터인 모양이다.

『뭐, 덕분에 나는 싸우기 편하지만── 발드르, 제2형태로 기동.』

『Ready.』

형이 뭐라고 중얼거리자 그 말에 들어본 적이 없는 기계 음성이 대답했다.

그리고 형의 왼쪽 손등이 인형 옷 너머로 빛이 나더니 무언가가 튀어나왔다.

그 직후, 곰 실루엣에 이상한 것이 추가되었다.

원형으로 이어진 총신.

모터를 이용한 고속 장탄 기구.

벨트 형태의 장탄 튜브.

그리고 드럼통과 비슷하게 생긴 거대한 탄창.

개틀링 포라 불리는 항공기용 중화기가 그곳에 있었다.

"……이 게임, 기본은 판타지 아니었나?"

형의 〈엠브리오〉…… 아마 TYPE : 암즈인 것 같은 무장을 보자 의문을 품을 수밖에 없었다.

TYPE : 암즈는 뭐라고 해야 하나, 마검이나 마창 같은 걸 상상했었는데 개틀링 포 같은 것도 괜찮은 건가……?

『기계황국 드라이프도 있는 세계니 내 〈엠브리오〉도 괜찮다곰~.』

곰 형은 드럼통 형태의 탄창을 짊어지고 오른쪽 옆구리에 개틀링 포 총신을 끌어안으며 웃었다.

약간 어이없어하며 그 초현실적인 모습을 보고 있자니.

『KIKIKI…….』

『CHIKI…… CHIKI…….』

우리의 존재를 눈치챈 모양인지 벌 형태와 개미 형태인 곤충 몬스터들이 모여들었다.

『좋아, 그러면 렘 열매 밭까지 돌진한다곰~.』

곰 형은 그렇게 말하고 개틀링 포를 겨눈 뒤…… 갈겼다.

『YEAAAAAAAAAAAAAAAAAAAAAAHHHHHHHH!!』

그 순간 폭음이 울렸고, 곤충 몬스터들은 산산조각이 나 체액을 흩뿌렸다.

총신이 회전하고 탄이 쏟아져나갈 때마다 시체가 늘어났고, 땅에 떨어지자마자 빛의 먼지가 되어 사라지기 시작했다.

그 광경은 완전히 원 사이드 킬.

몬스터가 나오는 속도보다 곰 형의 속사 속도가 더 빨랐다.

시작한 지 1분도 되지 않아 개틀링 포에서 빈 약협이 수백, 수천 개 배출되었다.

보통은 저렇게 무거운 것을 들고 쏠 수 있을 리가 없다. 하지만 방금 전에 보여주었던 수치를 생각하면 곰 형의 저 인형 옷은 거의 파워드 슈트 같은 것이다. 적어도 STR이 내 90배는 되니 가능할지도 모른다. 그래도 쏘면서 걸어가는 건 이상하지만.

저런 페이스로 연사를 하더라도 탄이 바닥나지 않는 건 저 개틀링 포가 〈엠브리오〉라서 무슨 신비한 힘이 작용하고 있기 때문일 것이다.

그런데 저렇게 개틀링 포를 들고 연사하고 있는 걸 보니 마치 예전 명작 영화의 장면 같다. 안드로이드를 주제로 한 영화의 두 번째 작품이고 나중에 주지사가 되는 배우의 대표작이었을 텐데.

뭐, 정작 당사자가 근육 불끈불끈한 마초맨 같은 배우가 아니라 곰 인형 옷을 입은 시점에서 C급 영화 장면이 되어버릴 것 같긴 하지만.

"그런데 정말로 도움이 안 될 것 같네……."

함부로 앞으로 나서면 나까지 단숨에 벌집이 되어버릴 것 같다.

『아, 드랍 아이템은 방치해도 되니까 뒤에 바짝 붙어서 따라왔으면 한다곰~.』

몬스터가 사라진 뒤에는 드랍 아이템이 남아 있다. 이런 부분은 게임 같다.

"알았어. ……음, 그러고 보니 이 상황은."

게임에서는 자주 있는 상황이다.

게임을 시작할 때, 레벨이 낮은 플레이어 캐릭터가 레벨이 높은 아군 캐릭터에게 도움을 받으며 진행해나간다. 아군 캐릭터는 강하고 매우 도움이 되지만 보통은 죽게 되고, 초반을 마무리하게 된다.

"'누와~앗!!(드래곤 퀘스트 5 천공의 신부)'이었나, 정겹네."

『……아니, 그러면 내가 죽어버리는 거잖아.』

형은 미묘하다는 듯이 말했다.

그런 식으로 전투를 벌이는 건지 작업을 하고 있는 건지, 아니면 콩트라도 하고 있는 건지 구별하기 힘든 상황에서 나와 형은 500미터 거리를 주파하여 렘 열매 밭에 도달했다.

"누구세요?! 다, 당신은⋯⋯!"

렘 열매 밭에는 생각했던 대로 릴리아나가 곤충 몬스터 무리와 교전하고 있었다.

그녀는 등 뒤에 있는 여동생을 지키며 수많은 곤충 몬스터를 상대하고 있었다.

"좋았어, 늦지 않았다!"

『기병대(말은 없음) 등장이다곰!』

내가 늦지 않게 왔다는 것을 기뻐하고 있자, 형이 옆에서 다시 개틀링 포를 성대하게 갈겨댔다. 곤충의 포위망이 엄청난 기세로 줄어들기 시작했다.

두 사람이 맞는 건 아닐까 하고 걱정했지만, 형은 개틀링 건을 재주 좋게 다루고 있어서 도탄되는 일은 없었다.

포위망을 이루고 있던 곤충들은 형에게 쉽사리 전멸했고, 우리들은 무사히 두 사람이 있는 곳에 도착했다.

"괜찮으신가요?"

나는 그때 그녀가 해준 말을 이번에는 내 입으로 말했다.

"당신은 그때…… 어째서 이곳에?"

그녀는 놀란 듯이 나를 보았다.

응? 내가 있다는 걸 방금 알았다는 반응이네.

그러면 방금 전에 한 '다, 당신은'이라는 말을 한 건…… 형한 테 한 말인가?

"그리고 당신까지…… 정말 어째서."

『구해주러 왔다곰~. 우리 동생이 '내버려둘 수는 없어! 나는 무슨 일이 있더라도 그녀를 구하러 갈 거야!'라고 말하길래 나도 도와주러 왔다곰~.』

그런 말은 안 했는데?!

그렇게 낯 뜨거워서 불을 뿜어낼 것 같은 말까지 한 기억은 없 어!!

"동생…… 그래서."

릴리아나는 뭔가를 납득한 듯이 중얼거리고 있었다.

이 분위기, 혹시 형하고 릴리아나가 아는 사이인 걸까.

내가 의문을 품고 있자니 릴리아나가 나를 돌아보고 고개를 숙여 인사를 했다.

"감사합니다. 당신들이 와주지 않으셨다면 여동생을…… 밀리아를 지키지 못했을 거예요."

"아, 아뇨. 저는 뒤에서 보고 있기만 했을 뿐이니까요……."

"그래도 인사를 하게 해주세요. 당신에게 폐를 끼친 저를 원군과 함께 구하러 와주신…… 이 은혜는 잊지 않을게요."

릴리아나가 한 말을 들으니 부끄러움을 넘어 죄책감까지 든다.

나는 자동으로 퀘스트를 받았을 뿐, 아무것도 하지 않고 형의 뒤에 있는 안전권에 기생하고 있었을 뿐이니까.

그런 이유 때문에 그녀를 똑바로 보지 못하고 눈을 돌리자 그곳에는 그녀의 여동생 밀리안느가 있었다.

사진에 나온 것처럼 아니, 사진보다 더 귀여울 정도로 미소녀였다.

『로리? 로리콤이냐곰?』

아니라고.

"흑, 흑……."

밀리안느는 울고 있었다.

그야 그렇겠지. 대량의 곤충 몬스터들에게 포위당해 목숨까지 위험했으니까.

그런데 손에 들고 있는 바구니 안에 과일 다섯 개 정도——아마도 그 렘 열매——가 들어 있는 걸 보니 똑 부러지는 구석이 있다.

"아, 아무튼 여기에서 나가죠. 또 몬스터가 몰려들면 위험해요."

"알겠습니다."

그때, 메뉴 화면에 변화가 생겼다.

[NPC가 파티에 참가합니다.]
[릴리아나 그란드리아가 가입하였습니다.]
[밀리안느 그란드리아가 가입하였습니다.]

아, NPC도 파티에 들어올 수 있는 건가.

두 사람의 스테이터스는…… 어린애인 밀리안느는 레벨0인 나보다 낮았다.

그런데 릴리아나의 스테이터스는 매우 높다. 레벨은 [성기사(팔라딘)] 60. 합계 레벨도 210이나 되었다. HP도 5000 이상이다.

그야 근위기사단의 부단장, 다시 말해 이 나라의 기사 중에서도 넘버 투인 거니까 그렇게 강하더라도 이상하지는 않겠지만.

『…………』

그때, 곰 형이 왠지는 모르겠지만 굳은 표정(직접 보이진 않지만 오랫동안 함께 지냈기에 분위기로 알 수 있다)을 짓고 있다는 것을 깨달았다.

『레이, 퀘스트는 아직 달성되지 않았지?』

"아, 응. 딱히 아무런 변화도 없는데."

『그러냐.』

곰 형은 개틀링 포를 겨눈 채 주위를 경계했다.

보아하니 방금 전까지 곤충들을 상대로 날뛰었을 때보다 훨씬 진지했다.

"형……?"

『레이, 퀘스트 난이도는 말이야. 퀘스트를 담당하는 관리 AI가 주변의 환경 정보나 인물 배경을 계산해서 각각 산출하거든.』

"어?"

환경 정보나 인물 배경을 계산한다고? 그걸 모든 퀘스트에 적용한다니 역시 관리 AI는 대단하다 싶긴 한데. 대체 그게 어쨌다는 거지.

『그래서 나는 이번 난이도가 높은 건 시간제한이 있는 퀘스트이기 때문이라고 생각했어.』

형은 생각을 중얼거리며 말했다.

『다수를 상대로 한 전투에 특화되어 있는 내가 있으니 간단히 클리어할 수 있을 거라 생각했지. 그런데…….』

형의 시선이 지면의 어느 곳으로 향했다.

『릴리아나와 합류하고 몰려든 곤충을 구축한 지금도 퀘스트는 미완료. 다시 말해 이 퀘스트는 합계 레벨 210인 릴리아나의 존재를 감안한 난이도 : 5인 퀘스트라는 거야.』

그 말을 들은 직후, 형이 바라본 곳의 지면이 터지며 땅속에서 거대하고 긴 무언가가 튀어나왔다.

『GYUUUUUUUUUUUUAAAAAAAAAA!!』

그것은 길이가 30미터는 될 것 같은 거대한 지네였다.

『치이잇!!』

거대 지네의 얼굴에는 사슴벌레 같은 큰 턱이 상하좌우로 나 있었다. 그리고 표피는 파충류 같은 비늘로 뒤덮여 있었고, 그 표피로 형이 재빨리 발사한 개틀링 포 탄환을 쉽사리 튕겨냈다.

방금 전까지 형에게 유린당하던 벌레와는 전혀 다르다.

초보라도 바로 알 수 있었다.

저건 강하다.

"[데미 드래그 웜(아룡갑충)]······!"

릴리아나가 경악하는 목소리가 들렸다.

『GIIIEEEEAAAAAAAAAAAAA!!』

지면이 또 터졌고, [데미 드래그 웜]이라는 몬스터가 한 마리
더 나타났다.

『아룡 클래스 몬스터인가······. 하긴, 저 녀석들을 여럿 상대
하면서 이 아이를 지킨다면 도우미까지 있는데도 이 난이도라
는 건 납득이 되는군. 하지만 말이야!』

두 몬스터의 위압감으로 인해 말문을 잃은 나와는 달리 형은
오히려 걱정거리가 없어졌다는 듯이 시원스럽게 말하고 있었다.

『나를 상대로 그 정도는 한참 부족하지!』

그리고 두 팔을 든 뒤.

『박살내줄 수도 있지만 모처럼이니까! 발드르! 제4형태 기도──.』

『GIIIEEEAAALEAAAAAA!!』

『GYULUUUUUUUUAAAAAAAAA!!』

『GYUIIILUUUUAAAAAAAAAAAAAAAA!!』

『GYULUUUUUUUUUUULOOAAAAAAAA!!』

그 직후, 형을 포위하는 듯이 땅속 사방에서 [데미 드래그 웜]
이 더 나타났다.

『아, 잠깐. 지금은 경직 중이다곰?! 아니, 아직 잔뜨······.』

세 번째부터 여섯 번째 [데미 드래그 웜]이 그 큰 턱으로 형을

붙잡고 땅속으로 사라졌다.

"......................어?"

"윽!"

나는 한순간에 일어난 일에 대해 시각정보로 정리하면서도 아직 이해하지 못했고, 릴리아나는 뜻밖의 사태에 입술을 깨물고 있었다.

파티의 간이 스테이터스를 확인했지만 형의 표시는 여전히 까맣게 칠해진 상태라 살아 있는지 죽은 건지도 모르겠다.

"아니, 형. 플래그를 세운 건 미안하지만…… 회수가 너무 빠르잖아."

형이 빠진 우리들에게 남아 있던 [데미 드래그 웜] 두 마리가 다가왔다.

"……윽."

나는 형의 뒤라는 안전권에서 단숨에 위험 지대로 쫓겨난 상태였다.

지금까지 살면서 본 동물 중에 가장 컸던 건 코끼리다. 하지만 지금 코끼리보다 훨씬 거대한 괴물이 이쪽으로 무기질적인 적의를 드러내며 다가오고 있었다.

게임이라는 것을 알고 있었지만 다리가 떨렸다.

"……부탁하고 싶은 게 있습니다."

겁을 먹은 나에게 릴리아나가 말을 걸었다.

"뭐, 뭐죠?"

"제가 한 마리, 가능하다면 두 마리를 억누르겠습니다. 부디 그동안 여동생을 안전한 곳으로 데려가 주시면 안 될까요?"

"하지만."

상대는 두 마리. 아무리 릴리아나라도 혼자서는…….

……아니, 그게 아니지. 레벨0인 나는 함께 싸우지도 못한다. 오히려 이 자리에 남으면 걸리적거리기만 할 테고.

내가 지금 그녀의 발목을 잡으면 나뿐만이 아니라 나보다 약한 밀리안느까지 위험에 처하게 된다.

"……알았어."

나는 밀리안느의 손을 잡고 달려가기 시작했다.

그리고 우리들의 등 뒤에서 릴리아나와 [데미 드래그 웜]의 전투가 시작되었다.

◇

방금 전까지 형이 개틀링 포를 쏘면서 온 길에는 몬스터의 그림자가 없었다. 지금이라면 단숨에 입구까지 달려갈 수 있다.

하지만 필사적으로 달리다가 알게 된 건데, 이 게임에는 피로라는 개념도 있다.

그리고 다리가 떨렸고, 친절하게도 스테이터스에는 상태이상 [공포]라고 표시되어 있다. 〈Infinite Dendrogram〉이 자랑하는 완전한 리얼리티가 거대 생물의 대한 공포까지 전해주고 있었다.

하지만 밀리안느의 손만은 놓지 않고 달려갔다.

"으, 윽⋯⋯!"

내게 손이 잡힌 밀리안느도 열심히 뛰고 있었다.

공포로 인해 겁을 먹은 표정이었다.

나와 밀리안느는 겁을 먹은 채 뛰고 있다.

"그런데."

나는 조금이라도 걱정을 덜어주기 위해 밀리안느에게 말을 걸었다.

과연 그것이 누구의 걱정을 덜어주기 위한 것이었는지는 나 자신도 알지 못했다.

"밀리안느⋯⋯ 밀리아는 왜 이런 곳까지 [렘 열매]를 따러 온 거야?"

단순히 의문 절반, 걱정을 덜어주기 위한 것 절반으로 물어보았다.

"오, 오늘은 언니의 생일이었으니까⋯⋯ 언니는 렘 열매 케이크를 정말 좋아하니까 만들어주려고 했어⋯⋯."

"그렇구나."

"그런데 가게에 하나도 없어서 곤란했거든. 그때, 안경을 쓴 오빠가 '이 향이 있으면 바깥에 있는 〈과수원〉에 갈 수 있어'라고⋯⋯."

⋯⋯그 안경 녀석 때문인가.

무슨 생각으로 그런 걸 가르쳐준 건지는 모르겠지만 어린애를 이런 위험한 곳에 보낸 녀석을 두들겨 패주고 싶다.

"언니가 데리러 와줬는데, 향의 효과가 사라져버려서……."

이야기를 하고 있던 와중에 절반은 지났다. 남은 건 절반.

이대로 빠져나갈 수 있다.

『……uluuuu.』

그 직후, 으르렁거리는 소리와 함께 대지가 진동하는 것이 등 뒤로 전해졌다.

순간적으로 내린 판단이었다.

나는 밀리안느를 안고 옆으로 뛰었다.

다음 순간, 땅속에서 [데미 드래그 웜]이 튀어나와 우리들이 달리고 있던 공간을 큰 턱으로 박살내며 지나쳤다.

"설마……!"

나는 기분 나쁜 생각이 들어 뒤를 돌아보았지만 전투음은 아직 들리고 있었다. 릴리아나는 아직 전투 중이다.

이 녀석은 두 마리 중 한 마리가 전투에서 빠져나와 우리들을 쫓아온 건가?

아니면 형을 땅속으로 끌고 간 녀석들 중 한 마리?

하지만 지금 문제인 건, 어찌 됐든 내가 맞설 수단이 없다는 것이다.

내 스테이터스는 아직 초기치 그대로고, 왼손의 〈엠브리오〉도 아직 부화하지 않았다.

만약 부화했다 하더라도, 형의 개틀링 포 〈엠브리오〉도 통하지 않았던 상대에게 이제 막 부화한 〈엠브리오〉로 맞설 수 있을 것 같지 않았다.

공포와 초조함으로 인해 심장이 마구 뛰었고, 이마와 등에 식은땀이 흘렀다.

너무 리얼한 감각으로 인해 죽을 것 같다.

『GYULUUUUUUUUUUUUUEAAAAAA!!』

땅속에서 긴 몸통을 드러내고 포효하는 [데미 드래그 웜].

그것은 적대하는 자에 대한 위협이 아니라 승리를 뽐내는 강자의 비웃음이었다.

"……끝장인가."

'초보 킬러'인 〈구 레브 과수원〉. 나도 여기서 첫 '죽음'을 맞이하게 될 것 같다.

하지만…….

"으, 으아아아앙……."

지금 내게 안긴 채 울고 있는 밀리안느.

그녀는 NPC…… 티안이다.

플레이어인 나와 달리 죽으면 살아나지 못한다.

형이 한 이야기에 따르면 왕도 죽으면 끝이라 했으니, 그녀만 특별하지는 않을 것이다.

그녀는 〈Infinite Dendrogram〉에서 당연하다는 듯이 죽어버리게 된다.

"……그러니까, 그건 뒷맛이 씁쓸하다고."

나는 [구명의 브로치]를 떼어내어 밀리안느에게 달아주었다.

"밀리아. 여기에서 입구까지 혼자서 달려갈 수 있어?"

"……어?"

밀리안느는 불안하다는 듯이 나를 올려다보았다.

"나는 저 망할 지네를 좀 두들겨 패줘야 하거든."

내가 그렇게 말한 직후, [데미 드래그 웜]이 그 거대한 몸으로 돌격해 왔다.

나는 밀리안느를 밀쳐내고── 마치 트럭에 치인 것처럼 몸이 공중에 떴다.

"끄. 혁……."

엄청난 충격. 마을에서 릴리아나와 부딪혔을 때보다 더 심하다.

하지만 방금 입은 대미지는 93. 남은 HP는 5…… 아직 살아 있다.

장비하고 있던 [대역 용비늘] 네 장 중 한 장이 부서져 사라졌다.

[용비늘]의 효과로 돌격의 대미지가 9할이 줄어들어서 살아남을 수 있었다.

나는 저리는 몸을 억지로 움직여 아이템란의 [힐 포션]을 마셨다.

HP 완전 회복. 몸은 아직 움직인다.

돌아보니 밀리안느는 아직 그곳에 있었다.

"가! 이 녀석은 내가 어떻게든 할 테니까!"

새빨간 거짓말이다.

어떻게 할 수 있을 리가 없다.

하지만 시간은 벌 수 있다. 그동안 도망쳐주면 된다.

밀리안느는 내 말을 듣고 일어서서 입구로 달려갔다.

입구를 나서 필드로 돌아가면 다른 플레이어나 티안이 있을 것이다.

이러면 된다. 그렇게 생각한 직후에 다시 치여 날아갔다.

두 번째 빈사, 부서지는 [용비늘]과 [포션]을 이용한 회복, 복귀.

"하하! 데스 페널티까지 감안하면 세 번은 더 맞을 수 있다고! 망할 지네야!"

세 번째 날아든 돌격을 이번에는 피했다. 초기치 스테이터스라도 제대로 움직이면 못 피할만한 건 아니었다.

하지만.

"?!"

휩쓰는 것처럼 움직인 꼬리에 얻어맞았다.

거의 비슷한 대미지로 인해 HP가 다시 데드 존에 도달했고 [용비늘]이 부서졌다.

"젠, 자앙."

남은 것은 한 장.

밀리안느는 아직 입구에 도달하지 못했다. 적어도 그때까지는 시간을 벌어야 해.

내가 그렇게 생각하고 있자니…… [데미 드래그 웜]이 공격 대상을 바꾸었다.

『GYUUUUEAAAAA!!』

그 거대한 몸통을 이리저리 비틀며 밀리안느 쪽을 바라보았다.

"야, 뭘 보는 거야. 너……."

녀석은 끈질긴 나를 무시하고—— 그대로 밀리안느 쪽으로 돌격했다.

"거기 서라고오오오오오오오오오오!!"

내가 달려가긴 했지만 따라잡지 못했고, [데미 드래그 웜]의 거대한 몸이 밀리안느를 날려 보냈다.

——작은 몸이 나뭇잎처럼 떠올랐다.

소녀가 소중하게 들고 있던 바구니도 그녀의 손을 떠나 지면으로 떨어졌다.

"아아아아아아악!!"

나는 낙하하는 그녀의 몸을 뛰어들며 받아냈다.

받아내는 것과 동시에 큰 충격을 받으며 마지막 [용비늘]이 부서졌다.

하지만 지금은 그런 걸 문제삼을 때가 아니다.

나는 확인하는 것을 두려워하면서 밀리안느의 얼굴을 보았다.

심장이 육체의 고통과는 다른 고통을 호소하고 있었다.

"…………."

정신을 잃었다. 하지만 상처는 없었다.

대신 방금 전에 내가 달아준 [구명의 브로치]가 부서진 상태였다.

보아하니 밀리안느가 장비한 상태에서도 무사히 작동해준 모양이었다.

하지만 브로치가 부서진 이상, 다음은 없다.

내 마지막 [용비늘]도 사라졌다.

이제 우리들에게는 [데미 드래그 웜]의 공격을 버텨낼 방법이 없다.

릴리아나는 아직 전투 중이다.

형은 땅속으로 사라진 상태.

어찌할 방법이 없다.

『GYUUUUAAAAAAAAAA!!』

말도 통하지 않는데다 바로 눈앞에 있는 몬스터는 끈질긴 사냥감에게 애를 먹으면서도 드디어 숨통을 끊을 수 있다는 기쁨에 몸을 떠는 것처럼 보였다.

나는 최소한의 저항이나마 해보려고 초기 장비인 나이프를 겨누려 했다.

하지만 칼집에서 뽑아보니 나이프의 칼날이 부러져 있었다. 계속된 격돌로 인해 써먹지도 못하고 망가져버린 모양이다.

나와 밀리안느가 생존할 가능성은 이제 0이다.

"............."

품속에서 기절해 있는 소녀를 보았다.

그 무게도, 체온도, 숨소리도, 내게 보여준 감정도, 현실의 그것과 다른 것이 없다.

목숨으로서, 너무나도 리얼한 목숨으로서 그녀는 이곳에 존재한다.

그리고 현실의 죽음과 마찬가지로 그 목숨이 사라지려 하고 있다.

"……젠장."

포기할 수 없다.

내게 이 세계는 게임이다. 죽어도 문제는 없다.

하지만 이 세계가 게임이라는 것을 알고 있더라도 이 세계에서 이 소녀가 영원히 사라져버린다는 건 뒷맛이 씁쓸하다.

분한 마음에 주먹을 꽉 쥐었다.

그 손등에…… 여전히 제0형태라 알과 비슷하게 생긴 〈엠브리오〉가 박혀 있었다.

"야……."

나는.

"〈엠브리오〉가 플레이어에게, 네가 나에게…… 무한한 가능성을 준다면."

빌었다.

"가능성을, 내놔."

바로 지금 숨통을 끊겠다고 고개를 쳐드는 괴물 앞에서 빌었다.

"내게 해피엔딩의 가능성을, 이 아이를 구할 수 있는 가능성을 내놔……!"

내 왼손에게, 〈무한의 계통수〉라 불리는 가능성 세계의 화신에게, 진심으로 빌었다.

"얼른 눈을 떠서 내게 1퍼센트라도 가능성을 내놓으라고오오오오!!"

[데미 드래그 웜]이 마지막 돌격을 감행했고.

『꽤나 후덥지근한 마스터로구나. 하지만 나는 그런 당신에게서 생겨난 것. 싫지는 않다.』

그 순간, 치명적인 돌격이 누군가에게 가로막혔다.

"……어?"
형이 땅속으로 사라졌을 때와 마찬가지로 나는 눈앞에서 일어난 일을 이해하지 못하고 있었다.
눈앞에서 일어나리라 생각했던 비극이 아니라 일어날 리 없는 기적이 있다는 것을 이해하지 못하고 있었다.
우리들을 죽일 예정이었던 [데미 드래그 웜]은 빛의 벽에 튕겨져나가 몸을 젖히고 있었다.
내 왼쪽 손등에서는 〈엠브리오〉가 사라졌고, 대신 푸르게 빛나는 문장이 남아 있었다.

그리고 [데미 드래그 웜]과 우리들 사이에는 낯선 소녀가 서 있었다.

새까만 머리카락을 나부끼면서도 그 피부는 하얀 도자기처럼 빛나고 있었다.

소녀는 까만 천에 하얀 프릴을 장식한 고딕 스커트를 펄럭이며 돌아섰고, 그녀의 눈동자가 나를 보았다.

그 눈동자는 어두운 밤과 비슷한 검은색, 그리고 하늘의 별을 연상케 하는 하얀색, 두 가지 색으로 이루어진 홍채를 지니고 있었다.

"좋은 아침."

그녀는 입을 열자마자 그렇게 말했다.

"…………."

"흠, 흐리멍덩하군. 이런이런, 어이가 없어. 나는 그대가 일어나라고 해서 억지로 일어났다만."

방금 전까지 풍기던 신비한 분위기가 없어지는 듯한 말투였지만 나는 그 말을 듣고 어떤 가능성이 떠올랐다.

"너, 내……."

〈엠브리오〉인 거야……?

"물론. 자, 마스터? 저 망할 지네는 아직 건재하다. 탄생을 축하하며 힘껏. 화려하게 숨통을 끊어보도록 할까."

"어떻게, 윽?!"

미처 다 물어보기도 전에 소녀가 흩어졌다.

인간 형태를 잃고 검은 빛무리가 된 소녀는 내 오른팔에 달라붙어 그 모습을 바꾸었다.

그것은 까만 대검. 유기적인 느낌이라 무시무시했고, 그러면서도 왠지 아름다웠다.

『타이밍은 맡기겠다. 망할 지네가 돌격해 오면 내리치거라. 실수하면 다 같이 죽는다?』

『가능성은 줬다. 이제 너에게 달렸다』라고 말하는 것 같은 기분이었다.

"······알았어."

묻기보다도 먼저 해야 할 일이 있다는 것을 자각했다.

[데미 드래그 웜]은 우리들에게 화가 났는지 지금까지보다 더 빠른 속도로 돌격해 왔다.

그것은 직선적이었고, 볼 수는 있지만 피할 수는 없는 속도.

하지만 검을 휘두를 시간은 있다.

『마스터가 세 번 죽을 뻔하고, 내가 한 번 흡수한 네놈의 네 번의 전력 공격······.』

[데미 드래그 웜]의 큰 턱이 닿기 직전에.

『──**배로 돌려주마.**』

나는 까만 대검을 내리쳤다.

『──《복수는 나의 것(벤전스 이즈 마인)》.』

대검이 닿은 순간의 충격.

한순간의 정적.

그 직후, [데미 드래그 웜]은 마치 몇 배는 더 거대한 괴물에게 얻어맞은 것처럼 머리부터 산산조각이 나 흩어졌다.

오늘은 몇 번이나 내가 본 것에 대해 이해하는 데 고생하는 걸까. 나는 그런 생각을 하면서 눈앞에 있는 것을 보고 있었다.

눈앞에는 짓눌린 채로 거대한 몸이 조금씩 빛으로 변해가는 [데미 드래그 웜]이 있었다.

등 뒤에는 여전히 기절해 있는 밀리안느.

그리고 내 옆에는 까만 대검의 형태에서 되돌아온 소녀가 있었다.

"성공, 성공. 다행이구나, 마스터. 너는 원했던 가능성을 잡아냈다."

"너, 역시 내 〈엠브리오〉인 거야?"

내가 묻자 프릴이 달린 스커트를 살짝 띄우며 일부러 연기하는 것처럼 공손하게 인사했다.

"나는 네메시스. 〈엠브리오〉 TYPE : 메이든 with 암즈인 네메시스. 당신의 마음과 살, 혼에서 생겨난 것."

그렇게 자기소개를 하고 소녀——네메시스는 씨익, 웃었다.

"앞으로도 잘 부탁한다, 마스터?"

□〈구 레브 과수원〉 외부 레이 스탈링

[데미 드래그 웜]을 쓰러뜨린 뒤, 나는 지면에 떨어진 [데미 드래그 웜]의 드랍 아이템인 [데미 드래그 웜의 보물궤]를 회수한 뒤 밀리안느를 업고 〈구 레브 과수원〉을 탈출했다.

릴리아나를 도와주러 가려는 생각은 하지 않았다. 파티 멤버의 스테이터스를 표시한 창이 릴리아나가 아직 건재하다는 것을 알려주었고, 조금 전 같은 기적이 두세 번 연달아 일어날 리도 없었다.

여기서 까불다가는 확실히 다 망치게 된다. 그런 예감이 들었다.

"물러나는 것이 정답이다. 그 티안 여자라면 죽지는 않을 게야. 스펙 자체는 앞서고 있으니 그 망할 지네 상대라면 시간이 걸리더라도 완승하겠지."

내 〈엠브리오〉인 것 같은 네메시스는 그렇게 전황을 분석하고 있었다.

"이제 막 태어났으면서 나보다 이 세계를 더 잘 아는 것 같구나."

릴리아나도 알고 있는 것 같고, 부화하기 전에 있었던 일도 기억하고 있는 건가?

"인간 형태이긴 하지만 인간은 아니니 말이다. 이렇게 신기한 일도 있지. 그건 그렇고 마스터? 그대에게 호기심이라는 것이 있다면 슬슬 내게 물어볼 것이 있지 않은가?"

"…………."

왠지 모르게 알 것 같은데, 네메시스는 돌려 말하는 걸 좋아하는 타입인 모양이다.

뭐, 의미를 알아버리는 나도 나지만.

그러니까 '얼른 스테이터스 화면에서 내 능력을 확인해라'라고 말한 것이다.

'상세 스테이터스 화면'을 보자 〈엠브리오〉라는 항목이 늘어나 있었다.

바로 열어보자 네메시스의 모습과 파라미터가 나열된 창이 떴다.

거기에는 [복수소녀 네메시스]라는 이름과 TYPE : 메이든 with 암즈라고 적혀 있었다.

그리고 장비공격력, 방어력, 각 스테이터스에 대한 보정이 기재되어 있었다.

장비공격력, 방어력이라는 것은 네메시스를 무기로 쓸 때의 수치. 이것은 다른 평범한 무기, 방어구와 마찬가지다.

보정은 네메시스가 있기만 해도 항상 걸리는 스테이터스 보정인 것 같다. 이쪽은 고정 수치가 올라가는 건 아닌 모양이었다. 레벨 업 때 성장하는 스테이터스도 이 보정을 받는 것 같다.

종합적인 평가를 말하자면, 강하진 않다. 보정은 HP만 약간 높고 나머지는 전부 낮다. 장비공격력도 50정도다.

곰 형의 인형 옷과 비교하는 건 이상하지만 그것을 감안하더라도 스테이터스 자체는 그렇게까지 높아진 건 아닌 모양이다.

그것도 당연하다. 네메시스는 이제 막 〈엠브리오〉로 태어났다.

하지만 그렇다면 어떻게 그 [데미 드래그 웜]을 쓰러뜨릴 수 있었던 걸까.

의문을 품고 있자니 '보유 스킬'이라는 항목을 발견했다.

거기에는 《카운터 앱솝션》과 《복수는 나의 것》이라는 두 스킬이 등록되어 있었다.

《카운터 앱솝션》은 네메시스가 사용한 빛의 벽 스킬. 최대 두 개까지 보유할 수 있는 스톡식이고, 스톡 개수만큼 공격을 무효화하는 빛의 벽을 생성한다. 스톡은 24시간마다 하나씩 회복된다.

그리고 그 [데미 드래그 웜]을 쓰러뜨린 스킬 《복수는 나의 것》.

상대방에게서 24시간 이내에 받은 대미지 합계 수치에 2를 곱한 고정 대미지와 방어능력 무시공격을 날리는 스킬. 다른 스킬이나 아이템으로 경감한 수치나 《카운터 앱솝션》으로 무효화시킨 수치, 대미지도 합산된다.

단, 한 번 날리면 그 대상에 대한 대미지 카운터가 리셋되는 모양이다.

"납득이 되네. 그래서 내가 데미 드래그 웜을 쓰러뜨릴 수 있었던 거구나."

나는 [용비늘]로 경감하긴 했지만 녀석의 공격을 세 번 받아냈다. 그리고 네메시스가 다른 스킬 《카운터 앱솝션》으로 무효화시켰다.

전부 다 해서 네 번. 합계는 대충 계산해서 3600 대미지 전후.

그리고 《복수는 나의 것》의 스킬 효과로 두 배가 되어 7200 대미지 전후인가.

데미 드라그 웜의 HP가 얼마나 되는지는 모르겠지만 7200 이상은 아니었을 것이다. 아니면 급소인 머리에 직격시켰기 때문이거나.

"……이유를 알게 되었지만 그래도 기적이네."

그 일격필살은 내가 약하고 상대방이 강했기 때문에 일어난 결과다.

형이 건네준 아이템으로 여러 번 빈사를 겪었던 것도 크다.

무엇보다 네메시스의 고유 스킬이 상황에 딱 맞는 것이었다.

"꽤나 그럴싸한 결과가 나왔구나."

〈엠브리오〉는 개인의 인격이나 바이오리듬, 자질에 맞춘 온리 원이지?

이번 결과를 보니 마치 짜고 치는 것 같다.

그리고 대미지를 입으면 입을수록 강해지는 스킬이라니, 내가 완전 M취급 받는 것 같은 기분이 든다.

"완전 M이라…… 말해두지만 이건 마스터를 계속 관찰한 결과다. 틀림없다."

네메시스는 어처구니가 없다고 말할 기세였다. 그리고 내 마음의 소리가 들리는 건가?

"그런데 관찰?"

"제0형태는 〈엠브리오〉가 마스터를 관찰하기 위한 기간이니까. 마스터의 심리나 행동으로부터 개인의 인격을 관찰하고 나면 그것에 맞춰서 제1형태가 탄생한다."

그렇구나. 다시 말해 게임을 시작한 뒤에 내가 체험한 것이 나름대로 반영되어 있다고.

……생각해보니 게임을 시작한 직후에 릴리아나와 부딪힌 것도 그렇고, [데미 드래그 웜]과의 전투도 그렇고, 빈사 대미지를 마구 입은 것 같다. 그 결과가 이 스킬이라는 건가?

"뭐, 비슷한 체험이나 행동으로도 마스터에 따라 형태나 스킬이 다르니 말이다. 그리고……《카운터 앱솝션》쪽은 그대의 인격에 기반을 둔 것 같다만."

"응?"

무슨 소리지.

"아, 그리고 말이다. 내가 말하긴 뭐하지만 TYPE : 메이든 〈엠브리오〉는 꽤 희귀한 것이다. 내게 감사하며 자신의 행복을 곱씹도록 하거라."

하긴, 체셔가 말했던 통상 카테고리에 메이든이라는 건 없었다.

희귀할지도 모르고 여러모로 가르쳐주니 도움이 되긴 하지만 내 인격에서 여자애가 나왔다니 왠지 미묘한 기분이기도 하다.

"미묘? 미묘하다고?"

아, 내 마음의 소리가 들리던가.

"들린다! 미묘하다니, 뭐가 미묘한 것이냐! 이보다 더 좋을 수는 없거늘! 아름다움! 희귀도! 뭐가 불만이라는 것이냐!"

"아니, 미묘한 건 네메시스가 아니라 네메시스가 나한테서 나왔다는 거고……."

그런 이야기를 주고받고 있자니 〈구 레브 과수원〉 입구에서 릴리아나가 나타났다.

그녀가 입고 있던 갑옷은 진흙과 먼지로 더러워졌지만 별로 다치지 않은 것 같았다.

"밀리아!"

그녀는 우리들을 보고 곧바로 달려왔다.

그리고 여동생이 자고 있는 모습을 보고 숨을 내쉬었다.

"감사합니다…… 여동생을 지켜주셔서…… 정말로, 고마워 요……!"

릴리아나는 내게 그렇게 인사하고 눈에서는 눈물까지 흘리고 있었다.

"아니, 응……."

곤란하다.

뭐라고 대답하면 될지 모르겠다.

"음. 내 마스터, 그리고 무엇보다 이 네메시스에게 감사하도 록 하거라."

……그리고 우리 네메시스는 저렇게 나왔다.

"이 아이는 당신의……?"

"네, 뭐, 〈엠브리오〉예요."

릴리아나는 좀 놀란 듯이 네메시스를 보았다.

"그래요, 역시 그의 동생인 당신도 〈엠브리오〉에게 선택된 〈마스터〉군요……. 하지만 메이든이라니, 마치 그……."

그녀가 뭐라고 말하려 했을 때.

『좋았어! 지저세계 탈출이다곰!』

땅속에서 콰앙, 효과음과 함께 곰 형이 뛰쳐나왔다.

"……어?"

살아 있었나, 형.

그야 스테이터스는 계속 까맣게 칠해져서 잘 알 수 없는 상태로 남아 있었지만 말이야.

게다가 곰 형은 왠지 모르겠지만 개틀링 포를 들고 있지 않았고 그 대신 오른손에 삽을 들고 있었다.

설마 그걸로 땅속에서 나온 건가.

『지하터널 개통이다곰!』

그 직후, 지면이 살짝 흔들렸고 흙이 떨어지는 소리와 함께 곰 형이 나온 구멍이 막혔다.

『곧바로 낙반이다곰!』

시끄러워.

"형, 무사했었어?"

『그래! 그런 녀석은 나와 발드르의 제4형태로 찢어발겨 없앴다곰!』

"제4? 아까 그 개틀링 포가 아니라?"

『그건 제2형태다곰~.』

여러 가지 형태가 있다는 건가.

"〈엠브리오〉에 따라서는 임의로 예전 형태를 사용할 수가 있다. 곰 형님의 〈엠브리오〉는 그런 종류일 것이야."

……곰 형님이라니, 형 말이야?

『거기 있는 검로리는 레이의 〈엠브리오〉냐곰?』

검은 로리. 줄여서 검로리…… 그게 그거잖아.

"처음 뵙는군. 나는 이 레이 스탈링의 〈엠브리오〉, 메이든 with 암즈인 네메시스. 앞으로도 잘 부탁한다, 곰 형님?"

보아하니 네메시스는 형을 계속 곰 형님이라고 부를 생각인 것 같다.

"그건 그렇고, 형. 살아 있었다면 좀 더 빨리 나와달라고. 이 쪽은 죽을 뻔했단 말이야."

전부 합치면 네 번 정도.

『그건 힘들다곰~. 지하에서 데미 드래그들하고 계속 싸우고 있었다곰~.』

데미 드래그……들?

『지하 공동에 데미 드래그가 잔뜩 있었어. 벌레를 싫어하는 건 아니지만 그래도 소름이 끼쳤다곰~.』

"…………."

그게? 잔뜩?

……오래 있지 않길 잘했다.

"그 지네가 대량으로 발생한 건가…… 너무 무섭잖아, '초보 킬러'."

역시 트라우마 제조기라고 해야 하나.

『애초에 이곳에는 데미 드래그가 한 마리도 살지 않았을 텐데…….』

"어?"

『뭐, 찾아낸 건 전부 처리해두었으니 앞으로 더 늘어나진 않을 거야. 그건 그렇고 어서 돌아가자곰~.』

"그래, 돌아갈까."

그렇게 나와 네메시스, 곰 형, 릴리아나와 밀리안느는 마을로 돌아가기 시작했다.

왕도에서 가까운 곳이었기에 금방 도착했고, 릴리아나와 밀리안느와는 문을 지나서 헤어졌다.

그때, 릴리아나는 '이 은혜는 반드시 갚겠습니다'라고 했고, 눈을 뜬 밀리안느는 계속 소중하게 바구니에 넣어두고 있었던 [렘 열매]를 우리들에게 하나씩 주고 '고마워'라고 말해주었다.

그리고 자매가 손을 잡고 집으로 가는 것을 보고 있자니.

[퀘스트 [사람 찾기——밀리안느 그란드리아]를 달성하였습니다.]

메시지가 뜨자 그제야 퀘스트가 끝났다는 것을 실감했다.

"끝났다……."

게임을 시작하자마자 말도 안 되는 수라장에 빠져버린 것 같은 기분이 든다.

"보수는 렘 열매 하나인가. 고생한 것치고는 맥이 빠지는 보수로구나."

일본 화폐로 500엔 정도 하는 과일이었나.

그래도 나는 그 이상의 가치가 있다고 생각한다.

나는 옷으로 렘 열매를 닦아 베어 물었다.

렘 열매는 딸기 맛과 사과의 식감을 합친 듯한 과일이었다.

하지만 그 맛은 딸기보다, 사과보다 더 맛있었다.

성취감의 맛이 났다.

『자, 뒷풀이다곰~. 저녁 식사를 하자곰~. 오늘은 레이가 처음으로 로그인한 날이니 맛있는 것을 준비해두었다곰~.』

"그래?"

『고기와 야채도 산더미처럼 준비해두었다곰~. 최고급품이다곰~.』

"오호, 구미가 당기는구나."

맛있을 것 같다. 네메시스도 같은 의견인 모양이다…… 아니, 〈엠브리오〉도 밥을 먹는구나.

『그리고 디저트로는 [렘 열매]를 준비해두었다곰~.』

"오…………오?"

『저녁 식사를 위해 아침부터 시장에 있는 [렘 열매]를 사재기해두었다곰~. 마음껏 먹을 수 있다곰~.』

"………………………이봐."

밀리안느가 〈구 레브 과수원〉에 간 이유는 분명 [렘 열매]를 팔지 않았기 때문이었지?

다시 말해…….

"네가 원인이잖아! 곰 혀어어어어어엉?!"

저녁 무렵의 왕도에 내 분한 절규가 메아리쳤다.

◇ ◇ ◇

한바탕 형에게 불만을 쏟아낸 뒤, 우리들은 형이 예약해둔 가게로 이동했다.

그곳은 플레이어가 경영하고 있는 가게로, 식사를 제공하는 것뿐만이 아니라 재료를 가져가면 요리도 해준다고 한다. 형은 사전에 식자재를 산더미처럼 가져다 준 모양이다.

『그러면 레이의 첫 로그인&첫 퀘스트 클리어를 축하하며 건배다곰~.』

""건배~.""

형은 렘 술(렘 열매로 만든 과실주), 나와 네메시스는 오렌지 주스와 비슷한 음료수로 건배했다.

〈Infinite Dendrogram〉은 플레이어의 국적별로 연령제한을 적용하고 있어 나는 스무 살이 되기 전까지 술을 마실 수 없는 모양이었다. 자세히 말하자면 야한 것이 18금, 술과 담배가 20금인 모양이다.

건전하다고 해야 하나, 그런 것들이 있는 시점에서 불건전하다고 해야 하나.

"음, 어린애 같은 마스터의 영향으로 나까지 술을 마실 수가 없구나. 이쪽 시간으로 6년, 한참 멀기도 하군."

"외모로 따지면 너는 여기서 두 번째로 마시면 안 되거든."

첫 번째는 형. 여러 가지 의미로.

······곰 인형 옷이 조끼로 술을 먹지 말라고.

『냠냠. 자자, 팍팍 먹어라곰~. 고기 먹어~ 고기~. 냠냠냠.』

형은 테이블 위에 있던 요리를 먹으며 우리들에게도 권했다.

아니, 그 인형 옷은 입은 채로 먹고 마실 수도 있나. 이상한 부분에서도 성능이 좋네.

"그래, 그래. 앗! 이거 뭐야. 엄청 맛있는데!"

형이 권한 알 수 없는 요리를 먹어보고 그 맛에 놀랐다. 미지의 식자재와 조리법으로 구성된 요리지만 왠지 모르게 이해할 수 있는 맛이 났고, 매우 맛있었다.

『여기 가게 주인은 [요리사(쿡)] 중 톱 클래스, [천상 요리사(스타 셰프)]다곰~. 갈고닦은 요리 스킬은 현실 세계로 따지면 별 세 개다곰~.』

"그거 대단하네. 그런데 이렇게 맛있게 먹고 나서 현실로 돌아가면 그 차이 때문에 괴로울 것 같네."

현실의 나는 슬슬 저녁때라 배가 고플 무렵이고.

"그러고 보니 현실 세계의 나는 계속 누워 있는 거지?"

『YES다곰. 그래도 현실 세계에서 무슨 일이 생기면 알림이 뜬다곰. 예를 들면 화장실이라든가, 배가 고프다든가.』

그 말을 듣자마자 바로 시야 구석에 창이 떴다.

[알림 소변 마려움]

[알림 배가 고픔]

그렇구나.

"그러면 일단 로그아웃할게."

『오~, 최대한 빨리 돌아와라곰~.』

"빨리 돌아오거라. 마스터가 돌아오지 않으면 나도 식사를 할 수 없으니 말이야."

"네, 네."

나는 그렇게 '메인 메뉴'에서 '로그아웃' 화면을 선택했다.

[로그아웃합니다.]

[다음 로그인 포인트는 세이브 포인트와 현재 위치 중 어느 곳 으로 하시겠습니까?]

"현재 위치로."

[알겠습니다.]

[다시 귀환하시는 것을 기다리겠습니다.]

그렇게 내 아바타가 이 세계에서 사라졌고, 내 의식은 꿈에서 깨어나는 것처럼 〈Infinite Dendrogram〉에서 멀어져갔다.

◇

"……오오."

나는 〈Infinite Dendrogram〉에서 로그아웃하고 나서 우선 시계를 확인했다.

시간은 내가 게임을 시작하고 나서 약 세 시간 뒤.

정말로 3분의 1정도밖에 지나지 않았다는 것에 약간 감동했다.

그런 다음 볼일을 보고 게임 내에서 식사를 하긴 했지만 현실의 배가 부르지 않았기에 막대기 형태의 밸런스 영양식과 미네랄 워터로 영양보급을 해두었다.

혹시 몰라서 휴대폰 착신 이력 등을 확인했지만 전화가 오지는 않았다. 컴퓨터로 뉴스 사이트도 보았지만 눈에 띄는 사건은 딱히 없었다.

이렇게 10분 정도 시간을 보내다 다시 로그인했다.

『어서 와라곰~.』

"……이봐."

돌아오니 테이블 위에 있던 요리의 모습이 완전히 변해 있었다.

아무래도 처음 나온 요리는 전부 먹어버린 모양이었다.

……혼자서 그걸 다 먹다니, 이 형은 진짜 곰인가?

"으앗?! 기대하고 있었던 알 라 카르트가 사라져버리지 않았느냐!"

그리고 내 로그인과 동시에 실체화한 것 같은 네메시스가 비명을 질렀다.

『안심해라곰. 요리는 아직 잔뜩 있다곰. 이건 10분의 1정도다곰.』

"너무 많잖아?! 몇십 인분인데!"

네메시스가 태어나지 않았다면 두 명밖에 없었을 텐데 왜 그렇게 많이 준비한 거야?!

"……뭐, 됐어. 그런데 형, 아직 몇 가지 물어보고 싶은 게 있거든."

『이 인형 옷을 얻는 방법이냐곰?』

"아니야, ……좀 신경 쓰이긴 하지만 아니야."

신경 쓰였던 건 시스템 적인 거 두 가지와 릴리아나에 대한 것.

우선 쉬운 것부터 물어볼까.

"〈엠브리오〉는 진화하면 형태가 변하지."

『그렇다곰~. 내 발드르는 병기 같은 것이 늘어났다곰~. 그리고 커다래졌다곰.』

그 개틀링 포도 사이즈가 꽤 컸던 것 같은데…… 그게 제2형태지. 그 이상 커지면 들고 다닐 수가 없잖아.

『참고로 보여줄 수는 없었지만 오늘 사용한 제4형태는 전차 형태다곰.』

"전차아?!"

그런 것도 괜찮은 건가?!

"……내 네메시스도 나중에 지금처럼 인간 형태에서 다른 모습으로 변하는 거야? 전차라든가."

옆에서 밥을 먹고 있던 네메시스가 "마, 말이 씨가 된다"라고 하면서 겁을 먹고 있었다.

『진화의 스타일은 마스터에 따라 다르지만 네 네메시스는 계속 메이든일 거야. with 암즈는 다른 타입으로 변할지도 모르겠지만.』

"그러고 보니 검으로 변하던데, 네메시스는 무슨 취급이지?"

『그러니까, 암즈로 변형하는 메이든 〈엠브리오〉라는 거야. 메이든은 기본적으로 하이브리드…… 복수 타입 혼성형이니까.』

"오호."

왠지 좀 이득인 것 같다.

네메시스가 "이득인 여자라니! 그게 무슨 소리냐!"라고 따지고 있는데.

『아는 사람 중에 메이든 〈엠브리오〉를 가진 녀석이 한 명 있어. 그 녀석은 기본이 메이든인 채로 with 쪽이 여러모로 바뀌었지. 지금은 〈초급(슈페리얼) 엠브리오〉에 도달했고.』

〈초급 엠브리오〉?

『〈엠브리오〉는 제1부터 제3까지가 하급, 제4부터 제6까지가 상급, 그리고 현제 최종 도달 형태인 제7형태를 〈초급 엠브리오〉라고 불러. 상급의 한계를 **뛰어넘었기에** 〈초급 엠브리오〉지.』

"최종 도달 형태…… 〈초급 엠브리오〉."

네메시스도 언젠가 그렇게 되는 걸까.

아직 제1형태니까 거기까지 도달하는데 얼마나 걸릴지는 모르겠지만.

『참고로 거기까지 도달한 플레이어는 전부 다 합쳐도 100명이 안 되지만.』

현역 플레이 인구가 수천만 명인 〈Infinite Dendrogram〉에서 100명 미만?

얼마나 험난한 길인 건데…….

"그 사람들은 완전히 폐인이잖아."

『모두가 플레이 시간만으로 된 건 아니야. 발매일에 시작해서 아직 도달하지 못한 사람도 많이 있고, 시작하고 반년만에 도달한 사람도 있어.』

뭔가 특수한 요소라도 필요한 건가?

"아, 그러고 보니 형은 발매일에 시작한 모양인데 어디까지 진화한 거야? 지금은 제 몇 형태?"

『비 · 밀 · 이 · 다 · 곰.』

짜증 나.

그리고 이 곰 형이 설명할 때는 평범하게 말하지만 나를 놀릴 때는 곰 말투를 쓰는 것을 알게 된 것도 짜증난다.

참고로 나와 곰 형이 이야기 하고 있자니 옆에서 네메시스가 어느새 그릇 위에 있던 요리를 전부 먹어 치운 상태였다.

……아니, 네 이야기를 하고 있었거든.

"그러면 다음 질문, 이 세계에서 우리들의 입장에 대해서."

『그건 무슨 소리야?』

나는 릴리아나의 말과 행동을 떠올리며 물었다.

"릴리아나가 나를 보고 '〈엠브리오〉에게 선택받은 〈마스터〉'라고 했어. 플레이어가 아니라. 그런 부분의 사정…… 우리 플레이어의 위치, 설정을 잘 모르겠어."

아무래도 저쪽은 나를 게임 플레이어라고 생각하지 않은 것 같다.

『음, 그런 건 공식 사이트의 배경 설정 같은 걸 읽어보면 알겠 지만…… 그걸 읽으면 몇 시간은 날아가 버릴 테니, 간단히 가 르쳐주지.』

그렇게 말한 뒤 형의 해설 강좌, 세계 설정편이 시작되었다.

『이 세계에는 〈마스터〉와 티안이 있어. 그리고 우리 플레이어 는 모두 여기에서 〈마스터〉라 불리고 있지. 의미는 '〈엠브리오〉' 에게 선택받은 자'라는 느낌이고. 그리고 〈마스터〉는 무한한 가 능성을 지닌 〈엠브리오〉를 키우고 사용하는 자야. 그렇기 때문 에 〈마스터〉의 힘은 절대적이지만, 그 대신 한 가지 제약을 떠 안고 있지.』

"제약?"

『빈번하게 다른 세계로 몸이 날아가 버려.』

……응?

『〈마스터〉는 짧게는 몇 분, 길게는 몇 달 동안 이 세계에서 사 라져. 또한 사라진 장소로 돌아올 경우도 있지만, 세이브 포인 트라 불리는 특수한 곳으로 날아갈 경우도 있지.』

아니, 그건…….

『〈마스터〉는 죽는 순간에도 〈엠브리오〉의 힘으로 그 몸을 다 른 세계로 날려 보내서 살아남을 수 있어. 단, 그 경우에는 최소 한 3일 동안 돌아오지 못해.』

"그건 그러니까, **플레이어의 로그아웃이나 데스 페널티까지 이 세계의 근본 설정에 포함되어 있다는 거야?**"

『그렇게 되지.』

"……하."

릴리아나나 밀리안느를 본 것을 생각하면 티안의 사고는 인간과 비슷한 수준인 것 같다.

그런 티안들이 이 세계가 게임이라는 것을 자각하지 않고 움직이게끔 플레이어의 현실 귀환이나 불사성을 세계의 이치로 정의하고 있다.

그렇구나, 꽤나 그럴싸해.

『참고로 '이 세계는 게임이다~'라고 떠들고 다니는 플레이어도 가끔 있지만, 그런 사람들은 티안들에게 '다른 세계로 날아가서 머리가 이상해진 불쌍한 〈마스터〉'취급을 받게 되지.』

"……아."

『그리고 비정기적으로 사라지는 〈마스터〉는 나라의 요직에 거의 오르지 못해. [기사(나이트)] 직책을 맡으려고 기사단 같은 곳에 들어가더라도 통상 업무가 아니라 〈마스터〉용 업무를 맡곤 하고.』

다시 말해, 중간에 비정기적으로 사라져도 괜찮은 일만 맡게 된다고.

『뭐, 전력을 따지면 〈엠브리오〉가 있는 만큼 강하니까 맡게 되는 일은 오히려 티안의 업무보다 보수가 높을 경우가 많지만.』

혼자서 괴물을 퇴치하고 와라, 그런 건가.

자, 시스템 면에서 큰 의문은 해소되었다. 다음에는······.

"형, 릴리아나하고 전에 무슨 일 있었어?"

『무슨 일인지 모르겠다곰~?』

"얼버무리지 마. 릴리아나는 분명 형을 알고 있는 듯한 분위기였는데."

덧붙이자면 별로 좋은 인상은 아니었던 것 같기도 하다.

"무슨 짓을 한 거야?"

설마 손을 대기라도 한 건가? 그거야말로 『이예이~, 진짜 여기사다곰~. 참을 수가 없다곰~』이라고 하면서 껴안았다거나.

『아무것도 안 했어.』

하지만 형은 예상과는 달리 진지한 말투로 대답했다.

『아무것도 안해서····· 원망하고 있는 거겠지.』

"무슨 소리야?"

『또 긴 이야기가 될 거야. 게다가 방금 전과는 다르게 재미도 없고.』

"상관없어."

그렇게 대답하자 형은 한숨을 쉬고 나서 이야기하기 시작했다.

『현실 시간으로 두 달, 덴드로 시간으로 반년 전에 전쟁이 일어났어. 기계황국 드라이프가 알터 왕국을 침략한 전쟁이었지.』

기계황국 드라이프. 플레이어가 시작할 때 선택할 수 있는 소

속 국가 중 하나로, 이 판타지 세계에서 이단처럼 기계문명이
발달한 나라였을 것이다.

……바로 옆에 전차를 타는 것 같은 곰이 있으니 이단이라고
말할 입장도 아니지만.

『나라로서의 이유는 비옥한 알터 왕국의 영토를 손에 넣기 위
해. 게임으로 따지자면── 전쟁 이벤트.』

전쟁 이벤트는 설명서에도 나와 있었다.

국가 간의 대규모 전투이자 소속 국가들이 각자의 미래를 걸
고 싸우는 대규모 퀘스트였을 것이다.

『〈마스터〉와 티안이 뒤엉켜서 벌인 대결전. 뭐, 좀처럼 발생
하지 않는 이벤트니까 사람들의 이목을 끌긴 했지……만.』

형은 그렇게 말하고 한숨을 쉬었다.

『결과는 알터 왕국의 참패. 영토 중 3분의 1을 잃었고, 티안
중에서는 궁정마술사인 대현자, 기사단 절반, 그리고 국왕이 죽
었어. 다시 말해, 국가 운영의 주요 인물들이 많이 전사했다는
거지.』

"……왜 그렇게 크게 진 거야? 드라이프는 그렇게 강해?"

아니, 그렇지는 않을 것이다.

현실이라면 모를까 게임이니 전력 밸런스 정도는 맞춰져 있을
텐데.

『나라 단위의 힘은 거의 호각이었어. 국력, 병사의 레벨, 주요
티안의 전투력도. 하지만 그 위에 얹혀 있는 〈마스터〉의 힘은
별개지.』

"다시 말해 드라이프의 플레이어들이 너무 많아서 그 차이 때문에 졌다고."

하긴 드라이프는 그쪽 취향 사람들이 매우 좋아할 것 같은 나라니까 플레이어들이 잔뜩 모여들었을지도 모른다.

……아니, 그건 아니지. 그렇다면 이 나라도…….

『진 이유는 전쟁에 참가 가능했던 왕국 측의 〈마스터〉들 중 대다수가 참전하지 않았기 때문이야.』

"뭐라고?"

뜻밖의 말이었다.

나라의 미래가 걸려 있고 이목을 끄는 이벤트인데도 참가하지 않았다고?

『알터 왕국의 국왕은 뭐라고 해야 하나, 옛날 사람이라서. '나라가 궁지에 처했다. 우리나라에 소속된 전사들이여! 지금이야말로 일어설 때다!'라고 연설하고 스스로 전선에 선 건 좋았는데, 그게 다였어.』

"그게 다라고?"

『보상이 없었어. 나라에 소속된 사람이라면 지금 이 궁지에 일어서는 게 당연하다는 거지.』

……나라의 흥망이 걸려 있으니 어쩔 수 없겠지만 좀 쪼잔한 것 같기도 하다.

그게 보통인가?

『당연하지만 〈마스터〉…… 플레이어는 이 세계를 즐기고는 있지만 이 게임에 목숨을 걸지는 않아. 죽어도 24시간 로그인하지 못할 뿐이지. 그러니까 얻는 것이 없으면 나라가 궁지에 처하더라도 참가할 의미가 없다고 생각한 사람도 많았어.』

나는 오히려 전쟁에 참가해서 죽더라도 플레이어는 로그인을 제한당할 뿐이니 참가하겠지만 그건 사람마다 다르겠지.

전투 중에 사용하는 회복 아이템 비용도 들고, 강적과 싸워서 무구가 망가지면 그것도 큰 손실일 테니까.

『이 건에 대해서는 적국인 드라이프가 명확하게 보상 기준을 정해둔 것도 컸고.』

파격적이었던 모양이다.

알터 왕국 병사를 쓰러뜨리면 한 사람당 5000릴.

〈엠브리오〉 소유자…… 다시 말해 〈마스터〉라면 5만 릴.

그리고 주요 인물을 쓰러뜨리면 레어 아이템이나 국내에서의 우대 등, 여러 가지 특전을 준 모양이었다.

그 결과 드라이프 플레이어들의 사기는 상승했고, 반면 알터 왕국의 의욕은 매우 떨어지게 되었다.

『일부 플레이어들 사이에서는 '드라이프 쪽에 참가하고 싶다', '나라가 망하면 희귀한 이벤트가 일어날지도 몰라' 같은 소리까지 나왔고.』

"…………."

게임 플레이어로서 그 심정을 이해하지 못하는 건 아니다. 못하는 건 아닌데…….

『그리고 대패배의 결정타는 알터 왕국의 〈삼거두〉…… 토벌 랭킹, 결투 랭킹, 클랜 랭킹의 톱 랭커들이 전원 참가를 보류했기 때문이야.』

"랭킹? 그런 게 있어?"

『저거야.』

형은 그렇게 말하고 창문 밖을 가리켰다.

이 가게는 형과 만나기로 한 장소였던 분수광장 옆에 있다. 형이 가리킨 것은 그 대분수…… 앞에 있는 거창한 게시판이었다.

『저게 알터 왕국의 랭킹 게시판이야. 게임 시간으로 세 달마다 갱신되지. 토벌한 몬스터의 성과로 경쟁하는 토벌 랭킹. 대인 전투 시스템의 성적으로 경쟁하는 결투 랭킹, 클랜의 규모를 비교하는 클랜 랭킹, 각 랭커가 1위부터 30명씩 올라가.』

"오호."

『그리고 중요한 건, 전쟁에 참가할 수 있는 건 그 랭킹에 들어 있는 사람들뿐이라는 거야. 클랜 랭킹 쪽은 30위 이내의 클랜 멤버라면 모두 참가할 수 있으니까, 용병으로서 일시적으로 클랜에 들어가 전쟁에 참가할 수도 있지만 말이야.』

그런데 플레이어들은 저 랭킹에 들지 못하면 무슨 수를 쓰더라도 전쟁에 참가할 수 없단 말이지.

그리고 저번 전쟁 때, 각 랭킹의 정점에 서 있던 톱 랭커들, 통칭 〈삼거두〉는 참가해주길 바라는 왕국에게 이렇게 말한 모양이다.

토벌 랭킹 1위인 명칭 불명의 [파괴왕(킹 오브 디스트로이)]은 '대규모 이벤트에 참가했다가 실수로 얼굴을 드러내고 싶지 않다'고.

결투 랭킹 1위인 [초투사(오버 글래디에이터)] 피가로는 '잡스러운 싸움에 흥미는 없다'고.

클랜 랭킹 1위 클랜 〈월세회〉의 오너인 [여교황(하이 프리에스테스)] 후소 츠쿠요는 '나라와의 교섭에서 합의를 보지 못했기 때문에'라고.

그 결과, 다른 랭커들도 원래부터 낮았던 참가 의욕이 더욱 낮아졌다.

질 싸움이 되리라는 게 뻔히 보였기 때문일 것이다.

그렇게 많은 랭커들이 빠진 채 전쟁이 시작되었다. 참가한 것은 소수의 랭킹 클랜, 거기에 임시로 참가한 릴리아나 등의 인기 티안 팬클럽 멤버나 순박한 플레이어들밖에 없었던 모양이다.

결과는…… 참담했다.

전장의 광경은 유린이라고밖에 할 수 없었다. 플레이어의 숫자 차이가 너무 컸고, 무엇보다 치명적이었던 것은 드라이프 측의 톱 랭커가 전원 참가했다는 것이다.

드라이프 황국 토벌 랭킹 1위, [수왕(킹 오브 비스트)].

드라이프 황국 결투 랭킹 1위, [마장군(헬 제너럴)]. 로건 고드하르트.

드라이프 황국 클랜 랭킹 1위, 〈영지의 삼각〉 오너 [대교수(기가 프로페서)] Mr. 프랭클린.

세 사람 중 두 명은 〈초급 엠브리오〉의 마스터이기도 했기에 그 전력은 절대적이었다.

톱 랭커 세 사람에게 당시의 근위기사단장이나 대현자가 살해당했고…… 왕도 쓰러졌다.

『그대로 가다간 틀림없이 나라가 망했겠지. 하지만 영토 3분의 1을 빼앗았을 때, 제3국이었던 카르디나가 드라이프를 침공했어. 드라이프 측이 빼앗은 영토의 주둔군을 제외하고 전부 본국으로 후퇴했기에 알터 왕국은 아슬아슬하게 살아남았지.』

단, 카르디나는 이미 드라이프에서 후퇴했고 드라이프는 몇 달 뒤에 다시 쳐들어 올 거야, 형은 그렇게 말했다.

……그렇구나, 재미있는 이야기는 아니네.

"릴리아나가 원망하고 있다는 건."

『나도 그 랭킹에 올라가 있었지만 참가하지 않았던 랭커 중 한 명이니까. 그리고 전사한 전대 기사단장은 릴리아나와 밀리아의 아버지였어.』

"……정말."

정말 재미없는 이야기다.

"그래서, 재미없는 이야기를 듣고 그대는 어찌할 생각인고? 마스터."

지금까지 밥만 먹고 이야기에는 참가하지 않았던 네메시스가 내게 물었다.

"어떻게 하고 말고를 떠나서."

드라이프가 쳐들어오면 어떻게 할 것인가, ……뭐, 지금 시점에서 마음은 정해져 있다.

"그런데 아무리 보상이 없다고 해도 참가하지 않는 건 좀 그런데. 비용이 나가더라도 참가할 가치는 있을 것 같고."

게임 이벤트로 보더라도 말이지.

『뭐, 그렇기는 하지만 그때 플레이어들의 분위기는 오히려 쪼 잔한 나라에 대한 보이콧이라는 느낌이 강했지. 혹시나 드라이 프는 그런 분위기를 만들기 위해 파격적인 보상을 준비한 게 아 닐까 싶기도 해.』

그렇다면 알터 왕국은 실제로 싸우기도 전에 전략에서 드라이 프에게 진 것이다.

"형은 왜 안 나갔어? 역시 보상이 없어서?"

『……내 경우에는 무구 파괴 = 얼굴이 들키는 거라고.』

"…………아, 응."

그야 뭐, 큰 문제긴 하지만.

『뭐, 그 뒤로 장비도 바꿨으니 이번에는 나갈 거야.』

하긴, 그 인형 옷 스테이터스는 방어력 보정이나 물리 대미지 경감이 대단했으니까.

아무리 봐도 괴짜 장비지만.

『하지만 다음에 또 붙게 되더라도 저쪽은 국력이 더욱 강해졌 고, 이쪽은 약해졌으니 힘들지도 모르겠어.』

"약체화?"

『패전 이후에 다른 나라로 이적한 플레이어가 많았거든. 티안 중에서도 나라를 나간 사람들이 있을 정도고, 인터넷 게시판에 도 '알터 왕국은 퇴물', '끝장이다'라는 말이 많아.』

"…………."

망명과 난민, 만연하는 체념…… 진짜로 나라가 망할 흐름인데, 이거.

『이번 갱신 때의 랭킹도 7할 정도가 바뀌었고.』

"흐음."

반대로 말하자면 지금은 랭커가 될 기회이기도 한 건가.

"그러면 그런 쪽부터 시작해볼까."

이야기를 들어서 방침이 정해졌다…… 아니, 방침은 똑같지만 목표가 늘어났다.

"새로운 목적이 정해졌는가?"

네메시스의 목소리를 듣고 고개를 끄덕였다.

"이대로면 할 수 있는 것도 별로 없을 것 같고, 그 전쟁에도 참가할 수 없어."

그러니까…….

"우선은 레벨을 올려서…… 랭커에 도전해볼까."

■지구 모 장소 채팅룸

참가자 ── 교수

[장군이 입장하였습니다.]
[수왕이 입장하였습니다.]

참가자 —— 교수, 장군, 수왕

교수 : 안녕하세요오.

장군 : 안녕.

수왕 : 안.

교수 : 두 분 다.

교수 : 제가 〈Infinite Dendrogram〉에서 보낸 영상은 보셨나요?

수왕 : 봤어.

장군 : 그러니까 여기에 있는 거지.

교수 : 그렇지요오.

교수 : 자, 이번 유력 티안 박살내기 말인데요, 한마디로 하자면.

교수 : 실패네요오.

장군 : 실패로군.

교수 : 제가 그 던전에 풀어놓았던 그거.

교수 : 데미 드래그 웜 무리는 전멸이네요오.

장군 : 애초에 작전에 구멍이 있었던 것 아닌가?

장군 : 타깃의 여동생에게 방충향을 주고 과수원으로 유도하고.

장군 : 거기에서 타깃을 함정에 빠뜨린다는 작전 자체에 말이야.

교수 : 원래대로라면 다른 식으로 전개되었을 텐데요오.

교수 : 왠지 모르겠지만 렘 열매가 시장에서 사라져버려서.

교수 : 제가 작전에 사용할 것까지 사라져버렸거든요오. (웃음)

교수 : 안타깝네요.

교수 : 독을 넣은 렘 열매를 여동생에게 주고.

교수 : 언니를 독살하게 만들 예정이었는데.

교수 : 여동생 '언니, 축하해~'.

교수 : 언니 '고마워~ 커헉'.

교수 : 여동생 '언니!'.

교수 : 이렇게 될 예정이었는데 정말로 안타깝네요오오오오?! (눈물) (웃음)

장군 : 네가 안타까운 건 문제가 아니다.

장군 : 문제는 작전을 변경한 뒤에 박살 났다는 거지.

교수 : 무섭지요오, 그 곰. 100마리 정도 되는 데미 드래그 웜을 상대로 혼자서.

교수 : 그것도 노 대미지로 이겨버리다니.

교수 : 한 마리가 상급 직업 한 명만큼 강한데요. (웃음)

장군 : 그건 그렇게 대단한 게 아니다.

장군 : 레벨을 올린 강자라면 가능하지…… 나도 할 수 있는 일이다.

장군 : 하지만…… 직업도 없는 레벨0이 데미 드래그 웜을 쓰러뜨린다.

장군 : 그런 말도 안 되는 짓을 한 기억은 없지.

교수 : 어라, 어라. 그러면 장군 각하께서는 그 곰이 아니라 초보를 경계하시는 건가요?

장군 : 훗…… 짓밟는 것이 기대되는군.

교수 : 여전히 틀에 박힌 악당 간부 행세로군요.

교수 : 저도 그렇지만요! (웃음)

장군 : 웃기지 마라. 이게 원래 모습이다.

교수 : (웃음)

장군 : 그런데 악당이라고 해도 부정할 수는 없겠군.

장군 : 나라가 멸망한다, 이 게임의 최초 거대 이벤트.

장군 : 그것을 드라이프가, 아니, 우리가 달성할 기회를 얻은 것에 안달이 나 있으니까.

교수 : 뭐, 저번에는 주요 인물과 영토 일부로 끝나서 소화불량이었으니까요.

장군 : 근위기사단장은 싸워보니 즐거웠다.

교수 : 국왕은 재미없었죠.

교수 : 그럴 바에는 병사가 잔뜩 있는 게 더 나아요.

장군 : 대현자는…… 수왕이 쓰러뜨렸던가.

교수 : 그건 대단했죠. 역시 우리의 최고 전력이에요.

장군 : 이봐.

교수 : 아, 네네. 장군 각하와 수왕 두 분이 최고 전력이죠오. (웃음)

장군 : 흥, 됐다. 다음 전쟁 때 증명해주지.

장군 : 이번에야말로 알터 왕국의 숨통을 끊어서 말이야.

교수 : 네, 꼭 보여주셨으면 하네요오. (웃음)

장군 : 그런데 수왕은 계속 말이 없는데, 뭔가 할 말은 없나?

수왕 : 곰이, 정말, 귀여웠어.

장군 : …………………….

교수 : ……………………. (웃음)

장군 : ……수왕의 센스는 알 수가 없군.

□왕도 알테어 〈천상 별 세 개 식당〉 레이 스탈링

어젯밤, 형하고 여러 가지로 이야기를 나눈 뒤에는 그냥 먹고 마시는 연회가 되었다.

나보다 두 배는 더 먹은 네메시스와 형도 중간에 항복했고, 절반 이상 손도 대지 않고 남은 음식과 음료수는 가게에 있던 다른 손님들에게도 대접하게 되어 그대로 가게 전체가 연회 분위기가 되었다.

그리고 가게 안을 바라보고 있자니 연회로 인해 신이 난 사람들 중 누가 플레이어──〈마스터〉고 누가 NPC──티안인지 척 보기에는 알 수가 없었다.

형에게 고전 게임 이야기를 하고 갔던 사람은 플레이어일까.

술잔을 들고 묘하게 오버하며 말하고 있는 건 티안일까.

〈엠브리오〉 문장의 유무를 제외하면 그런 애매한 구별밖에 안 된다…… 둘 다 사람으로밖에 안 보인다.

그런 광경에 〈Infinite Dendrogram〉이 대단하다는 것을 새삼 느끼는 것과 동시에 뭔가 생각해야만 한다는 느낌이 들었다.

느낌이 들었는데…….

"머리 아프다……."

두통으로 인해 괴로워하고 있는 내게 철학적인 사고는 불가능

109

했다.

"숙취인가."

옆에서 네메시스가 나와 마찬가지로 머리를 감싼 채 끙끙대고 있고, 가게 안을 보니 연회에 참가하여 그 음료수를 마신 사람은 전부 비슷한 꼴이었다.

숙취. 그렇다, 이건 숙취다.

보통 미성년 플레이어는 술을 마실 수가 없다.

하지만 어제 연회에 참가한 사람 중에 물을 '술 같은 음료수로 바꾼다'는 '왜 그런 스킬이 있는 거지?'라는 말을 하고 싶어지는 스킬을 지닌 〈마스터〉가 있었던 것이 문제였다.

그 사람은 '이건 술이 아니야~. 그냥 주스야~. 마시면 기분이 둥실둥실해져~'라고 권했고, 맛있었기에 여러 잔 마셨다.

그리고 아침 해가 떠오르니 이렇게 되었다.

"으윽…… 왜 이런 부분까지."

스테이터스에도 [숙취]라고 표시되어 있고, 통각 설정이 꺼져 있을 텐데도 머리가 욱신욱신 아프다…….

"그 음료수, 술하고 비슷하지만 본질은 독약 아닌가."

"아, 술로 위장해서 상태이상을 부여하는 독약인가."

그렇다면 스킬이 있는 이유도 납득이 되고, 미성년자 판정을 무시하고 마실 수 있었던 것도 이해가 된다.

일본에는 그런 옛날이야기도 있으니 그것을 모티브로 한 〈엠브리오〉인지도 모른다.

음료수를 만든 사람은 마셔도 아무렇지도 않았지만.

"어째서 이렇게 독 같은 걸……."

『레이레이 씨 나름대로 환영한 거다곰~.』

숙취로 괴로워하는 사람들에게 물을 가져다주고 있던 곰 형이 쓴웃음을 지으며 그렇게 말했다.

"환영?"

『그녀는 새로 온 사람들에게 반드시 그 [신독귀편주(약)]을 마시게 한다곰~.』

"그건 왜……."

『'이렇게 기습당할 수도 있으니 조심해야 해!'라는 교훈을 실제 체험으로 가르쳐주고 있다곰.』

아, 그렇구나.

그래서 그녀의 술을 마시지 않은 사람들이 싱글싱글, 아니면 그립다는 듯이 보고 있었던 건가.

그들도 예전에 똑같은 환영을 받았을 것이다.

"……좋은 공부가 되었어."

『참고로 그녀가 어제 말했던 〈초급 엠브리오〉를 지닌 〈마스터〉 중 한 사람이다곰~. '주지육림'의 레이레이라 불리고 있다곰~.』

"주지육림……."

대단한 사람 같은데 왜 그런 별명이 붙은 걸까.

『참고로 저번 전쟁 때는 현실 쪽 스케줄 때문에 참가하지 못한 모양이다곰.』

당연하다면 당연하겠지만 현실 세계에서 바빠서 이쪽 이벤트에 참가하지 못한 사람도 있나.

◇

결국 오전에는 숙취가 나을 때까지 움직이지 못했다.

……가게 사람이 나누어준 [숙취] 해소 아이템이 효과가 없다니.

상태이상 회복 무효라는, 꽤나 지독한 독이었다…….

그건 그렇고 회복되었기에 거기로 쇼핑을 하러 가기로 했다.

"형, 데미 드래그의 드랍 아이템을 팔아서 초보용 장비하고 [용비늘], [브로치]를 사고 싶은데 어디서 팔아?"

『어? 그걸 사게곰?』

곰 형은 굳은 표정을 지었다.

네메시스의 고유 스킬은 대미지를 받는 것이 전제니까 [구명의 브로치]나 [대역 용비늘]은 필수라고 생각하는데…….

"뭔가 문제라도 있어?"

『그 액세서리는 비싸다곰. [대역 용비늘]은 대역 계열 최상위 액세서리라서 한 장당 30만 릴, [구명의 브로치]는 500만 릴이나 한다곰~.』

"뭐, 라고?"

일본 화폐으로 따지면 300만 엔하고 5000만 엔. 그렇게 고급품이었나.

그래도 생각해보니 당연하다. 생사를 결정하는 수준이니까.

나도 그것이 없었다면 몇 번이나 죽었을 테고.

"……지금은 안 살래."

그리고 어제 팍팍 부숴대서 미안해…….

『그러는 게 낫다곰. 초보용 장비라면 플레이어가 경영하는 양심적인 가게가 있다곰. 그런데 데미 드래그의 드랍 아이템은 벌써 오픈했나?』

"오픈?"

『데미 드래그 같은 소위 보스 몬스터 같은 녀석이 드랍하는 아이템은 기본적으로 박스 형식이다곰. 안에는 쓰러뜨린 보스에 유래하는 아이템이 하나, 보스 몬스터의 레벨에 맞는 아이템이 랜덤으로 하나부터 다섯 개까지 들어 있다곰.』

"오호."

그러고 보니 드랍된 것은 [데미 드래그 웜의 보물궤]라는 아이템이었지. 보물궤는 보물상자라는 뜻일 테고.

아이템 란에서 선택하자 [오픈하시겠습니까?]라고 했다.

"이건 여는 게 좋은 거야?"

『음, 꽝일 가능성도 있으니 그대로 팔아도 돼. 단, 데미 드래그라면 꽤 좋은 게 들어 있을 것 같으니 열어봐도 괜찮을 것 같다곰.』

"그러면 YES로."

[[데미 드래그 웜의 전신 갑옷 네이티브]를 획득하였습니다.]
[[에멘테리움]을 획득하였습니다.]

"[전신 갑옷 네이티브]하고 [에멘테리움]이래."

『전신 갑옷은 좋은 편이다곰~. 장비 스킬로 물리 대미지를 150 경감할 수 있을 거다곰.』

오호, 그거 대단……한 건지는 곰 형의 인형 옷을 보고 나니 잘 모르겠네.

"네이티브는 무슨 뜻이야?"

『아, 천연 전신 갑옷이라는 거다곰.』

……천연 전신 갑옷이라니, 그게 뭘까.

"그러면 바로 장비를…… 어라, 안 되네."

잘 살펴보니 [레벨이 규정 레벨에 도달하지 않았습니다], [이 장비는 합계 레벨 150 이상, 직업 레벨 51이상이어야 장비할 수 있습니다]라고 떠 있었다.

"……한동안은 못 쓰겠네."

『장비할 수 있는 건 한참 나중일 것 같으니 팔아버려도 좋을 것 같다. 40만 릴은 나오겠다곰. 그리고 에멘테리움은 환금 아이템이고 2만 릴 정도다곰.』

오오, 꽤 괜찮은 가격이다. 그래도 [브로치]를 구입하기에는 아직 멀었다.

"그런데 에멘테리움…… 그 데미 드래그가 준 환금 드랍 아이템이 2만인가."

만약 이번에 들어 있었던 것이 형 말대로 좋은 편인 전신 갑옷이 아니라 에멘테리움하고 비슷한 정도의 아이템이라면 합계 4만.

어제 들었던 드라이프의 파격적인 보상이 어느 정도인지 이해가 되었다.

데미 드래그 한 마리를 쓰러뜨리기보다 병사를 여덟 명 쓰러 뜨리는 것이 훨씬 편할 테니까.

참가자에게는 '짭짤한' 전장이었을 것이다.

……어찌 됐든 군자금이 생겼으니 장비를 사러 갈까.

형이 추천해준 가게에서 레벨0이라도 장비할 수 있는 물건을 몇 가지 장만했다.

낮은 레벨대에서 자주 사용하는 [라이엇] 시리즈라는 장비라 고 한다. 경장 갑옷, 팔 보호대, 바지, 부츠 세트다.

이번에 구입한 것은 방어구 장인이 만든 것으로 추가효과로 [라이엇] 경장 갑옷에는 HP를 200 늘려주는 《HP 증가》와 물리 대미지를 10 경감시켜주는 《대미지 경감》이 부여되어 있었다. 레벨이 낮을 때는 도움이 될 것 같다.

"무기는 네메시스가 있으면 되니까, 이제 레벨을 올리러 갈 수 있겠어."

"네메시스가 있으면 되니까는 무슨! '네메시스가 최고다!'라고 해야 하지 않느냐?!"

"네메시스가 최고다."

"완전히 국어책 읽기다만?!"

이 가게에서 드랍 아이템도 팔아서 얻은 돈은 시가대로 42만 릴이었다.

참고로 장비를 맞추고 회복 아이템을 샀지만 사용한 돈은 2만

릴 정도다.

[전신 갑옷]을 판 돈이 그대로 남아 있긴 하지만 낭비할 필요는 없으니 놔두자.

아무튼 이제 레벨을 올릴 준비는 다 되었다.

『아, 잠깐만. 레벨을 올리러 가기 전에 직업을 선택하는 것이 좋다곰. 아니면 계속 레벨0이다곰.』

"……아."

깜빡하고 있었다. 나, 아직 무직이다.

『직업에 대해서 좀 설명해줄까곰?』

"부탁할게."

형은 내게 다음과 같은 것들을 가르쳐주었다.

〈Infinite Dendrogram〉의 직업은 크게 나누어 하급 직업, 상급 직업, 초급 직업(슈페리얼 잡), 세 종류가 있다.

하급 직업은 무직인 사람이 우선 선택하는 직업으로 문턱이 낮고, 레벨 상한은 50.

상급 직업은 전직 조건이 설정되어 있고, 레벨 상한은 100.

하급 직업은 여섯 개까지, 상급 직업은 두 개까지 동시에 선택할 수 있고 합계 레벨 상한은 500이다.

그렇다면 남은 초급 직업은 무엇인가.

초급 직업은 선택하는 것이 매우 힘든데다 각 직업별로 선착순 한 명밖에 선택할 수 없는 직업이다.

그리고 초급 직업의 가장 큰 특징은 레벨 상한이 없다는 것.

그렇다. 초급 직업이라면 보통은 500에서 멈추는 레벨을 얼마든지 올려버릴 수 있다.

밸런스고 뭐고 없는 것 같은데, 당연하지만 레벨은 올라가면 올라갈수록 필요한 경험치가 늘어난다. 그래서 상한은 없지만 그렇게까지 레벨이 엄청나게 높은 사람은 **별로** 없는 것 같다.

……다시 말해, 그 별로 없는 소수는 레벨이 엄청나게 높은 것 같다. 어제 이야기를 들었던 〈초급 엠브리오〉도 그렇고 운영 쪽에서 일부러 격이 다른 힘을 준비하고 있는 것 같기도 하다.

그리고 초급 직업은 티안이 선택하고 있을 경우도 있는 모양이다.

여담이지만 하급 직업과 상급 직업은 플레이어가 소속된 나라의 말로 부르고 있다.

하지만 초급 직업만은 나라나 문화권을 불문하고 호칭이 '초급 직업'으로 고정되어 있다.

〈초급 엠브리오〉하고 겹치는 걸 보니 운영 쪽에서 '초급'이라는 단어에 깊은 의미를 부여하고 있는 건가?

참고로 그냥 '초급'이라고 부를 때는 〈초급 엠브리오〉와 그 〈마스터〉를 지칭하는 경우인 모양이다.

……역시 헷갈리는데.

"만약 직업을 선택해도 자신의 〈엠브리오〉에 맞지 않으면 어떻게 돼?"

『세이브 포인트에서는 임의로 직업을 리셋할 수 있어. 그리고 직업을 리셋하더라도 키운 〈엠브리오〉의 힘은 변하지 않아.』

그래서 몇 번이고 직업을 리셋하면서 여러 가지 직업을 경험하는 플레이어도 있는 모양이다.

자신에게 맞는 직업을 찾아내기까지 반복하고, 찾아낸 뒤에도 그 전까지 했던 플레이로 인해 〈엠브리오〉가 성장했으니 전보다 편하게 키울 수 있다.

"직업이라고 하니…… 어제 이야기가 나왔던 랭커의 직업은."

『어제 이야기에 나왔던 사람들은 지금 모두 초급 직업이다곰.』

"역시나."

[왕]이라든가, [교황]이라든가, 척 보기에도 한 명밖에 될 수 없을 것 같은 이름이니까.

"무슨 조건이었는지 알아?"

『그…… [파괴왕]의 직업 조건은 대미지의 합계가 1억 돌파, 상급 보스 몬스터를 일정 횟수 이상 단독 토벌, 그리고 어떤 특수 퀘스트의 달성이다곰. 그 밖에도 분명 비슷한 내용일거다곰.』

대미지 1억…… 내가 데미 드래그에게 날린 《복수는 나의 것》을 만 번 사용해도 부족하다. 역시 랭커 직업이니 대단하네.

『참고로 스테이터스 상승은 선택한 모든 직업에 적용되지만, 스킬은 메인 직업 계통이 변하면 사용할 수 없게 된다곰. [요리사]를 하고 있으면 [총사(거너)]의 스킬은 사용할 수 없다는 거다곰.』

"오호. [요리사]면서 [군인]이라면 괜찮을 것 같은데."

무슨 영화처럼.

『뭐, 메인 직업의 전환도 세이브 포인트에서 할 수 있고, 같은 계통이라면 스킬도 그대로 쓸 수 있다곰.』

그런 것도 감안해서 직업 구성을 선택하는 게 좋겠지, 분명.

"그러면 지금 내가 선택할 수 있는 직업은?"

『자, [직업 적성 진단 카탈로그]~.』

……곰 형이 뭔가 비밀도구라도 꺼낼 것 같은 발음으로 말하며 꺼낸 것은 두꺼운 책이었다.

『이 카탈로그를 읽으면 지금 선택할 수 있는 직업 중에서 가장 알맞은 직업을 찾을 수 있다곰.』

"편리하네."

『질문 형식이니까 정말로 알맞은 건지는 모르겠지만 뭘로 하면 좋을지 모를 때는 이게 좋지. 어찌 됐든 이 도시에서 처음부터 선택할 수 있는 하급 직업만 해도 100개가 넘는다곰.』

"너무 많잖아."

『뭐, 앞으로도 쓰게 될 테니 선물로 줄게곰.』

"땡큐."

어찌 됐든 써보자.

……그래서 5분 정도 뒤에 진단 결과가 나왔는데.

"[성기사]?"

단골이라고 하면 단골 직업이긴 한데, 내게 알맞은지는 의문이다.

『아, [성기사]는 HP와 STR, END에 보정이 붙어. 그리고 대미지 경감 스킬이나 회복마법 스킬도 배울 수 있지.』

그렇구나, 그러면 딱이네. 네메시스를 사용하기에는 꽤 상성이 좋을 것 같다.

『그래도 이상한데. [성기사]는 초기에 될 수 있는 직업이 아니야. 아니, 상급 직업인데.』

"상급 직업?"

『그래. 그러니까 몇 가지 조건을 달성해야 될 수 있어.』

"어떤 조건인데?"

『우선 어느 정도의 힘…… 아룡 클래스 보스 몬스터를 혼자서 50퍼센트 이상의 대미지를 주고 쓰러뜨린다.』

"했어."

데미 드래그와의 전투에서 달성한 바 있다.

『다음, 교회에 20만 릴을 기부한다.』

"할 수 있어."

현재 소지금, 약 40만 릴.

『마지막, 기사단 관련 주요 인물의 추천을 받는다.』

"……추천 같은 건 못 받았는데."

나는 덴드로를 시작한 지 얼마 되지 않았으니까 추천 같은 건 받을 수 없을 것 같은데.

"아니, 바로 어제 그런 일이 있지 않았는가?"

갑자기 지금까지 조용히 이야기를 듣고 있었던 네메시스가 끼어들었다.

『그렇군. 어제 퀘스트의 주요 보상은 그쪽인가. 그야 시스템 쪽도 [누군가와의 인연이 깊어졌습니다]라고 눈치 없는 알림을 띄우진 않겠지.』

"?"

뭔가 둘이서만 납득하고 있다.

"마스터여, 그대…… 어제 구해준 사람이 누군지 잊은 건 아닌가?"

"……아."

그 뒤로 우리들은 **근위기사단 부단장**인 릴리아나의 집으로 갔다.

어제 그런 일이 있었기 때문인지 릴리아나는 밀리안느와 함께 집에 있었다.

어제 있었던 일에 대한 인사와 환영을 받으며 두 사람과 이야기를 나눈 뒤, 나는 릴리아나에게 [성기사]가 되고 싶다고 말했다.

릴리아나는 선뜻 승낙하고 곧바로 추천장을 써주었다.

교회에 기부도 마치고, 나는 그날 바로 [성기사]가 되었다.

이렇게 겨우 레벨을 올릴 준비를 마친 것이다.

◇

『그러면 나는 이쯤해서 가보겠다곰~.』

내가 [성기사]가 된 뒤, 곰 형은 한쪽 손을 번쩍 들고 그렇게 말했다.

"뭐야, 곰 형님은 레벨을 올리는 걸 돕지 않는 겐가?"

『원래 나는 환영해주고 나서 헤어진 생각이었다곰.』

"어째서?"

『파워 레벨링을 하면 스테이터스와 플레이어 스킬에 차이가 벌어진다곰~. 덴드로는 플레이어의 기술과 요령도 중요하니까 그것을 갈고닦기 위해서라도 혼자 여행을 떠나라곰~.』

"나도 있으니 둘이서 떠나는 여행이다만."

파워 레벨링이라는 것은 자기보다 강한 플레이어의 도움을 받아 편하게 레벨을 올리는 것이다. 강한 몬스터의 공격을 강한 플레이어가 받아내고 그 사이에 자기가 찔끔찔끔 공격해서 쓰러뜨려 단숨에 레벨을 올리는 등의 경우가 있다.

하긴, 그렇게 하면 레벨이 오르더라도 실력은 붙지 않을 것이다.

『그리고 덴드로는 〈엠브리오〉가 있다곰~. 너무 남에게 의존하기만 하면 〈엠브리오〉가 잘 크지 않는다곰.』

"그런 거야?"

"그럴 가능성은 있지."

내가 시작하고 나서 진행한 플레이 스타일에 따른 결과, 네메시스가 태어났으니 그럴 수도 있으려나.

『그러니 나는 여기서 작별이다곰. 그래도 진짜로 곤란하면 연락해라곰.』

"진짜로 곤란하면 말이지."

『그래. 그래도 우선은 스스로 해봐라곰.』

"알았어. 저기, 어제부터 계속 고마워."

『됐다곰~. 아, 그리고.』

곰 형은 인형 옷 머리를 가져다 대고.

『만약에 랭커 쪽하고 엮여서 무슨 일이 생기면 바로 연락해.』

"형?"

또 진지한 목소리였다.

『뭐, 어제 그렇게 파격적이었으니 그렇게 이상한 일은 일어나지 않을 테고. 안심하고 텐드로를 즐겨라곰~.』

곰 형은 그렇게 말한 뒤 떠나갔고, 나와 네메시스 둘만 남았다.

그와 동시에 [파티를 해산하였습니다]라는 알림과 함께 계속 떠 있었던 형의 간이 스테이터스도 사라졌다.

"자, 마스터여. 드디어 홀로서기, 아니, 둘이 서기다만 어디로 갈 건지는 정해두었는고?"

"형이 낮은 레벨대 사냥터를 몇 군데 가르쳐줬으니까 적당히 돌아볼래."

"레벨 올리기가 기대되는구나. 후후후, 오늘 밤 나는 피에 굶주려 있느니라."

"아직 낮이거든."

처음에 간 사냥터는 알테어의 동문을 나와 바로 있는 〈이스터 평원〉이었다.

시야가 탁 트여 있었고, 여기저기에서 튀어나오는 몬스터나 그것들과 싸우는 사람들의 모습이 보였다.

그리고 보니 다른 플레이어가 싸우는 걸 보는 건 처음이네.

"좋아, 그러면 우리들도 시작해볼까."

"음."

네메시스는 대답하고 어제와 마찬가지로 까만 대검으로 모습을 바꾸었다.

오른손으로 든다……라기보다는 어깨까지 감싸고 있는 대검을 위아래로 휘둘러보았다.

"보기보다는 무겁진 않네."

내 STR로도 그냥 다룰 수 있다.

예전에 수학여행 때 사버린 선물용 모조검 정도의 무게다. 아니면 쇠파이프 정도.

『레이디에게 몸무게 이야기를 하는 건 실례 아닌가.』

"그래도 이건 아무리 생각해봐도 인간 형태 때보다 가볍잖아."

질량 보존의 법칙은 어쨌어.

『……마법이 있고 시간의 흐름도 다른 이곳에서 질량 보존의 법칙을 신경 써봤자 말이다.』

그건 그렇지만.

『그리고 다른 자에게는 가볍지 않을 것이야. 그대이기에 가볍게 된 것뿐이지.』

"그런 거야?"

『그런 것이다.』

그렇다면 상관없으려나. 언제까지 질문만 하다가는 레벨은 오르지 않을 테니까.

"자, 레벨 올리기 시작이다."

『주먹이 우는구나.』

그리고 두 시간 뒤.

레벨이 3 올랐고, 현재까지 입은 대미지는 0이다.

"······어째서 아까부터 두들겨 맞는데도 대미지가 없는 거야."

이 사냥터에 온 뒤로 계속 [리틀 고블린]와 [파시 래빗] 등, 척 보기에도 '아, 이건 초반 피라미 몬스터네'라고 알아 볼 수 있는 녀석들하고 싸워댔다.

하지만 그 녀석들에게서 공격을 여러 번 당해도 대미지는 0이었다.

『당연하다고 하면 당연하겠지. 그대, 이 레벨에서는 꽤 좋은 장비를 차고 있고, 《대미지 경감》스킬이 있잖은가? 그것이 있으니 대미지 10 이하는 전부 0이 되어버리겠지.』

이 사냥터의 몬스터는 내게 10 이상의 대미지를 줄 수 없다는 거다.

초기 HP가 약 100정도였으니 여기가 초보 사냥터라는 것을 생각하면 초기 HP를 감안하더라도 거의 죽지 않을 정도의 공격력만 있는 몬스터가 배치되어 있는지도 모른다.

참고로 레벨 4가 된 내 HP는 700이 넘었다.

[성기사] 레벨 60, 합계 레벨 210인 릴리아나가 5000대였는데, 이대로 가면 내가 [성기사] 레벨 60이 될 무렵에는 HP가 6000은 가볍게 넘을 것이다.

"엄청난데."

『상급 직업이라 그런지 상승폭이 높구나. 그리고 내 스테이터스 보정도 HP 보정이 가장 높으니 말이다.』

내 HP 상승폭이 높은 것은 [성기사]와 〈엠브리오〉 보정의 합산에 의한 결과인 모양이다. 〈엠브리오〉의 보정도 크다는 것을 실감했다.

물론 다른 스테이터스도 HP 정도까지는 아니었지만 올랐다.

그리고 《퍼스트 힐》이라는 회복마법 스킬도 습득했다. 이걸로 어느 정도는 자력으로 회복할 수 있다.

"음, 사냥터를 바꿀까."

보아하니 적이 좀 강한 장소에서도 괜찮을 것 같다.

『그렇지. 나도 좀 부족하다 생각하고 있었다.』

얼마 전부터 고블린하고 래빗이 일격에 두 동강이 나고 있으니까.

내가 해놓고도 좀 무서웠다.

몬스터는 시체가 남지 않지만, 그렇지 않다면 잔혹 표현이 장난 아닐 것 같다.

"음, 다음 적성 사냥터는 북문 앞에 있는 〈노즈 삼림〉인데."

『그러면 일단 왕도로 돌아갈까. 슬슬 간식 타임이니 말이야.』

간식 타임…….

"차 값 정도는 괜찮지만 말이야."

어제 저녁 식사처럼 먹으면 어떻게 하지.

장비를 팔고 남은 돈은 다음 레벨대 장비를 위해 아껴두고 싶은데.

어찌 됐든 우리들은 왕도로 돌아가기 시작했다.

사냥하고 있던 도중에 다른 플레이어를 바라보았다.

초기장비 목록에 있던 의상을 입은 플레이어가 많은 걸 보니 아마도 나와 마찬가지로 초보일 것이다.

그런데 의상은 초보용이었지만 각각 다른 플레이어가 가지고 있지 않은 무언가를 가지고 있었다.

어떤 사람은 사슬낫. 하늘로 날리자 자동으로 사슬이 뻗어나가 몬스터를 공격하나 싶더니 왠지 모르겠지만 땅속으로 파고든 뒤 몬스터를 덮쳤다.

어떤 사람은 유모차. 알 같은 것을 태우고 있었고, 왠지 모르겠지만 플레이어는 유모차의 손잡이를 왼손으로 잡은 채 필사적으로 오른손에 든 검을 휘둘러 몬스터와 싸우고 있었다.

어떤 사람은 돌로 된 작은 집. 벽에 구멍이 하나 나 있어서 플레이어가 그곳을 통해 새총으로 몬스터를 공격하고 있었다. 집에 달라붙은 몬스터는 마비된 것처럼 움직이지 않게 되었다.

어떤 사람은 붉은색으로 빛나는 결계. 결계 안에 발을 내디딘 몬스터가 지뢰를 밟은 것처럼 폭발하고 있었다. 플레이어 본인도 날아갔다.

저것들은 전부 내 네메시스와 마찬가지로 〈엠브리오〉일 것이다.

"……여러 가지가 있구나."

『사슬낫은 암즈, 작은 집은 캐슬, 지뢰밭은 테리터리로군. 유모차는…… 뭘까. 도구인 암즈인가, 아니면 채리엇인가…….』

　메이든 이외의 기본 카테고리인 〈엠브리오〉……재미있어 보이네.

『바람이냐?! 나를 오른팔로 끌어안고 있으면서 바람을 피울 셈이냐?!』

　……이게 '끌어안고 있는 거'라고 할 수 있나?

　"딱히 바람을 피우려는 게 아니라 각각 다른 능력이나 개성이 있어서 재미있다고 생각한 거야. 정말 판타지구나."

　곰 형의 그것은 노골적으로 중화기나 병기라서 판타지 이전의 문제였고.

『〈마스터〉마다 다른 온리 원이 〈엠브리오〉의 기본 이념이니 말이다.』

　"그리고 비교해보니 네메시스의 제1형태는 꽤나 투박하네."

『투박?!』

　응, 대검 모드가 말이지.

　그렇게 걸어가고 있자니 또 몬스터와 싸우고 있던 플레이어들이 보였다.

　지금까지와는 다르게 두 사람이었다.

　한 사람은 초기장비인 것 같은 코트를 두르고 있는 중학생 정도로 보이는 플레이어. 전투로 인해 진흙과 피로 더러워진 상태였지만 그럼에도 불구하고 멋지다, 귀엽다라고 평가할 수 있는 미소년이었다.

외모를 따지자면 다른 한 명도 특이해서 척 봐도 악마처럼 꼬리와 박쥐 날개가 달려서 새끼 악마 같은 미소녀였다.

"하아앗!"

"에잇!"

두 사람은 열심히 싸우고 있었지만 [리틀 고블린] 네 마리에게 둘러 싸여서 좀 불리한 상황 같았다.

음, 도와주고 싶지만 끼어드는 것도 좀 그렇지.

《퍼스트 힐》.

좀 전에 배워서 한 번도 쓰지 않았던 회복마법을 시험할 겸 두 사람의 HP를 회복시켰다. 이른바 적선 힐이다.

파티가 아니라서 HP를 볼 수는 없었지만 두 사람의 상처는 척 보기에도 사라진 상태였다.

"아! 덕분에 살았어요!"

"고마워~!"

두 사람은 자세를 다잡고 전투를 다시 벌이기 시작했다.

5분 정도 지나자 두 사람이 [리틀 고블린]을 전멸시켰다.

"고생했어. 《퍼스트 힐》."

전투를 마친 두 사람에게 다시 회복마법을 걸었다.

"회복 감사합니다! 덕분에 살았어요."

"고마워~."

"나도 회복마법을 시험해보고 싶었던 것뿐이니까 신경 안 써도 돼."

인사를 받으니 오히려 쑥스러워진다.

『어제부터 계속 인사만 받고 있구나.』

갑자기 오른손에서 네메시스의 무게가 사라졌고, 내 옆에 인간 모드인 네메시스가 서 있었다.

"어, 어?!"

"어라? 당신은……."

두 사람은 놀란 모양인데, 네메시스는 아랑곳하지 않고 새끼악마 소녀를 보고 있었다.

"흐음, 흐음. 동류……가 아니라 가드너인가. 그런데 이렇게 인간과 비슷한 가드너도 희귀하다만."

"이봐, 그렇게 너무 바라보지 말라고, 네메시스. 실례잖아."

"미안하다. 좀 신경이 쓰여서 말이지."

뭐가 신경 쓰인 건지는 뭐, 나도 이해가 되지만.

"우리 〈엠브리오〉가 실례해서 미안해."

"신경 쓰지 마세요. 그건 그렇고 변신하는 〈엠브리오〉도 있군요!"

"음, 나는 〈엠브리오〉 TYPE : 메이든 with 암즈인 네메시스다!"

네메시스는 짠, 효과음이 들릴 것 같은 기세로 이름을 댔다. ……내가 창피하다.

"아, 늦었지만 나는 레이 스탈링이야. 〈Infinite Dendrogram〉은 어제 시작했어."

"아, 저는 루크예요. 저도 어제 시작했거든요."

"바비는 바빌론! 〈엠브리오〉고 TYPE은 가드너! 바비라고 불러줘!"

"루크와 바비라고. 그런데 가드너는 분명 몬스터 형태 아니었나……."

바비는 꼬리와 날개를 제외하면 인간과 똑같았다. 꼬리와 날개는 캐릭터를 만들 때 붙일 수 있었으니 다른 점은 없다고 해도 과언은 아니다. 몬스터와 인간, 둘 중 뭐냐고 물어보면 인간이겠지.

"바비는 음마거든! 섹시하고 큐트하고 홀딱 빠진다고!"

음마……………………음마(淫魔)?

"바비, 그러니까 사람들 앞에서 그렇게 대놓고……!"

"어? 그래도 바비는 음마라는 것에 긍지를 가지고 있는 〈엠브리오〉니까 창피하지 않은데?"

"내가 창피하다고!"

"……루크, 바비가 창피해?"

바비는 울먹이는 듯한 표정을 지었다.

옆에서 봐도 울먹이면서 올려다보는 건 치사하네. 그 한 방에 루크가 허둥대기 시작했다.

"저기, 그러니까, 바비가 창피한 게 아니라 말이지. 기반이 된 내 마음을 여러모로 파헤치게 되면 창피한 거고……."

뭘까. 기시감이 든다.

그리고 루크와는 사이좋게 지낼 수 있을 것 같다.

"이 녀석, 자기 마스터를 그렇게 곤란하게 만들면 안 된다, 바비."

"네 입에서 그런 말이 나오냐."

◇

루크 일행은 사냥을 접을 예정이었던 모양이라 함께 왕도로 돌아왔다.

모처럼 만났기도 하니 루크와 바비 두 사람도 초대하여 간식 타임에 돌입했다.

……돌입했는데.

"복숭아가 맛있는 계절이 되었구나."

태어나서 처음으로 피치 타르트를 먹고 있는 네메시스는 뭔가 아는 것처럼 말하면서 재빨리 열일곱 번째 접시로 돌입했고.

"단것에는 역시 이거지~."

바비는 스트로베리 파르페에 **칠리소스**를 끼얹고 있었다.

"……아니, 칠리소스는 아니지."

"저도 그렇게 생각해요……. 그런데 네메시스 씨의 먹는 스피드도, 저기……."

"아, 그것도 알고 있어……."

그런데 신기하다. 네메시스도 그렇고 바비도 태어난 지 하루밖에 지나지 않았을 텐데 계절이나 조미료를 취향에 맞게 고를 정도로 지식을 확실하게 가지고 있다.

어제는 인간 형태라도 인간은 아니라고 했는데 그것도 그렇고…….

"우리 〈엠브리오〉는 탄생할 때 〈마스터〉의 기억 영역을 사용하니 말이야. 이 세계에 대한 것은 이 세계의 시스템에서, 세상의 사정은 〈마스터〉에게 얻고 있다."

아, 그래서 복숭아 철 같은 것도 알고 있는 건가.

"다시 말해, 〈엠브리오〉는 〈마스터〉에 대한 거라면 뭐든지 알고 있는 것이야."

"내 취향인 타입은?"

"그건 나다!"

"틀렸습니다."

"어째서냐?!"

뭐, 모든 것을 알고 있는 것이 아니라 일반 상식이 있다고 해야 하려나.

"그건 그렇고 바비는 어째서 이렇게 모독적으로 먹는 건지……."

"모독적이기 때문 아니겠느냐. 이름이 바빌론이지 않은가?"

대음부 바빌론은 묵시록에 등장하는 여자로, 머리가 일곱 달린 짐승 위에 올라타고 타락과 간음의 죄를 흩뿌리는 순교자의 천적이라고 한다.

바비가 그 이름에 들어맞는지는 모르겠지만 네메시스도 그리스 신화의 복수였나 천벌의 여신 이름이고 스킬이 카운터니까. 〈엠브리오〉의 이름은 능력을 나타내고 있는지도 모른다.

"그런데 바비여, 음마인 그대에게 묻겠다만 남자가 견딜 수

133

없는 **섹시 어필**에는 어떤 것이 있는고?"

이봐, 까망이. 뭘 물어보는 거야.

"잔뜩 있어어."

잔뜩 있는 건가.

아, 루크가 옆에서 사레 들렸다.

"오호, 배워보도록 할까."

"그러니까 어깨 주무르기하고~, 허리 밟아주기하고~, 가장 대단한 건 무릎베개하고 귀 청소 세트! 섹시하지!"

""……응?""

섹시?

그냥 마사지 범위 아닌가? 야한 의미도 없고.

"그게 아니라 말이다. 좀 더 확실하게 대음부 같은 에피소드를."

"어떤 거?"

"아, 아니. 나에게 물어봤자…….."

질문을 받고 오히려 당황할 거면 묻지를 말거라, 까망이.

"저기, 제가 미성년자라 바비도 거기에 맞춰져 있는 것 같아요……."

사레에서 부활한 루크가 그렇게 말하기에 납득했다.

"아, 연령제한인가."

술이나 담배와 마찬가지로 미성년자는 음마의 섹시함도 아버지에게 마사지를 해주는 여자애의 훈훈함 정도로 그치는 모양이다.

정말 〈Infinite Dendrogram〉은 저속한 건지 건전한 건지 판단하기가 힘들다.

◇

루크 일행과는 '양쪽 다 초보니까 다음에 같이 파티를 짜보자'라고 약속한 뒤 헤어졌다.

그리고 루크는 아직 직업을 선택하지 않았던 모양이다(사전 정보 없이 게임을 시작해서 전직에 대해서도 몰랐던 것 같다).

그래서 형에게 받은 [직업 적성 진단 카탈로그]를 빌려줬더니 뭔가 좋은 직업을 찾은 모양이었다. 대체 무슨 직업을 선택할지, 다음에 파티를 짤 때까지 기대된다.

그렇게 루크 일행과 헤어진 나와 네메시스는 예정대로 북쪽에 있는 〈노즈 삼림〉으로 와 있었다.

"해볼까."

『음, 단숨에 레벨을 올려보도록 할까.』

이미 대검으로 변신한 네메시스와 함께 왕도 주변의 제2초보 사냥터로 발을 내디뎠다.

〈이스터 평원〉과 비교하면 늘어선 나무들 때문에 시야가 좋지 않아서 20미터 이상 멀어지면 알아보기가 힘들다.

하지만 곳곳에서 전투음이 들리는 걸 보니 다른 플레이어들이 있는 모양이었다. 나와 마찬가지로 〈이스터 평원〉이 성에 차지 않게 된 플레이어들일 것이다.

우리도 몬스터를 찾다가 2분 정도 뒤에 늑대 같은 몬스터를 발견했다.

시야에 들어오는 것과 동시에 [티르 울프]라는 몬스터 이름이 표시되었다. 숫자는 세 마리다.

"갑작스럽네."

RPG의 정석을 따지면 사냥터의 레벨을 올린 직후에 여럿을 상대하는 것은 리스크가 크지만 할 수밖에 없을 것이다.

저쪽이 재빠르게 움직여서 선수를 쳤고, 선두에 있던 한 마리가 나를 물어뜯었다.

대미지량은 22, 오늘 입은 첫 대미지다.

30방 정도는 더 맞아도 괜찮을 것 같았기에 방어는 신경 쓰지 않고 공격에 전념하기로 했다.

[티르 울프]는 나를 포위했지만 나는 그중 정면에 있는 한 마리만 노렸다.

세 마리가 시간차로 덮쳐드는 와중에 다른 두 마리는 아랑곳하지 않고 정면에 있는 한 마리만 집중하여 요격했다.

까만 대검이 명중하자 한 마리가 비명을 질렀다.

[리틀 고블린]이나 [파시 래빗]처럼 두 동강이 나지는 않았지만 대미지로 인해 확실하게 움직임이 둔해졌다.

"이 정도라면 할 수 있겠어."

나는 계속 똑같은 행동을 반복했다.

◇

몇 분 뒤, 그곳에는 세 마리 분량의 드랍 아이템과 HP가 절반으로 줄어들고 레벨이 1 오른 내가 서 있었다.

"좋아, 세 마리까지는 되네."

『그런 모양이로구나.』

다음 전투에 대비하여 《퍼스트 힐》로 회복해두었다.

높은 HP와 자기 회복, [성기사]는 레벨을 올리는 데 딱이구나.

"좋아, 완치."

『그건 그렇고 이제 레벨 5, HP도 800이 넘었나. 방어력도 올라갔으니 지금이라면 맨몸으로도 데미 드래그의 공격을 견뎌낼 수 있겠구나.』

"……할 수 있더라도 보스전은 당분간 안 해."

그런 짓만 하다가는 수명이 들어들 것이다.

"레벨 20까지는 통상 몬스터만 사냥해서 레벨을 올릴 거야."

『그것도 좋을지 모르지. 그 무렵에는 나도 제2형태로 진화하려나.』

"네메시스가 진화하면 어떻게 돼? 형은 너무 많이 바뀌지는 않을 거라고 했는데."

『아마도 스킬 추가와 무기의 변화에 그칠 것이다. 뭐, 제3에서 제4로 진화하는 거라면 모르겠지만 말이다.』

"상급 진화였던가?"

『그래. 제1부터 제3까지는 하급, 제4부터 상급이니 말이야. 상급부터는 독자적인 특징이 강해지는 것 같다. 고유 스킬에 특화되어 유니크 카테고리가 되거나 하면서.』

참고로 형의 발드르 제4형태는 전차, 채리엇 계보인 모양이다. 원래 총기인 암즈이기 때문에 다른 카테고리의 계보로 진화한 것이다.

"상급에서 독자적인 특징이 강해진다면 〈초급〉의 제7형태는?"

『내가 태어나 얻은 지식 안에는 자세한 내용이 없다. 처음부터 정보가 주어지는 것은 아니겠지.』

"그런 건가."

중요한 비밀인건지도 모르지. 다 합쳐도 100명이 안 된다니.

『단, 제4형태 이상이 〈엠브리오〉의 분류뿐만이 아니라 실력을 따지더라도 상급이라 불린다는 것은 알고 있다. 그러니 열심히 해서 나를 제4형태까지 올려주거라. 할 수 있다면 그다음까지도.』

"말 안 해도 알아."

랭커는 상급 이상인 사람들이 모여 있을 테고, 거기에 들어가려면 나도 그 경지에 도달해야만 한다.

"우선은 착실히 레벨을 올려야 해. 오늘 안에 레벨 13까지 올려서 이 사냥터를 졸업해주겠어."

벌써 저녁이 된 모양인지 나무 사이로 보이는 하늘은 주황색으로 물들어 있었지만 사냥은 계속 진행했다.

밤이 되면 몬스터가 늘어나는 것 같지만 올 테면 와보라지.

『그런 마음가짐이다.』

"좋아, 그러면 바로 적을——."

——그 순간, 시야가 기울었다.

아니, 기운 것은 시야가 아니라 나 자신이었다.

관자놀이에 남아 있는 충격과 마비가 머리 측면에 무언가가 직격했다는 것을 알려주었다.

간이 스테이터스는 방금 그 충격으로 내 HP가 8할이나 사라졌다는 것을 나타냈다.

"뭐, 가."

낌새도 없었던 큰 대미지.

머리에 충격을 받았기 때문인지 현기증 때문에 팔다리도 제대로 움직이지 않았다.

『마스터!』

네메시스가 소리쳤다.

나를 걱정하고 있나 싶었는데 아니었다.

이것은 경고.

『윽!《카운터 앱솝션》!』

어제 사용한 뒤 24시간이 지나 스톡이 회복된《카운터 앱솝션》을 네메시스가 사용한 것과 동시에── 전개된 빛의 벽에 **무언가**가 격돌했다.

『키기기긱, 키이익!!』

그것은 탄환과도 같은 유선형과 아귀와 비슷한 형상을 나타내고 있는 작은 괴물이었다.

빛의 벽을 뚫으려 하고 있었지만 그러지 못하고 발버둥치고 있었다.

분명 방금 입은 대미지도 이 녀석이 한 짓일 것이다.

"몬스터인가?"

……아니, 그건 아니다.

여기에 있는 몬스터치고는 방금 전에 상대했던 [티르 울프]와는 공격력이 너무 다르다.

그리고 데미 드래그 웜 같은 보스 몬스터도 아닌 것 같다.

무엇보다 몬스터라면 본 시점에서 표시되어야 할 이름이 없다.

이 녀석은…….

『큭!』

《카운터 앱솝션》이 사라졌고, 그와 동시에 빛의 벽에 부딪혔던 그 괴물도 소멸되었다.

『한 번 공격하면 죽는 자폭 특공형 몬스터. 그러면서도 몬스터는 아니다…… 마스터! 이 녀석은!』

"가드너……!"

TYPE : 가드너…… 몬스터 형태의 〈엠브리오〉.

그렇군, 바비와 비교하면…… 방금 그건 아무리 봐도 몬스터다.

『마스터, 물러나라! 누군가가 그대를 노리고 있다!』

"말 안 해도 알아!"

그제야 현기증에서 해방된 나는 회복마법을 자신에게 걸면서 북문으로 달려갔다.

그때 겨우 주위의 상황이 이해되기 시작했다.

〈노즈 삼림〉에는 플레이어의 비명이 울려 퍼지고 있었다.

그것도 한두 명이 아니다…… 몇십 명의 비명이다.

그 괴물이 〈엠브리오〉라면 이런 짓을 저지르고 있는 것은 플레이어다.

PK(플레이어 킬러)── MMO 여명기부터 존재하는 행위, 게임 내에서 플레이어가 플레이어를 죽이는 행위.

나를 습격한 녀석이 다른 플레이어들에게도 공격을 가하여 희생자를 양산하고 있는 모양이다.

네메시스의 보정과 상급 직업의 스테이터스 상승을 통해 지금 레벨대로 따지면 매우 높을 내 HP를 단숨에 빈사로 몰아넣은 공격.

여기가 적정 레벨인 플레이어들은 버텨내지 못할 것이다.

이곳은 이미 초보 사냥터가 아니다, 초보자를…… 사냥하는 곳이다.

우리들은 사냥감이 되었다.

"그 가드너는 아까 죽었을 텐데 왜 피해자가 늘어나는 거야?!"

『그 녀석들은 아마 가드너의 상급 계보, TYPE : 레기온. **무리**를 이루는 〈엠브리오〉다. 대신 개체별 성능은 낮은 모양이다만!』

"그게 낮은 거라고, 웃기지도 않네."

그리고 〈엠브리오〉가 상급이라면 PK도 마찬가지로 상급 〈마스터〉라는 거다.

『불리하구나……!』

아무튼, 지금은 왕도로 돌아가야 해…….

저 PK 녀석도 마을 안까지는 쫓아오지 못할 것이다.

하지만 그런 내 생각을 무시하고.

『캬키키키키킥』

뒤에서 들린 소리가, 등 뒤에서 유성 같은 궤도로 날아오고 있을 괴물이.

『마스……!』

나를 죽──.

"──을까보냐아!"

돌아서자마자 까만 대검을 탄환 괴물을 향해 내리쳤다.

『키익…… 키기기기』

탄환 괴물은 까만 대검으로 인해 튕겨져 나간 뒤 숲의 나무에 부딪혀 흩어지며 자신의 역할을 마쳤다.

"……버텨냈다!"

『꽤 하지 않느냐! 마스터! 이제 남은 건.』

마을로 뛰어가는 것뿐.

그렇게 말하려 한 네메시스의 말이 멎었다.

대검이 된 네메시스에게는 얼굴이 없다.

하지만 네메시스의 시선이 어디로 향해 있는지 나는 알아버렸다.

숲의 나무 건너편, 어둑어둑하고 뿌연 안개 속에 누군가가 있었다.

남자인가 여자인가. 늙은 사람인가 젊은 사람인가. 사람인가 아닌가.

그런 것조차 안개로 인해 흐릿한 그 녀석의 실루엣은 가르쳐주지 않았다.

유일하게 알 수 있는 것은── 그 녀석이 오른손으로 권총 같은 것을 쥐고 있다는 것.

왼손이── 〈엠브리오〉의 문장이 빛나고 있다는 것.

그리고 확신했다.

저 녀석이다.

저 녀석이 나를 죽이려 하고 있다.

『도망쳐라!! 마스터!』

나는 네메시스의 말을 듣기도 전에 도망치는 것을 선택하고 있었다.

이제 20미터.

그 과수원에서 탈출 했을 때보다 더 짧은 거리이기에 숲을 빠져나와 마을로 들어갈 수 있다.

나는 뛰어갔다.

하지만 뒤에서 발포음이 들렸다.

그와 동시에 무시무시한 위압감이 들었다.

도망쳐야만 했다.

하지만 뒤에서 다가오는 오한 때문에 나는── 뒤를 돌아봐버렸다.

그것에 있던 광경.

그것은 나와 네메시스가 한 번씩, 한 발씩, 겨우 피했던 탄환 괴물.

그 괴물이── **시야를 가득 채울 만큼 많이 날아오고 있는** 지옥 같은 풍경.

그 직후, 눈 깜짝할 새에 괴물 무리가 내 몸을 박살냈다.

[치사 대미지.]
[파티 전멸.]
[소생 가능 시간 경과.]
[데스 페널티 : 로그인 제한 24h]

□무쿠도리 레이지

"……윽!"
몸이 부서진 직후, 내 의식은 꿈에서 깨어나는 것처럼 현실로 돌아와 있었다.
잠에서 깨어난 것과는 다르게 의식이 또렷했다.
하지만 상황을 받아들인 거냐는 질문에는 아니라고 대답해야 한다.
마지막 알림은 기억하고 있다.
그래서 내가 처음으로 데스 페널티를 받은 것도 기억하고 있다.
그럼에도 불구하고 그곳에서 무슨 일이 일어난 것인지 아직 머리가 완전히 파악하지 못하고 있다.

"확인…… 그렇지만."

지금 나는 〈Infinite Dendrogram〉에 로그인할 수 없다.

로그인하려고 해도 기기 측면에 내장되어 있는 디스플레이에 [페널티 기간 중입니다. 앞으로 23시간 55분 16초]라는 알림이 뜨기만 할 뿐.

"……이런."

바깥을 보니 아직 아침이 되지 않았다. 시간도 오전 5시 반이다.

아무것도 할 수 없는 시간이다.

"…………일단 잘까."

침대에 누워 자려고 했다.

하지만 눈을 감으니 살해당하는 순간이 선명하게 떠올랐다.

떠오른 것과 동시에 그때 어떻게 하면 살아남을 수 있었을지 생각하고 있다.

마치 끝까지 클리어한 퍼즐 게임에 대해 눈을 감은 채 시뮬레이션을 하는 것처럼.

몇 번이나 거듭 생각하고 반복할 때마다…… 자신의 움직임이 부족했다는 것을 알게 되었다.

그렇게 했으면, 이렇게 했으면, 이런 후회만 머릿속에 떠올랐고 생각하는 동안…… 언제부터인가 의식이 꿈속으로 녹아들었다.

◇

다음 날 아침, 여덟 시쯤에 눈을 떠서 아침 뉴스를 보며 아침 식사를 했다.

TV의 예능 뉴스는 인기 가수 레이첼 레이뮤즈의 월드 투어가 어쨌다는 둥, 별로 흥미가 없는 화제를 내보내고 있었다.

"……심심하네."

그것은 지금 먹고 있는 아침 식사에 대한 감상이다. 시간이 있었기에 오랜만에 제대로 된 아침 식사를 만들어보긴 했지만 맛은 게임 안에서 먹었던 요리와 비교하면 매우 뒤떨어지는 느낌이 들었다.

이런 경우가 계속되면 이쪽에서 먹는 식사에 대한 기대가 희미해지지 않을까라는 생각이 얼핏 들었다.

아침 식사를 마치고 식기를 정리한 뒤, 인터넷 게시판에 무슨 정보가 없는지 검색해 보았다.

그 사건은 잠깐 찾기만 했는데도 나왔다.

〈노즈 삼림〉에서의 참극은 〈Infinite Dendrogram〉계열 게시판에서 일대 뉴스가 되고 있었기 때문이다.

그냥 PK라면 이렇게까지 시끄러워지지는 않는 것 같은데 이번에는 특별했다.

왜냐하면 〈노즈 삼림〉이외의 초보용 사냥터에서도 플레이어가 계속 사냥당하고 있기 때문이다.

그것도 알터 왕국 한정으로.

동시다발, 그리고 계속적으로 왕국의 초보 플레이어가 PK를 당하고 있다.

척 보기에도 단독범행이 아니라 일정한 조직력이 엿보였다.

문제는 누가 그런 짓을 하고 있는가다.

게시판에서는 조만간 다시 침공할 거라는 소문이 있는 드라이프가 가장 유력한 용의자로 지목되고 있었다.

이유는 '전쟁 이벤트 재개에 대비하여 왕국 쪽의 전력을 늘리지 못하게끔 그러는 게 아닌가'라고 한다. 왕국에서만 사건이 일어나고 있기에 가능성은 높은 것 같다.

이 사건에는 왕국의 플레이어들도 대항책을 내놓았다.

뜻있는 플레이어들이 자경단을 조직하여 PK 토벌에 나선 모양이다.

사냥터 몇 군데에서는 PK와 자경단 플레이어들의 전투가 벌어진 것 같다.

하지만 이 전투에서는 모두 자경단 쪽이 패배했다.

그 사실로 미루어볼 때, PK 집단은 꽤나 숙련된 플레이어들로 구성되어 있다는 것을 예상할 수 있었다.

내가 **죽은** 〈노즈 삼림〉에서도 PK를 쓰러뜨릴 수는 없었지만, 다른 곳과 사정이 좀 다르다.

그곳에서는 PK를 발견할 수도 없었던 모양이다.

초보 사냥은 계속되고 있지만 아무도 범인을 발견하지 못했고, 싸우는 것도, 쓰러뜨리는 것도 못하고 있는 것 같다.

"……그 녀석, 이지?"

나는 그때 탄환 괴물인 〈엠브리오〉와 그 〈마스터〉를 보았다.

그 녀석은 기묘한 안개를 두르고 있어서 나이나 성별도 알아볼 수 없었다.

그 특징이 발견하지 못하는 것과 무슨 상관이 있는 걸까?

게시판에서는 이번 PK 소동에 대해 '드디어 왕국이 끝장났다', '드라이프 진짜 악당', '망명하려면 카르디나 추천. 새로 오는 사람도 환영'이라는 의견이 많이 보였다.

그런 의견과 함께 '그냥 지나가다가 당했어. 슬슬 진화할 때가 되었는데 이번 데스 페널티 때문에 멀어졌다'나 '나도 슬슬 상급 쪽으로 들어갈 수 있을 것 같았는데……'라는 댓글도 섞여 있었다.

데스 페널티에는 로그인 제한 말고 다른 것도 있나?

신경 쓰여서 '시작한 지 얼마 되지 않아서 이번이 첫 데스 페널티인데, 죽으면 뭐 안 좋은 게 있어?'라고 글을 올려 보았다.

'뉴비 즐', '가르쳐주마. 우선 옷을 벗습니다'라는 댓글도 있었지만 그냥 가르쳐주는 댓글도 있었다.

데스 페널티를 받은 횟수가 많으면 많을수록 진화가 늦어진다는 소문이 있는 모양이다.

플레이어들 사이에서는 나름대로 정확도가 높은 정보 취급을 받고 있었다.

개인차가 심한 〈엠브리오〉이기 때문에 검증하기는 힘들지만 대충 비교하면 데스 페널티 횟수가 많은 사람일수록 진화가 느린 경향이 있는 것 같다.

이 디메리트도 저번 전쟁 때 왕국 쪽 플레이어가 적극적으로 참가하지 않았던 이유 중 하나일지도 모른다.

정보에 대한 인사를 올리고 다른 게시판으로 이동했다.

전쟁도 그렇고 PK도 그렇고, 살벌한 이야기밖에 없나 싶었는데, 게시판을 보니 그런 것만은 아닌 모양이라 천지나 황하는 평화로운 이벤트 화제로 떠들썩했다.

천지에서는 '벚꽃이 피어나서 티안인 [정이대장군(컨퀘스트 제너럴)이 주최한 꽃구경 행사가 있었다'라든가.

황하에서는 '판다형 몬스터가 대량으로 번식해서 산 하나가 통째로 흑백이 되었다'라든가.

게시판의 댓글이나 첨부된 스크린샷──카메라 아이템으로 촬영하여 외부 매체로 출력 가능──을 보니 훈훈해서 미소를 짓게 되었다.

전투 관련으로도 레전더리아의 '모두의 아이돌 [요정여왕(티타니아)]의 기념 콘서트 티켓을 건 대배틀로열' 같은 플레이어 간 대전(PVP)이면서도 즐거워 보이는 분위기를 느꼈다.

"……왜 알터 왕국은 테러를 당하거나 멸망 직전인 건가요."

망명한 플레이어의 기분이 이해가 되니 곤란하다.

기분이 가라앉았기에 컴퓨터 전원을 껐다.

자, 어떻게 할까. 데스 페널티가 풀리는 건 내일 새벽이다.

그렇다면…… 지금 이것저것 해둘까.

생활용품이나 식자재 구매, 아직 뜯지 않은 이삿짐 개봉, 다음 달에 있을 대학 입학 준비.

현실에서 해야만 하는 것들을 해두자.

◇

　장보기와 이삿짐 정리를 끝내고 저녁 식사를 마쳤을 때는 이미 10시가 지난 시점이었다.

　게시판을 확인하자 게임 내에서 이틀이 지났는데도 그 사건이 마무리되지 않은 것 같았다.

　정말 드라이프가 뒤에서 조종하고 있다면 전쟁이 다시 벌어질 때까지 이 상황이 유지될 것이다.

　그렇게 되면 문제는 내가 어디서 레벨을 올려야 하는가다.

　왕도의 사방에 있는 문으로 나가면 바로 있는 사냥터는 전부 PK의 킬 존.

　다시 말해 지금 왕도를 나가는 것도 여의치 않다.

　어떻게든 해서 봉쇄를 뚫고 다른 마을로 이동하더라도…… 지금 레벨에서는 국내에 왕도 주변밖에 맞는 사냥터가 없다.

　있다고 한다면…….

　"그곳밖에 없나."

　형이 가르쳐준 초보용 사냥터.

　주로 문을 나가면 바로 있는 사냥터였지만 단 한 곳, 예외가 있었다.

　그곳이라면 PK 집단의 손길도 미치지 않을 테고, 게시판에서도 그곳을 노렸다는 이야기는 없다.

　하지만 형은 그 사냥터에는 문제가 있다고 말했다.

　무슨 문제인지 듣고 나 자신도 그곳에서 사냥하는 건 힘들다고 생각했다.

하지만 다른 사냥터를 사용할 수 없으니 레벨을 올리려면 그곳에 갈 수밖에 없다.

나는 그날 일찍 잠자리에 든 뒤, 다음 날 새벽에 일찍 페널티가 해제되자마자 로그인했다.

◇

로그인하자 게임 안에서는 사흘이 지난 상태였다. 시간은 죽었을 때와 마찬가지로 저녁 무렵이다.

참고로 로그인 지점은 죽은 〈노즈 삼림〉이 아니라 형과 만나기로 했던 대분수다.

이곳이 왕도에 몇 군데 있는 세이브 포인트 중 하나라는 것을 쇼핑하며 마을을 돌아다닐 때 알게 되어 부활할 세이브 포인트로 지정해두었기 때문이다.

그렇구나. 데스 페널티를 받은 뒤에는 자동적으로 세이브 포인트에서 다시 시작하게 되는 건가.

"……돌아왔는가, 마스터."

문득 정신을 차려보니 옆에 인간 형태인 네메시스가 서 있었다.

어느새 문장에서 나온 모양이었다.

"응, 다녀왔어."

"…………."

"…………으음."

어색하다.

데스 페널티를 받아버리게 된 것이 어색하다.

그리고 이번에 살해당한 이유는 내 실수니까 사과해야지⋯⋯.

"미."

"필요 없다."

말하기도 전에 거절당했다. 그렇지, 네메시스는 내 생각을 알 수 있었지.

"착각하지 말거라. 어색한 건 나고, 사과하고 싶은 것도 나니까."

"어?"

왜?

"⋯⋯그렇게 계속 내가 최고라고 떠들어놓고 막상 〈엠브리오〉 끼리 전투를 벌이게 되니 쉽사리 그대를 살해당하게 만들어버렸다. 한심한 이 몸의 무력함에 스스로도 화가 난다."

네메시스는 자신의 무력함을 책망하는 것처럼 입가에 피가 흐를 정도로 입술을 세게 깨물고 있었다.

네메시스는 그 정도로 자신 때문이라 생각하고 있다.

하지만⋯⋯.

"그건 아니지. 네가 두 번째 공격을 막아주지 않았다면 더 빨리 졌을 거야. 오히려 내가 형편없었지. 랭커를 노린다 말해놓고 웃기잖아."

"아니다! 내 스킬이 좀 더 강해서 마지막 공격도 막아냈으면 되는 거였다!"

"억지 부리지 마! 우리들의 역량을 파악하고 있던 내가 좀 더 잘 행동했으면 되는 거였다고!"

내가 그렇게 말하자 네메시스는 내 가슴을 두들겼다.

그 힘은 약하다.

하지만 네메시스의 입에서 새어 나온 말은…….

"내 힘이 부족한 것이다……. 그대가 〈마스터〉이고…… 플레이어가 아니었다면 나는…… 나도, 그대도 영원히 잃었을 것이다……. 나는 그것이 두려워서 견딜 수가 없다……."

그녀가 한 말은 내 가슴을 두드리는 주먹보다도 약하고 힘이 없었다.

그만큼 자신이 뛰어나다고 계속 말해온 그녀가 자신이 약하다는 것을 드러내고 있다.

"네메시스……."

"…………흑."

네메시스는 울고 있었다.

그 눈물은 투명하고, 부서질 것 같고, 덧없어서.

울고 있는 네메시스는…… 게임 같지 않았다.

"……네메시스 말이 맞을지도 몰라."

내가 그렇게 말하자 네메시스의 어깨가 떨렸다.

나는 그 어깨에 손을 얹었다.

"그래도 말이야, 네메시스. 역시 이번 일은 네…… **너만** 힘이 부족했기 때문은 아니야."

나보다 머리가 두어 개 작은 네메시스와 눈높이를 맞추고 눈동자를 똑바로 바라보았다.

"그리고…… 네가 말한 것처럼 **나만** 힘이 부족했기 때문도 아니지."

"마스터……?"

네메시스만 힘이 부족했던 것은 아니다.

나만 힘이 부족했던 것도 아니다.

"이번에는 **우리** 힘이 부족했던 거야."

그것이 답이다.

"내 레벨이 낮았어. 너도 아직 성장하지 않았어. 무엇보다 우리 경험이 부족했지. 그러니까 그 녀석에게 살해당했고."

그 패배는 이미 과거이며, 과거가 된 것은 변하지 않는다.

이 한 번의 데스 페널티는 상처로 남을 것이다.

"하지만 우리는 이렇게 살아 있어."

살해당했지만 플레이어인…… 〈마스터〉인 나는 살아 있다.

네메시스도 진화하는 것이 느려지게 될지 모르지만 무사하다.

"그러니까 괜찮아. 아직 할 수 있어, 이제부터 강해질 수 있어."

우리는 〈마스터〉와 〈엠브리오〉니까…… 얼마든지 다시 할 수 있다.

상처가 어쨌다고.

상처가 없고 실수가 없는 길 같은 건 처음부터 추구하지 않았다.

우리들은 상처를 입더라도…… 무릎은 꿇지 않는다.

"둘이서 강해져서 그 녀석에게 복수해주자고."

오히려 목표가 생겼다고 생각하자.

레벨을 올려서, 진화해서, 실력을 갈고 닦아서, 언젠가 그 녀석과 정정당당하게 승부해서 쓰러뜨려주자고.

"…………정말 의외로 후덥지근한 남자로구나, 그대는."

내 말을 듣고 네메시스가 쓴웃음을 지었다.

"하지만 그대의 말이 맞다. 음, 지나간 일을 후회하면서 무릎을 꿇어서는 말이 안 되지. 아직 우리 앞에는 길이 있다."

네메시스는 눈물을 닦았다.

그다음에는 항상 보여주던 시원스러운 미소를 지었다.

"이름도 모르지만 그 〈마스터〉에게는 언젠가 죗값을 치르도록 해주지."

그리고 네메시스는 오른손을 들었다.

"가자! 마스터! 강하게! 보다 강하게! 그 누구도 나와 그대를 업신여기지 못하도록!"

"그래. 해보자고! 네메시스!"

그렇게 나와 네메시스는 악수를 했다.

[인연이 깊어졌다] 같은 눈치 없는 알림이 뜨지는 않았지만 느껴졌다.

지금, 나와 네메시스의 인연이 깊어졌다.

이 순간이 우리들의 진짜 시작 지점이다.

◇

참고로 네메시스와 이야기를 하고 있을 때는 신경 쓰지 않았지만 그곳은 세이브 포인트 중 한 곳이기도 한 분수여서 다른 플레이어들도 많이 있었다.

우리가 이야기를 하는 것은 확실하게 보였고, 손을 잡자 주위에 있던 플레이어들이 박수를 쳤다.

우리들은 얼굴을 새빨갛게 물들이고 도망친다는 한심한 형태로 그 자리를 떠났다.

□왕도 알테어 [성기사] 레이 스탈링

분수광장에서 도망치듯이 이동한 뒤, 우리는 상점이 늘어서 있는 큰길로 왔다.

"자, 우리는 아까도 말했듯이 강해지고 싶어. 가장 좋은 건 왕도 주변에 있는 사냥터에서 레벨을 올리는 거지만 그러지 못하고 있는 상황이지."

"아직 녀석들의 활동이 멈추지 않았으니 말이다."

〈노즈 삼림〉에서 당한 PK를 복수하기 위해서 레벨을 올리려 해도 PK 집단이 계속 암약하고 있는 동안에는 왕도에서 나가면 바로 살해당하게 된다.

"그래서 형이 가르쳐 준 사냥터 중에서 왕도에 남아 있는 마지막 사냥터로 갈 거야."

"〈묘표미궁〉이었나."

"그래."

〈묘표미궁〉. 이 왕도 주변에 있는 사냥터 중에서 유일하게 왕도 **안**에 있는 사냥터.

왕도의 묘지 구역 지하에 펼쳐진 대미궁(던전)이다.

데스 페널티 중에 확인한 공략 정보 wiki에 따르면 〈묘표미궁〉은 다음과 같은 장소인 모양이다.

첫 번째, 다섯 계층마다 분위기나 서식하는 몬스터가 달라지는 지하 던전.

두 번째, 깊게 들어가면 들어갈수록 강력한 몬스터가 나타난다.

세 번째, 깊은 층에는 [데미 드래그 웜]과는 비교도 할 수 없는 몬스터가 여러 마리 나타난다.

네 번째, 얕은 계층에서는 몬스터도 약해서 왕도 주변과 비슷한 정도의 몬스터가 나타난다.

다섯 번째, 공략 wiki 참가자들의 탐색으로 현재 지하 45층까지 확인됨.

중요한 것은 네 번째 특징이다. 낮은 계층이라면 초보인 우리들도 레벨을 올릴 수 있고 PK 걱정도 없다.

"보통 이런 경우에는 다른 초보들도 몰려서 혼잡할 텐데……그렇지 않던가."

"그래, 다른 초보 플레이어들은 거의 들어가지 못할 거야."

"……힘든 세상이로구나."

"진짜 그렇지."

다른 초보들이 들어가지 못하는 이유를 떠올리고 나와 네메시스가 한숨을 쉬었다.

◇

우리들은 저녁 식사를 마치고 〈묘표미궁〉이 있는 묘지 구역으로 왔다.

당연하다면 당연하겠지만, 이 묘지의 묘비는 전통식이 아니라 서양식이다. 고인의 이름과 태어난 해, 죽은 해가 적힌 묘비와 함께 수많은 비석이 세워져 있다.

넓은 묘지라서 입구에는 안내판이 있었고, 목적지인 〈묘표미궁〉 입구는 묘지 안쪽에 있는 것 같았다. 입구 근처에 던전을 관리하는 병사의 초소도 있는 것 같았다.

그곳을 향해 묘지 안을 걸어갔다.

그런데…… 낯선 서양 묘지&밤이라는 상황이 꽤나 싸늘하다.

뭐, 그런 생각을 하면 또 네메시스한테 놀림당할 것 같은데……

응?

"네메시스?"

"…………."

네메시스는 반응이 없다.

그 표정은 무표정, 아니 애써서 감정을 없애고 있는 것 같기도 했다.

데스 페널티에서 복귀한 뒤에 첫 전투라서 신경 쓰고 있는 걸까.

"네메시스."

"……뭐, 지?"

네메시스는 끼익, 끼익, 소리가 날 정도로 어색하게, 마치 녹슨 인형처럼 입술을 천천히 움직였다.

"……아니, 아무것도 아니야."

"그, 런, 가."

……신경 쓰고 있는 게 아니라 긴장한 건가?

부활한 지 얼마 되지 않았으니 오늘은 네메시스에게 신경을 써주는 게 좋을지도 모르겠다.

그건 그렇고 이 묘지는 으스스하네.

아니, 밤에 온 묘지에 제대로 조명도 없으니 으스스한 게 당연하겠지만.

몬스터가 아무렇지도 않게 있는 세계관이니까 저 무덤 아래에서 좀비가 기어 나오고 살점을 흩뿌리며 잔뜩 다가오는 호러 전개는 충분히 있을 수 있다.

"…………응?"

호러에 대해 상상하고 있자니 네메시스가 내 손을 잡았다. 그 손은 떨고 있었고, 표정을 보니…… 매우 불안한 것 같은 표정이었다.

……아, 그렇구나.

"너…… 유령이 무서워?"

"………… ."

네메시스는 고개를 돌렸다.

정답이었던 모양이다.

건방진 말투에, 대식가에, 거만한 태도에, 유령을 무서워한다.

인연이 깊어진 내 파트너지만 네메시스의 캐릭터를 아직 다 파악하지 못하고 있었던 모양이다.

"무서우면 미리 변신하면 되잖아?"

"…………응."

네메시스는 내 손을 잡은 채 곧바로 대검으로 변신했다.

왠지 네메시스가 안도하는 것 같은 느낌이 들었다.

역시 형태가 변하면 마음가짐 같은 게 변하는 걸까.

그 대신 나는 밤에 묘지에서 대검을 빼들고 있는 수상한 사람이 되었는데…… 뭐, 어쩔 수 없지.

누가 보기 전에 얼른 입구로 가자.

◇

10분 정도 걸어서 〈묘표미궁〉 입구에 도착했는데, 이 묘지 구역은 꽤 넓었다.

뭐, 지하에 미궁이 통째로 묻혀 있으니 당연하다고 할 수 있겠지만.

입구 근처까지 와보니 던전 앞이라서 무기를 들고 있어도 뭐라고 하지 않는다.

〈묘표미궁〉 입구는 돌로 만들어진 튼튼한 문이었다.

문 옆에는 경비병이 있었고, 우리들을 본 그는 말을 걸어왔다.

"〈묘표미궁〉을 탐색할 〈마스터〉 분이신가요? 이 지역을 탐색하려면 [묘표미궁 탐색 허가증]이 필요합니다."

[묘표미궁 탐색 허가증]. 이 아이템이 바로 초보가 〈묘표미궁〉을 탐색할 수 없는 이유다.

난이도 : 3인 퀘스트 보상이나 보스 몬스터의 랜덤 드랍 아이템으로밖에 얻을 수 없다.

시장에서 살 수도 있지만…… 평균 가격은 10만 릴. 초보가 사는 것은 불가능하다.

여기에는 돈이 없으면 들어갈 수 없다. 참 힘든 초보 사냥터다.

다행히도 우리에게는 [데미 드래그 웜]의 드랍 아이템을 팔았을 때 받은 잔금이 있었다. 그래서 이 묘지를 방문하기 전에 상점에서 [허가증]을 구입했다. [허가증]을 사용하기 위해 이름을 적는 작업도 마쳤기에 준비는 다 된 상태다.

나는 왼손으로 짐을 뒤져 허가증을 꺼내려고…….

"어라? 당신은 [성기사]님이시군요. 그렇다면 상관없습니다. 지나가세요."

경비병은 그렇게 말하고 내가 [허가증]을 보여주기도 전에 입구에서 물러났다.

……어라?

"……[미궁 탐색 허가증]은?"

"[성기사]님이라면 필요 없습니다."

…………진짜로?

『10만, 날렸구나.』

"으으으……."

나는 묘지에 무릎을 꿇었다.

데스 페널티를 겪고 나서도 꿇지 않았던 무릎을 여기서 꿇었다.

이거 진짜 충격이 크다.

모 고전 게임에서 고생하며 돈을 모아 강철 검을 샀는데 그 직후에 보물상자에서 나오는 패턴의 30배 정도로 충격이 크다.

일본 화폐로 100만 엔인데…….

이름을 적으면 그 사람 전용이 되니까 팔 수도 없는데…….

형도 가르쳐주지…… 아니, 몰랐겠지. [성기사]가 아니니까.

"괘, 괜찮으신가요?"

내가 너무 큰 충격을 받아 무릎을 꿇자 병사가 걱정스러운 듯이 말을 걸었다.

『충격을 받은 건 알겠지만 고개를 숙이고 있어봤자 소용없을 것이야.』

"……그렇, 지."

마음을 다잡자. 본전을 뽑겠다는 마음가짐으로 이 미궁에 도전하는 거야.

"그러면 안으로 들어가도 될까?"

"네, 네. 조심하십시오."

병사가 어떤 주문을 외우자 문이 열렸다.

문 너머에는 희미한 어둠과 지하로 통하는 돌계단이 있었다.

"갈까."

『그러자꾸나.』

우리들은 〈묘표미궁〉의 내부로 발을 내디뎠다.

내가 형에게서 〈묘표미궁〉이야기를 들은 것은 장비품을 맞추고 잠시 쉴 때였다.

『이 나라에서 가장 큰 던전은 왕도 안에 있다곰~.』

형은 왕도 주변의 초보 사냥터에 대해 가르쳐주고 나서 덧붙이는 듯이 말하기 시작했다.

"왕도 안에? 무슨 소리야?"

『이 왕도의 지하에는 〈묘표미궁〉이라 불리는 알터 왕국 최대, 아니, 이 대륙 최대의 던전이 잠들어 있다곰~.』

그 말을 듣고 나와 네메시스는 발치를 바라보았다.

"드라이프와 전쟁하기 전에 멸망하는 것 아닌가? 이 나라……."

『〈묘표미궁〉은 신조 던전이다곰. 내부의 몬스터가 기어 나올 일은 없다곰.』

"신조 던전?"

처음 듣는 말이라 되묻자 형이 바로 설명하기 시작했다.

……설명하는 걸 좋아하는구나, 형.

『덴드로의 던전은 두 종류 있다곰. 하나는 자연 던전. 이건 '원래 던전이 아닌 곳이 여러 가지 사정으로 인해 던전으로 변해버린 것'이다곰. 그 〈구 과수원〉이 전형적인 예다곰.』

그 밖에는 지능이 높은 마물이 만든 소굴이나 마물에게 함락된 요새 등도 자연 던전에 포함된다, 형은 그렇게 말했다.

『다른 하나는 신조 던전. 처음부터 이 세계에 던전으로 만들어진 것이다곰. 까놓고 말하면 운영 쪽에서 만든 던전이다곰.』

"오호?"

『자연 던전과의 차이는 크게 나누어 세 가지다곰. 하나, 몬스터가 던전 바깥으로 유출되지 않는다.』

그렇지 않으면 이 왕도에는 위험해서 살 수가 없겠지.

『둘, 몬스터가 생태계나 원인에 상관없이 자동으로 리젠된다.』

이 세계는 인간의 인격이나 생활뿐만이 아니라 몬스터의 생태계도 리얼하다. 이유 없이 솟아나는 일은 없다.

사망한 티안이 되살아나지 않는 것과 마찬가지로 몬스터도 멸종되는 경우가 있는 모양이다.

그런데 신조 던전의 몬스터는 예외로 끝없이 생겨나는 것 같다.

시체가 없는데도 언데드가 나타나는 건 당연한 케이스라고 한다.

『셋, 일정 단계마다 보스 몬스터가 배치되어 드랍 아이템 이외에도 추가 보수를 준다.』

몬스터가 끝없이 나오는 것처럼 보물도 무한하게 나온다. 그것도 계층이 깊어지면 깊어질수록 보물의 등급도 올라가고, 깊은 곳에서는 하나당 100만 릴이 넘는 물건이 그냥 나오는 모양이다.

무한한 부라고 해야 할까.

『신조 던전은 다른 곳에도 있지만 가장 진입이 쉬운 것이 〈묘표미궁〉이다곰. 게임으로 볼 때, 왕국에 소속되는 가장 큰 메리트는 이거라고 할 수 있지. 들어가는 조건이 [허가증]이라는 아이템을 보유한 상태에다가 왕국 소속이기만 하면 되니까.』

그리고 형은 말을 한 번 끊은 다음 이렇게 말했다.

『그야말로 비옥한 토지와 마찬가지로 드라이프가 왕국을 노리고 있는 이유 중 하나이기도 하지. 어찌 됐든 드라이프는 이 나라를 함락시키지 않는 한 〈묘표미궁〉에 들어가지 못하니까.』

드라이프가 보기에는 알터 왕국은 무한한 재화가 들어 있는 보물창고 같은 거나 마찬가지인가.

"형이 인형 옷을 손에 넣은 뒤에도 취향에 맞는 나라로 이주하지 않고 왕국에 계속 소속되어 있는 것도 〈묘표미궁〉을 탐색하기 위해서야?"

『나는 그곳에 거의 들어간 적이 없다곰.』

뜻밖의 대답이었다.

"어째서?"

『……제5형태 이후의 발드르는 너무 커서 던전 안에서 못 써.』

"…………."

'지나친 것은 모자람만 못하다'라고 말할 필요까지는 없겠지만 무엇이든 장점과 단점이 있다는 걸 깨닫게 해주는 이야기였다.

그리고 전차보다 크다니, 무슨 〈엠브리오〉인데.

◇ ◇ ◇

그리고 지금 현재, 나와 네메시스는 그 〈묘표미궁〉을 탐색하고 있다.

지하 미궁이기에 완전히 어두컴컴할 줄 알았는데 의외로 희미하게 조명이 켜져 있었다. 보아하니 이 미궁의 벽이나 천장에 빛을 내는 광석을 박아둔 모양이었다.

통로의 폭은 꽤 넓어서 열 명 정도는 나란히 걸어갈 수 있을 것 같았다.

반면, 천장은 그렇게까지 높지 않았다. 형 말대로 크면 걸려 버릴 것 같다.

돌로 된 벽이나 천장이라면 부수면서 나아갈 수 있을 것 같았는데, 시험 삼아 베어보니 흠집 하나 내지 못했다.

아무래도 이 던전은 파괴 불가능인 것 같다.

『묘표라는 무시무시한 이름이 붙어 있는데 내부는 깔끔한 던전이로구나.』

"어떤 힘 같은 걸로 청소했는지도 모르지."

이 미궁은 리얼함보다 운영 쪽 관리가 더 우선적으로 적용되고 있는지도 모른다.

『묘지에서는 어떻게 하나 싶었지만 이 정도라면 아무런 문제도 없다. 몬스터들을 모조리 썰어주마!』

"그런데 이 계층에 나오는 몬스터는 언데드밖에 없다던데."

『…………어?』

나는 통로 안쪽을 손가락으로 가리켰다.

양반은 아닌가 보다. 그곳에는 너덜너덜한 옷을 입은 사람……의 뼈만 남은 괴물이 있었다.

몬스터라는 것을 증명하려는 것처럼 뼈의 머리 위에는 [시빌 스켈레톤]이라는 이름이 떠 있었다.

시빌(시민)이라는 걸 보니 원래 병사나 기사가 아니라 시민의 시체였던 것 같다. 무기는 가지고 있지 않아서 맨손으로 팔을 벌린 채 철컥철컥 소리를 내며 다가왔다.

그건 그렇고 현실과 별다른 차이가 없는 퀄리티를 자랑하는 〈Infinite Dendrogram〉 안에서는 뼈로 만들어진 [스켈레톤]은 너무 무섭다. 하얀 뼈에 체액이 약간 말라붙어 빨간색이나 노란색이 좀 보이는 것이 너무 리얼해서 싫다.

지금만은 '묘사 선택을 애니메이션이나 CG로 할 걸 그랬다'라는 생각이 들었다.

『…………』

"네메시스?"

『…………』

반응이 없다.

아무래도 마음을 무로 만들고 있는 것 같다.

지금부터 저걸 네메시스로 공격할 테니까…….

"그러면 해볼까."

나는 사람의 뼈를 베는 것을 약간 망설이기도 했지만 대검으로 [스켈레톤]을 베었다.

대검은 [스켈레톤]의 팔과 어깨를 깊숙하게 부수고 잘라냈다.

그 뒤를 이어 대검 옆쪽을 대고 [스켈레톤]의 머리를 향해 풀스윙.

[스켈레톤]의 머리는 쉽사리 박살 난 뒤 빛의 먼지가 되어 사라지기 시작했다.

『……좀 더 닿지 않고 끝낼 수 있는 방법은 없는가.』

"지금 우리들한테 베고 때리는 것 말고 어떻게 싸우는 방식이 있는데?"

나는 공격마법 같은 걸 습득하지 않았고, 네메시스의 스킬도 방어인 《카운터 앱솝션》과 접촉 카운터인 《복수는 나의 것》뿐이다.

소비형 매직 아이템을 좀 사두긴 했지만 그것도 숫자가 정해져 있다.

적을 쓰러뜨리려면 역시 근접 물리 공격을 할 수밖에 없다.

『그야 그렇지만…… 정신력으로 힘드니 말이다.』

"여기에 있는 [스켈레톤]이라면 그나마 낫겠지."

이곳은 신조 던전. [시빌 스켈레톤]도 사람의 유골이 아니라 그렇게 만들어진 몬스터에 불과하다. 그렇기 때문에 기분이 나쁘긴 해도 천벌을 받을 짓은 아니다.

그리고 위생면으로 따져봐도 사실 의외로 깨끗할지도 모른다. 말랐고, 막 생겨났고.

『으음…… 그렇게 생각하니 그나마 나은가.』

"그래, 그래. 아, 또 몬스터가…………."

『…………………….』

나와 네메시스는 통로 귀퉁이에서 나타난 몬스터를 보고 말을 잃었다.

그 몬스터도 역시 [스켈레톤]과 마찬가지로 언데드 몬스터였다.

하지만 그 몬스터는 [스켈레톤]보다 '통통했다'.

썩어서 벌레가 들끓는 살이 뼈에 달라붙어 있었기 때문이다.

붙어 있는 살도 군데군데 떨어져나가서 그 단면에서 노란색이나 검붉은 색 체액이 떨어지고 있었다.

현실과 별다를 바 없는 오감이 있기 때문에 그것이 내뿜고 있는 형용할 수 없는 썩은 냄새도 느껴졌다.

괴물의 머리 위에는 [운드 좀비]라는 이름이 떠 있었다.

그리고 이 세계의 것이 아닌 괴물을 봐버린 탐색자는 1/1D6 SAN 체크를…….(크툴루 신화 기반의 TRPG 및 보드 게임 등에서 사용하는 스테이터스. 정신적으로 얼마나 정상에 가까운지 알려주는 수치)

"……헉! 너무 징그러워서 의식이 다른 게임으로 날아갔었네!"

너무나도 너무한 것이 나타나서 나도 모르게…….

그야 언데드 소굴이니 [스켈레톤] 말고도 [좀비]가 있겠지.

조용했던 [스켈레톤]과는 달리 [좀비]는 신음소리를 내며 체액을 뚝뚝 떨어뜨리고 다가왔다.

"어이쿠, 전투 개시인가."

『뭐라?! 기, 기다리거라! 설마 나로 저것을 벨 셈은 아니겠지?!』

"…………저건 죽은 사람이 아니라 이 던전에서 만들어진 몬스터니까."

『아니아니아니아니! 아무리 막 생겨났다 해도 저렇게 지독한 것을 베고 싶지 않다!』

"네메시스."

진심으로 싫어하는 네메시스에게 나는…….

"돌아가면 닦아줄 테니 참아."

『싫어어어어어어어!』

비명을 지르는 네메시스를 들어올리고 [좀비]에게 돌격했다.

◇

『흑, *끄윽······*.』

나는 저주받은 무기처럼 흐느끼는 네메시스를 들고 〈묘표미궁〉 내부를 걸어가고 있었다.

그 뒤로 [좀비]를 12마리, [스켈레톤]을 30마리, 그리고 [헌티드 스피릿]이라는 몬스터를 다섯 마리 해치웠다.

그 성과로 레벨도 2 올라 7이 되었다. HP도 1000대에 도달했다.

『썩은 살이······ 벌레가······.』

[좀비]와의 전투는 네메시스의 제정신 수치를 팍팍 깎아먹은 모양이다.

그나마 다행인 것은 쓰러뜨리면 드랍 아이템을 제외하면 전부 사라진다는 것.

그렇지 않았다면 살점과 체액으로 인해 네메시스와 내가 지독한 꼴이 되었을 것이다.

『으으, 설마 그대에게 가학 취미가 있을 줄은 몰랐다······.』

"딱히 취미라 그런 건 아니야. 필요했을 뿐이지."

『······묘하게 풀스윙을 많이 한 것 같다만?』

"신경 쓰지 마."

보기만 하면 스플래터 무비 같지만 대검 풀스윙은 약한 언데드를 박살 낼 수 있기에 효과적인 공격이라 할 수 있을 것이다. 마치 서양 게임 같았다.

참고로 [좀비]의 신음소리보다 박살 난 살점이 붙었을 때 네메시스가 지른 비명이 훨씬 더 컸는데…… 그것도 중간부터는 익숙해져버려서 BGM이었다.

"어이쿠, 방금 전투까지 해서 [젬]도 절반이나 써버렸네."

[젬]이란 [스피릿]에게 사용하려고 준비한 아이템이다.

[스피릿]은 유령이나 혼령 같은 부류의 몬스터이며, 특징으로는 물리공격이 전혀 통하지 않는다는 것을 들 수 있다. 그리고 HP가 아니라 MP나 SP를 줄어들게 하며 상태이상을 부여하는 공격을 가한다.

나는 공격마법 스킬을 습득하지 않았기에 손댈 수가 없다. 영체에게 통할 가능성이 있는《복수는 나의 것》도 MP나 SP의 감소까지 두 배로 돌려줄 수는 없다. 상성이 너무 안 좋다.

하지만 이 〈묘표미궁〉에 [스피릿]이 나온다는 정보를 wiki에서 본 시점에서 대책이 필수라는 것을 알고 있었기에, 여기로 오기 전에 대항 아이템인 [젬]을 구입해두었다.

이 [젬──《화이트 랜스》]은 사용하면 성속성인 빛의 창이 상대방을 공격하기 때문에 [스피릿]에게는 매우 효과가 좋았다.

하지만 이 아이템은 1회용인데다 하나에 1000릴이나 한다. 한꺼번에 열 개를 샀는데 여기까지 탐색하면서 [젬]을 다섯 개 사용했기에 지금 남은 것은 절반.

그런데…….

『지금까지 얻은 드랍 아이템은 얼마나 되려나.』

그게 문제다. 사용한 [젬] 가격의 1할도 벌지 못한 것은 분명하다.

여기서 계속 사냥하기 위해서 [젬] 값 정도는 벌어두고 싶은데, 정말 돈이 안 모인다.

[좀비]나 [스켈레톤]의 드랍 아이템은 너덜너덜한 옷이나 뼛조각 같은 거라 애초에 돈으로 바꿀 수 있는지조차 의심스럽다. [스피릿]은 아예 아무것도 드랍하지 않는다.

동물 계열 몬스터였다면 모피나 이빨처럼 팔릴 만한 드랍 아이템을 줄 텐데…… 이대로 가다간 지갑이 위험하다.

"조금만 더 가보자. 다음 계층으로 이어지는 계단도 찾지 못했으니까."

혹시나 그 과정에서 보물상자를 발견할지도 모른다.

던전인데 지금까지 그런 걸 전혀 보지 못했으니까.

『알겠다. ……그런데 마스터.』

"왜?"

『돌아가면 약속대로 닦아줘야 한다.』

"네, 네."

아무리 체액이나 살점이 사라진다고 해도 역시 기분은 좋지 않은 모양이다.

◇

계속 탐색하기로 결정하고 몇 분 뒤, 우리들은 지상에서 이 계층으로 내려올 때 사용했던 것과 같은 장식이 달린 계단을 발견했다.

"이게 있는 걸 보니 1층은 여기서 끝인가."

『보스는 없었구나.』

"다섯 계층마다 배치되어 있는 모양이니까."

〈묘표미궁〉은 다섯 계층이 한 세트. 지하 1층부터 5층은 언데드 소굴이고 종점에는 언데드 계열 보스가 배치되어 있는 것 같다.

보스를 쓰러뜨리면 6층으로 가는 문이 개방되고, 그 이후는 몬스터의 종류가 달라지며 반복된다.

공략 사이트의 정보는 45층까지 적혀 있었는데, 그곳은 드래곤의 계층인 것 같았다.

45계층의 보스는 매우 강력해서 돌파한 사람이 없었기에 미답 영역이라 불리고 있다.

미답이라고는 해도 정확히 말하자면 공략 사이트의 운영자나 wiki에 참가한 사람들 중에 공략한 사람이 없는 것 같다. 46층 이후를 알고 있지만, 자신만 이용하기 위해 정보를 숨기고 있는 사람도 있을지 모른다.

뭐, 지금은 갈 수 없는 장소를 생각해봤자 소용없지.

오늘은 이쯤해서 돌아가자.

그런데 이 던전, 수지타산이 정말…….

『마스터.』

생각을 하고 있자니 네메시스가 말을 걸었다.

조심하라는 목소리였다.

"왜 그래?"

『계단에서 누군가가 올라온다.』

그 말을 듣고 계단을 살폈다.

귀를 기울이고 있자니 터벅, 터벅, 발소리가 계단 밑에서 울리고 있었다.

몬스터는 계층을 이동할 수 없는 것 같으니 플레이어일 것이다.

다른 플레이어가 아래층에서 귀환하고 있는 모양이었다.

그런데 신기하게도 발소리는 하나뿐이다. 나처럼 낮은 계층에서 레벨을 올리려는 목적이 아니라 던전 탐색이 목적이라면 파티를 짰을 텐데.

의아해하고 있자니 들리던 발소리가 갑자기 멎었다.

──다음 순간, 계단 아래에서 **무언가**가 뻗었다.

그 무언가는 아슬아슬하게 인식할 수 있을 정도로 빨랐다.

계단 아래에 있었기에, 그리고 거리가 벌어져 있었기에 다가오는 것을 알아챌 수 있었는데, 눈치챘을 때는 이미 눈앞에 있었다.

내 얼굴을 향해 뻗은 그것은── 분명히 나를 향한 공격이었다.

"『《카운터 앱솝션》!』"

나와 네메시스가 스킬명을 다 외쳤을 때, 무언가가 전개된 빛의 벽에 격돌하고 있었다.

그 무언가는 사슬이었다.

끄트머리에 피라미드 형태의 돌기가 연결된 그것은 막힌 상태에서도 위압감을 내뿜으며 《카운터 앱솝션》의 벽이 없었다면 일격에 내 머리를 박살 냈을 거라는 예감이 들게 했다.

『이, 위력……!』

네메시스가 괴로워하며 소리쳤다.

데미 드래그 웜이나 탄환 괴물의 일격을 막아냈을 때도 이런 반응은 보이지 않았다.

다시 말해 이 일격은 그것들을 뛰어 넘는다……!

『더, 이상, 은……!』

지금까지 온갖 공격을 막아온 빛의 벽에 조금씩 금이 갔고…….

"윽!"

벽이 부서지기 직전에 사슬이 계단 아래로 되감겼다.

한순간의 안도.

하지만 사슬의 움직임이 의미하는 것은.

『두 번째 공격이 온다! 대비하거라!』

다음 공격의 예비 동작.

재빨리 뒤로 뛰어 거리를 벌렸다.

"……어떻게 하지?"

네메시스에게, 그리고 자기자신에게 물었다.

《카운터 앱솝션》의 스톡은 하나 더 있지만…… 그게 다다.

다음 공격을 막아내면 물러설 곳이 없다.

나는 언제 두 번째 공격이 올지 경계하면서 자세를 잡고 있었다.

"⋯⋯⋯⋯?"

하지만 기다려도 다음 공격은 오지 않았다.

계단 쪽에서 사슬이 날아올 낌새는 없었고, 대신 계단을 올라오는 발소리가 다시 들리기 시작했다.

『마스터⋯⋯ 어느 쪽으로 할 것이냐?』

네메시스가 한 질문의 의미를 나는 이해하고 있다.

곧바로 등을 돌려 도망칠 것인가, 올라오는 누군가와 맞닥뜨릴 것인가.

방금 그 일격으로 알게 되었지만 상대방과의 역량 차이는 확실하게 절망적이다.

언젠가 복수하기로 맹세한 그 PK보다 더 큰 차이가 나는 것 같다.

할 수 있다면 싸우지 않고 끝내고 싶지만 등을 돌린 순간에 다시 사슬이 날아올 가능성이 머릿속에 떠올라 자세를 잡은 채 움직일 수가 없었다.

⋯⋯움직일 수가 없다면 도망치지 말자.

망설이고 있다가는 어느 쪽을 선택하더라도 잘 되지 않을 것이다⋯⋯ 그렇다면 노릴 것은 하나.

상대방이 모습을 드러내면 다음 공격도 무효화시키고 두 번째 공격의 대미지까지 합쳐서 두 배로 돌려준다.

맞을지, 그 일격으로 쓰러뜨릴 수 있을지는 모르겠지만 그것밖에 없다.

네메시스도 마찬가지로 각오를 다진 모양인지 나와 마음을 합쳤다.

그리고 계단에서 들리는 발소리가 커졌고…… 그 사람이 모습을 드러냈다.

청년이었고, 나이는 나보다 몇 살 연상인 것 같았다.

단정한 이목구비였지만 눈이 가늘었고, 흔히 말하는 실눈이었다.

그는 기묘한 모습이었다.

내가 입고 있는 [라이엇] 시리즈와 마찬가지로 경장 금속 갑옷을 입었는데도 하반신에는 왠지 모르겠지만 하카마를 입고 있었다. 발은 금속제 그리브를 신고 있었고, 양손에는 아까 그 사슬을 세 개씩 들고 있었으며, 모든 손가락에 반지를 꼈고, 머리에는 날개가 달린 모자를 쓰고 있었다.

그리고 파란 롱 코트를 어깨에 걸치는 듯이 두르고 있었다.

하나, 하나 따로 보면 이상하지 않지만 전체적인 코디네이트를 보면 기묘하다고밖에 할 말이 없다.

게임에서는 자주 있는 '성능이 좋은 것을 골라서 입다 보니 외모가 이상해진' 느낌이다.

성능이 좋다고 생각한 이유는 각 장비의 질이 초보의 눈으로 보기에도 훌륭했기 때문이다.

기묘한 차림인 사람은 나를 힐끗 보고,

"……역시 사람이었구나."

라고 말한 뒤 한숨을 쉬었다.

그리고…….

"몬스터인줄 알고 공격해버렸어요! 죄송합니다! 미안합니다!"

"……어?"

허리를 굽혀 내게 사과했다.

◇

나와 기묘한 차림인 사람은 계단이 있는 방에서 이야기하게
되었다.

네메시스도 변신을 해제하고 있다.

참고로 방에는 그 사람이 설치한 몬스터를 막는 결계 아이템
을 사용하고 있어서 안전하다.

이야기해보고 알게 되었지만 이 사람은 딱히 PK 같은 게 아닌
모양이었다.

그리고 말투나 태도로 보아 '왠지 좋은 사람 같네'라는 인상을
받았다.

그런데 그런 사람이 왜 나를 공격했는가 하면.

"다시 말해, 저를 몬스터로 착각했다고요."

"응, ……정말 미안해."

아무래도 그는 계단을 올라올 때 자신의 상황을 살펴보는 기
척을 느낀 모양이었다.

올려다보니 역광을 받고 있는 실루엣이 있었고, 그 모습이 인
간처럼 보이지 않았기에 시험 삼아 공격을 가했다, 라고 한다.

……오른팔 어깨부터 까만 대검인 네메시스하고 얽혀 있으니까. 실루엣만 보면 괴물로 보일지도 모르지.

"괴……?!"

네메시스가 왠지 모르게 충격을 받고 있지만 지금은 방치하자.

"그런데 너는 이렇게 낮은 계층에서 혼자 뭐하는 거야?"

"네, 레벨을 좀 올리려고요."

"왜 이런 곳에서 레벨을 올려? 합계는…… 7인가. 레벨이 낮을 때는 바깥쪽이 수입도 좋고 편하지 않을까? [성기사]인 모양이니까 [허가증]은 사지 않아도 되겠지만."

……사버렸거든요.

그리고 제 레벨이 보이시나요?

"모르세요? 지금 초보 사냥터는 테러 때문에 못 쓴다고요."

"테러?"

"네, 초보를 노린 PK 테러가 일어나고 있어요. 이쪽 시간으로 3일 전부터."

"……5일 전부터 여기에 들어와 있어서 눈치채지 못했네."

인터넷 확인도 안했어. 그 사람은 그렇게 말했다.

"5일 동안 계속 이 〈묘표미궁〉에 있었단 말인가?! 뭐 하러?!"

"마라톤 같은 거려나. 혼자서 들어갈 수 있을 때까지 들어갔다가 돌아오는 거야."

파고들기 플레이 같다.

장비나 방금 전 공격을 통해 알게 되었는데 꽤 레벨이 높은 사람 같다.

"이번에는 몇 층까지 가셨나요?"

내가 궁금해져서 물어보자.

"48층까지는 갔어. 저번보다 한 층 더 가서 기록을 갱신했지."

눈앞에 있는 청년은 쉽사리 말도 안 되는 층수를 말했다.

"⋯⋯⋯⋯네?"

공략 사이트의 강자들이 파티를 짜고 도달한 곳이 지하 45층.

그 강자들도 도달하지 못했던 미답영역에 단독으로 갔다가 살아서 돌아왔다고?

"그대는⋯⋯."

"아, 내 이름은 피가로. 잘 부탁해."

"저는 레이 스탈링, 이쪽은 제 〈엠브리오〉인 네메시스고⋯⋯⋯⋯아!"

피가로, 그 이름이 처음에는 생각나지 않았는데⋯⋯ 자기소개를 하던 도중에 기억났다.

피가로── [초투사] 피가로.

그건⋯⋯ 알터 왕국 결투 랭킹 1위 랭커의 이름이었다.

"랭커인 피가로 씨인가요?"

"응, 맞아. 투기장에서는 자주 시합을 하니까."

"투기장? 그리고 시합?"

"그래, 투기장. 왕국에는 결투도시 기데온에 있지. 투기장에서 하는 시합은 죽어도 죽지 않고, 손님이 많이 들어오면 상금도 받을 수 있어. 즐겁지."

"죽어도 죽지 않는다니."

"결계가 있어서 그렇게 되어 있어. 그러니까 마음 편하게 돈을 걸고 하는 시합이 흥행하고 있지. 다른 관광명소도 있고 활기가 넘치는 도시니까 한 번 가보는 걸 추천할게."

나라가 멸망할 위기에 처하더라도 사람의 욕망에 관련된 곳은 문제없이 움직이고 있는 모양이다.

"기데온은 왕도의 남쪽 산을 넘으면 금방이니까…… 아, 그렇구나. 초보 사냥터를 테러 때문에 못 쓴다면 〈사우더 산길〉도 봉쇄된 건가. 그곳을 오가지 못하게 막으면…… 곤란하네."

피가로 씨는 그렇게 말하고 잠시 생각한 뒤에.

"좋아. 그러면 내가 어떻게든 할게."

그렇게 말했다.

"조금 전에 한 짓에 대해 사과도 해야 하니까. 〈사우더 산길〉의 PK는 내가 어떻게든 해볼게."

"어떻게라니, 무슨 소린가?"

"…………교섭?"

말 뒤에 물음표가 붙어 있었던 것 같다.

"분명 내일부터는 쓸 수 있게 될 테니까. 그렇게 되면 레벨을 올려서 기데온으로 와. 나는 보통 그곳이나 이 던전에 있으니까."

"어, 네."

"좋아, 그러면 바로 가볼까. 아, 이거 줄게."

피가로 씨는 가방에서 작은 돌을 꺼냈다. 그것은 내가 쓰던 것과 비슷한 [젬]이었지만 색이 달랐다. 안에 들어 있는 마법이 다른 것 같았다.

"《이스케이프 게이트》, 신조 던전에서 탈출하는 마법이 들어 있으니까. 오늘은 이걸로 아슬아슬할 때까지 레벨을 올린 다음에 돌아가도록 해."

"받아도 되나요?"

"되지. 이것도 사과의 일환이야. 초보인 네가 데스 페널티를 받게 되면 큰일이니까."

"감사합니다."

정말로 고맙다. 이게 있으면 오늘은 돌아갈 걱정을 하지 않고 한계까지 사냥을 할 수 있다.

역시 이 사람은 좋은 사람 같다.

"그건 그렇고 레이 군하고 네메시스는 멋지네."

"?"

"내 공격을 버텨냈잖아."

"네, 하지만 그건 그런 스킬이니까요."

"대미지 말고. 내가 올라왔을 때 부러지지 않았잖아."

부러지지 않았다고?

무슨 소리지.

"부러지지 않는 사람은 좋아해. 마음에 들었어. 언젠가 투기장에서 한 번 붙어보고 싶네."

"그렇네요."

피가로 씨가 말한 대로라면 투기장에는 데스 페널티가 없을 테고, 그렇다면 순수하게 톱 랭커의 실력에도 흥미가 있으니 싸워보고 싶다.

"응, 기대된다. 나중을 기대하는 의미에서도 청소를 하고 올게."

"청소?"

피가로 씨는 그렇게 말하고 일어섰다.

"그럼 또 봐."

"네, [젬] 감사합니다."

피가로 씨는 방긋방긋 웃으면서 손을 흔들고 방에서 나갔다.

◇

"[초투사] 피가로라. 정말 예상하고는 다른 인물이었군."

"그래. 형에게 이야기를 들었을 때는 좀 더 삐뚤어진 사람인 줄 알았는데."

분명 전쟁에 참가하는 것을 거절한 이유가 '잡스러운 싸움에 흥미가 없다'였으니까.

그 말만 들으면 왠지 삐뚤어진 사람일 것 같았는데 본인의 성격을 생각하면 뭔가 이유가 있었을 것이다.

"좋아, 그러면 우리들도 해볼까. 탈출용 [젬]도 받았으니 팍팍 가보자."

"알겠다. 방금 전의 그 일격과 비교하면 언데드 따위는 무섭지도 않으니 말이다."

아무래도 방금 전 그 일 때문에 일시적으로 두려움이 마비된 모양이다.

그렇다면 마침 잘 되었다. 좀 더 빠르게 나아갈 수 있다.

방금 전까지는 이러쿵저러쿵해도 네메시스를 신경 쓰고 있었다.

이제 신경 쓰지 않고 스플래터 전개 모드로 가자.

"그러면 사냥을 다시 시작하자!"

『팍팍 와라!』

몇 시간 뒤, 나는 대검에서 인간 형태로 돌아오지 않은 채 흐느끼고 있는 네메시스를 밤새워 닦아주고 있었다.

◇

〈묘표미궁〉에 들어간 다음 날 오전 10시.

체크아웃 시간이 되었기에 나는 졸린 눈을 비비며 여관을 나섰다.

졸린 이유는 새벽까지 네메시스를 닦아주었기 때문이고, 그 네메시스는 지금도 자고 있다.

지금 네메시스는 인간 형태도, 무기 형태도 아니라 내 왼손의 문장에 들어가 있다.

지금까지는 계속 나와 있었지만 원래 〈엠브리오〉는 문장 안에 들어가 있는 법이라고 한다.

당연하다고 하면 당연하다. 그렇지 않으면 형은 항상 개틀링 포나 전차를 가지고 다녀야 할 것이다. 너무 살벌해서 경찰에게 잡히는 건 피할 수 없을 테고.

네메시스는 성격 때문에 최대한 바깥으로 나와 있지만 지금은 울다 지쳐서 잠자는 것을 우선하고 있다.

어제 있었던 미성년자 관람불가 좀비 축제가 꽤나 힘들었던 모양이다.

하지만 레벨도 12까지 올랐고, 새로운 스킬을 두 개 습득했기에 보람이 있었다.

그것들은 《성기사의 가호》와 《순간장비》라는 스킬이다.

《성기사의 가호》는 항상 발동되는 방어 스킬. 물리, 마법에 상관없이 받는 대미지를 10퍼센트나 줄여주는 우수한 스킬로, [성기사]의 대표적인 스킬인 모양이다. MP 소비도 없고 패시브 스킬이어서 사용하게끔 설정해두면 항상 발동되는 것 같다.

이번에 습득한 다른 스킬인 《순간장비》는 넣어둔 무기를 순식간에 장비하는 스킬이다. 그 사차원 가방—— 아이템 박스에 수납해둔 무기를 수고스럽게 꺼내지 않아도 장비할 수 있다. 이쪽은 [성기사] 기반이 아니라 무기를 어느 정도 사용하면 배우는 스킬인 모양이다.

각 스킬의 주의할 점을 들면 《성기사의 가호》는 기사 계열이 아닌 직업으로 전직하면 효과가 사라진다는 것, 《순간장비》는 한번 사용하면 쿨타임이 5분이라는 것이다.

……뭐, 애초에 《순간장비》는 바꿔 쓸 무기가 하나도 없는데.

네메시스가 그런 쪽에 잔소리를 많이 하고.

『쿨~ 쿨~ 다른 무기에 바람피우는 건 용서 못 한다…….』

……잠꼬대?

마을로 나온 내가 처음 한 것은 초보 사냥터의 PK에 대한 정보 수집이었다.

피가로 씨는 〈사우더 산길〉을 쓸 수 있게 될 거라고 했으니 그것을 확인했다.

결과는 피가로 씨 말대로 〈사우더 산길〉의 PK 테러가 끝난 모양이었다.

그것뿐만이 아니라 다른 세 곳의 PK 테러도 수그러들었다고 한다.

"남쪽은 그렇다 치고, 다른 곳도……."

내가 죽었던 〈노즈 삼림〉까지 포함해서.

남쪽은 타이밍으로 볼 때 피가로 씨가 어떻게 해줬겠지만 다른 곳은 어떻게 된 걸까?

그렇게 의아해하고 있자니…….

"아, 레이 씨~. 안녕하세요!"

"응?"

귀에 익은 목소리가 거리의 가게 앞에서 들렸다.

목소리가 들린 곳을 보자 그곳에는 초보 사냥터에서 만난 루크가 서 있었다.

오늘은 더러워지지도 않아서 단정한 모습인 그는 왠지 모르겠지만 그 가게──티안이 경영하는 상점──의 제복을 입고 있었다.

"안녕. 그렇게 차려입고 뭐하는 거야?"

"스킬 습득도 할 겸 아르바이트 중이에요."

이야기를 들어보니 직업 적성 진단 결과 중에서 루크가 정한 직업은 상인 계열에 가까운 것인 모양이다.

그래서 상점에서 일을 하면 여러 가지 상인 스킬을 배울 수 있는 것 같다.

그렇구나. 사냥터를 쓰지 못하더라도 이렇게 스킬을 늘릴 수도 있는 건가.

"그래서, 무슨 직업이 된 거야?"

"[포주(핌프)]예요!"

핌프………… 포주?

이봐, 왜 [포주] 같은 직업이 있는 거야.

미성년자에게 그런 직업을 시켜도 되는 건가.

애초에 왜 [포주]가 적성에 맞는 직업인데.

『……음마를 데리고 다녀서, 그런 것 아닌가.』

수납된 상태인 네메시스가 졸린 듯이 그렇게 말했다.

그렇구나, 일리가 있네.

그런데 저렇게 반짝반짝한 표정을 짓고 있네. 루크는 [포주]가 무슨 뜻인지 이해하고 있는 건가?

"……[포주]는 무슨 스킬이 있어?"

"지금 가지고 있는 건 이런 스킬이에요!"

루크는 그렇게 말하고 내게 스킬 일람을 보여주었다.

"…………."

『………….』

결론부터 말하자면 그야말로 [포주]였다.

여성 한정으로 [매료]를 걸고 몬스터를 일정 확률로 테이밍하는《수컷의 유혹(메일 템테이션)》, 부하 암컷 몬스터나 여자 노예를 강화시키는《여마물 강화》와《여노예 강화》, 그리고 일의 보수를 늘리는《알선》…… 뭐라고 해야 하나. 주인님 스킬 구성이다.

평범한 건 덤처럼 붙어 있는《감정안》정도다.

그런데 상태이상 [매료]는 무시무시하다.

게임의 도움말에 따르면 [매료]는 [혼란]이라는 상태이상의 상위호환. [매료] 상태가 되면 매료시킨 자를 지키고 그자의 적을 공격하게 된다. 적을 지키고 아군을 공격해버리는 내분 상태다.

이건 플레이어도 예외가 아니라서, 몸이 멋대로 움직여버리는 것 같다.

"왠지 치우쳐 있죠? [포주]라는 건 마물 조련사 같은 직업인 걸까요?"

"……비슷한 거겠지."

여자는 마물이라고 하니까.

참고로 루크의 스킬을 알려주었기에 내 스킬 구성도 보여주었다.

루크는《성기사의 가호》와《순간장비》를 보고 '멋지네요!'라고 하면서 눈을 반짝이고 있었다.

……솔직하고 착한 애 같은데 왜 [포주]인 걸까.

◇

　루크는 마침 상점의 아르바이트를 그만둘 시기였던 모양이라 함께 점심 식사를 하게 되었다. 처음부터 PK 테러가 끝날 때까지 일하기로 했었기에 문제없는 것 같다.

　루크가 가게 앞에 서 있던 사흘 동안에는 평소보다 손님이 다섯 배는 더 와서 도움이 되었다고도 했다.

　참고로 늘어난 손님은 〈마스터〉, 티안을 불문하고 전부 여자였다고 한다.

　그리고 아까부터 걸어 다니면서 묘하게 우리에게 시선이 쏠리고 있다.

　더 자세히 말하자면 루크에게 여자들의 시선이 쏠리고 있다.

　"엄청 미소년이야…… 너무 귀여워서 현기증이 날 것 같아."

　"캐릭터를 너무 신경 써서 만든 거 아니야? 아니, 어떻게 하면 저런 미소년을 만들 수 있는 거지?!"

　"만든 캐릭터치고는 부자연스럽지 않은 것 같은데."

　주위의 목소리가 들렸기에 루크의 얼굴을 힐끔 보았다.

　"……흐음."

　처음 만났을 때는 전투로 인해 더러워진 상태라 그냥 미소년이라고만 생각했었는데, 이렇게 깔끔해졌을 때 보니 **절세의** 미소년이라고 딱 잘라 말할 수 있다.

　소년에서 청년으로 나아가는 과정에서의 기적 같은 시간이 만들어낸 미소년이었다.

은발까지 합쳐져 마치 눈의 덧없는 느낌을 나타낸 요정 같다.

『……이봐, 마스터. 나를 처음 봤을 때보다 외모에 대한 평가가 높은 것 아닌가?』

노코멘트.

"그런데 루크. 시작했을 때 캐릭터 작성은 어떻게 했어?"

"머리카락 색을 바꿨어요."

"……그게 다야?"

"네."

다시 말해 이 절세 미소년은 실제로 존재하는 거냐…… 〈엠브리오〉가 바비였던 것도, 직업이 [포주]인 것도 전부 미소년이기 때문일지도 모른다.

'[포주] ※단, 훈남 한정' 같은 업계인 걸까.

"옆에 있는 금발 군하고는 무슨 관계일까?"

"그야, 공수 관계겠지?"

"어느 쪽이 수야?"

""금발.""

"역시 미소년 군은 미소 귀축 공이지!"

왠지 주위에서 등골이 싸늘해지는 이야기가 들린 것 같지만 못 들은 걸로 했다.

"그러고 보니 바비가 안 보이는데 어디 있어?"

네메시스처럼 문장 안에 들어 있는 걸까.

"바비도 아르바이트 중이에요. 이 근처에 있는 마사지 가게에서요."

"마사지 가게……."

음마의 마사지 가게라니…… 어감이 너무 망측하다.

……그렇게 생각했는데 실제로 가게에 가보니 큰길에 있는 건전한 가게였다.

"……마사지 가게구나."

"네. 마사지 가게인데요?"

"루크~! 일 끝났어~!"

타이밍 좋게 가게에서 나온 바비는 루크 옆으로 파닥파닥 날아왔다.

"아, 레이하고 네메시스 안녕~!"

"안녕."

"음, 오랜만이로구나."

네메시스도 이제 내 왼손에서 나와 인간 형태로 돌아와 있다.

자, 멤버도 다 모였으니 점심 식사를 하자.

이 근처에는 형이 가르쳐준 가게가 있고, 모처럼 왔으니 거기에서 먹자.

그 형이 추천해준 가게니까 틀림없을 테고.

◇

우리들은 가게의 요리에 입맛을 다시면서 정보를 교환하고 근황 이야기를 마저 하고 있었다.

루크와 바비는 요 며칠간 일했을 때 있었던 이야기, 우리들은 형이 가르쳐준 사냥터의 정보나 〈묘표미궁〉 이야기를 했다.

"오늘 말이야~ 스킬이 늘어났어~."

바비 쪽도 루크와는 다른 스킬을 습득한 모양이었다. 사람에 가까운 가드너 〈엠브리오〉는 인간과 마찬가지로 일이나 수업으로 배워 스킬을 습득하는 경우도 많다고 한다.

참고로 바비의 스킬 구성 말인데, 남성을 [매료]시키는 《새끼 음마의 유혹(리틀 템테이션)》이라는 스킬이 있었다. 루크와 한 쌍을 이루는 형태로, 두 명이 함께 있으면 남녀 양쪽을 대상으로 매우 유리하게 싸울 수 있다.

그리고 [매료]가 걸린 상대방으로부터 HP, MP, SP를 흡수하는 《새끼 음마의 흡정(리틀 드레인)》이라는 스킬도 있었다.

참고로 마사지 가게 아르바이트를 하면서 《천사의 마사지》라는 [피로]를 회복하는 스킬을 배운 모양이었다.

"그런데 네메시스 씨의 스킬을 보고 신경 쓰인 건데요, 《카운터 앱솝션》하고 《복수는 나의 것》은 네메시스 씨 혼자서도 쓸 수 있나요?"

분명 《카운터 앱솝션》은 처음 만났을 때 썼었는데 《복수》 쪽은 어떨까?

"《복수는 나의 것》은 사용하지 못한다. 그것은 무기로 변해 장비되어야 비로소 쓸 수 있는 것이니 말이야."

"오호, 그랬구나."

네메시스의 추가 설명에 따르면 전자는 가드너 쪽, 후자는 암즈 쪽 스킬이라고 한다. 가드너는 독립형이지만 암즈나 채리엇은 장비를 전제로 한 스킬이 많은 것 같다.

"그러고 보니 스킬은 들었는데 루크의 레벨은 몇이야?"

요즘에는 레벨을 올리지 못했을 테고, 마지막으로 만났을 때를 감안하면 5 정도?

"25예요."

"이십오오?!"

내 두 배 이상?!

"잠깐?! 요 며칠간 어디서 레벨을 올린 게냐? 사냥터는 쓰지 못했을 터인데."

아니, 썼다고 해도 그렇게 올릴 수 있나?!

"네. 사냥은 못했지만 포주 길드의 일을 달성하니 경험치를 줬거든요."

"[포주] 길드의 일?"

나는 몰랐지만 직업을 선택하면 그 직업 계통 길드에서만 받을 수 있는 퀘스트를 할 수 있고, 달성하면 경험치가 들어오는 모양이다.

애초에 비전투 직업을 제외한 직업은 기본적으로 퀘스트 내용이 토벌이나 호위이기에 낮은 레벨인 초보들은 어차피 의미가 없을 것이다.

내 경우, 실력이 받쳐주지 않는데도 상급 직업인 [성기사]이기 때문에 더더욱 그렇다.

"그렇구나…… 그런데."

신경 쓰이는 것이 하나 있다.

"······[포주]만 할 수 있는 일?"

그건 죄다 18금 아닌가?

"제가 달성한 건 그림 모델을 소개하는 일이었어요. 이게 퀘스트 내용이고요."

"어디 보자."

[모델 모집 거장 그란띠앙 발레노 난이도 : 6]

알터 왕국이 자랑하는 대예술가 그란띠앙이 신작 그림 모델을 찾고 있습니다.

그란띠앙이 납득할 만한 모델을 데려와주세요.

모델에 따라서는 누드가 될 수 있습니다.

※그란띠앙은 매우 괴팍하고 원하는 수준도 하늘처럼 높으니 주의.

"···········."

난이도 : 6이라니. 내가 밀리안느를 구하러 간 퀘스트보다 난이도가 높은데······.

"그래서 이 의뢰는 바비를 소개해주고 달성했다고."

"아뇨, 처음에는 그럴 예정이었는데요."

"실례합니다. [포주] 길드에서 모델을 소개하러 온 루크라고 하는데요.”

“흥, 또 그 하반신만 살아 있는 무능력한 놈들 패거리인가. 너희들은 항상 못생긴 것들만 데려오잖아. 그래, 어디……………………”

“저기, 왜 그러시나요?”

“채용──!!”

◇ ◇ ◇

“왠지 모르겠지만 제가 모델을 하게 되어버려서요. 레벨도 올랐고 그란띠앙 씨도 기뻐해주셨으니 다행이지만요.”

“……응, 잘됐네.”

정말 『단, 훈남 한정』이구나…….

점심 식사를 마칠 무렵에는 나와 루크가 서로의 근황에 대한 이야기를 마친 상태였다.

나는 시작하고 나서 지금까지 희귀한 경험을 했다고 생각했는데 루크도 꽤 대단했다.

나와 루크가 희귀한 경험을 한 건지, 아니면 여기에서는 원래 신기한 일에 맞닥뜨리는 확률이 기본적으로 이런 건지 모르겠다.

“그런데 레이 씨.”

“응? 왜 그래?”

"아까 해주신 PK 이야기에서 신경 쓰이는 부분이 있는데요."

……아마 내가 생각했던 것과 같은 부분이겠지.

"레이 씨가 만났다는 피가로 씨는 남쪽 PK를 어떻게 해보겠다고 하셨죠?"

"그래, 결투도시로 가는 길에 있는 남쪽 사냥터를 어떻게든 해보겠다고 했어."

"그런데 지금은 모든 사냥터에서 PK가 멈췄잖아요?"

그렇다. 마침 루크와 다시 만나기 직전까지 나도 그런 의문을 품고 있었다.

톱 랭커인 피카로 씨라면 사냥터의 PK를 멈추게 하더라도 그다지 이상하진 않다.

그냥 한꺼번에 데스 페널티를 받게 해주면 최소한 사흘 간은 PK 활동을 할 수 없을 테니까.

그런데 피가로 씨는 남쪽의 〈사우더 산길〉에 대한 말만 했었다.

그래서 다른 장소의 PK도 마찬가지로 멈춘 것이 신기했다.

"생각해볼 수 있는 케이스는 세 가지 있어."

"말씀해주세요."

"하나, 피가로 씨가 하는 김에 다른 세 곳도 어떻게 해준 케이스."

하지만 아마 이건 아닐 것이다. 그 사람은 자신의 거점인 결투도시로 이어지는 교통망을 수선하기 위해 남쪽 사냥터 문제를 해결할 것이다.

하지만 다른 사냥터까지 해결할 이유가 그 사람에게는 없다.

"둘, 남쪽 사냥터에서 PK 문제가 해결된 것을 알았기에 다른 세 곳에서 손을 떼었다."

이것도 글쎄다.

방금 전에는 한꺼번에 데스 페널티를 받게 해주면 사흘 간 PK가 움직이지 못할 거라고 생각했지만 이번 사건은 계획적인 테러이고 목적은 알터 왕국 소속 플레이어의 전력 증강 저지인 것 같다.

왕국의 동서남북을 제압하는 그 움직임으로 볼 때 하나의 목적으로 뭉쳐 움직이고 있다는 것은 분명하다.

그렇다면 한 곳이 실패했다고 해서 그만두지는 않을 것이다. 남쪽이 실패하더라도 다른 곳이 무사하면 다른 구역에서 남쪽으로 보충 인원이 갈만하다.

"…………."

아니, 혹시 피가로 씨가 세운 대책은 내가 생각하는 것처럼 소규모, 임기응변 같은 방식이 아니라 좀 더 규모가 큰 것…… 예를 들면 PK 진영과의 교섭이었는지도 모른다.

그렇다면 네 방향 전부를 정리하더라도 이상하진 않다.

그런데 과연 그럴까?

피가로 씨는 좋은 사람이지만…… 그런 식으로 움직일 사람일까?

짧은 시간이었지만 왠지 피가로 씨에게 받은 인상과는 다른 것 같다.

정체불명인 상대=나를 처음부터 죽이려 든 사람이고.

원래는 뇌가 근육…… 아니, 대충대충인 사람 같다.

"저기, 레이 씨. 마지막 세 번째는요?"

아차, 혼자서 생각에 잠겨버렸다.

나는 세 번째…… 소거법으로 남은 답을 말했다.

"세 번째, ……남쪽을 제외한 곳은 같은 시기에 다른 사람의 손으로 정리되었다."

피가로 씨가 전부 한 것도 아니고 상대방이 물러난 것도 아니라면…… 다른 누군가가 피가로 씨와 똑같은 행동을 다른 방면의 사냥터에서 한 것이다.

어차피 녀석들이 하고 있던 짓은 PK, 민폐라고 생각한 사람은 많이 있었을 것이다.

그래서 PK를 배제할 수 있는 사람이 피가로 씨와 같은 시기에 움직인 게 아닐까.

의미가 있는 우연의 일치…… 이른바 싱크로니시티라는 것이 일어난 것이 아닐까, 나는 소거법으로 그렇게 추측한 것이다.

"네, 그게 정답이에요~."

갑작스러웠다.

어느새 둥근 테이블, 나와 루크 사이에 있는 자리에 낯선 여자가 앉아 있었다.

이렇게 내 옆에 앉아 있는데도 말을 걸 때까지 전혀 눈치채지 못했다.

그런데도 불구하고 그 여자는 왜 눈치채지 못한 건지 신기할 정도로 특이한 외모였다.

목을 덮을 정도로 길고 까만 머리카락에 나이는 나하고 비슷한 정도, 이건 평범하지만…… 문제는 복장이다.

그녀는 기묘한 복장을 입고 있었다…… 이렇게 말하면 피가로 씨와 감상이 겹치지만 방향성이 정반대다.

그 사람은 판타지스럽지만 통일성이 없는 옷이었다.

그녀는 오히려 통일된 느낌의 옷을 입고 있긴 했다.

하지만 그건 판타지에 어울리지 않는 남자용 정장이었다.

그리고 선글라스까지 끼고 있었다.

여기가 판타지 세계관이 아니라 현실 세계였다면 그렇게까지 위화감이 들지는 않았을 것이다.

굳이 말하자면 실내임에도 불구하고 끼고 있는 선글라스에만 위화감이 드는 정도.

"저기, 당신은?"

내가 그녀를 관찰하고 있는 사이에 루크가 여자에게 말을 걸었다.

"아, 실례. 재미있어 보이는 이야기를 하고 있길래 끼어들어 버렸어요. 저는 이런 사람이에요."

특이한 말투로 말하며 끼어든 그녀는 명찰……이 아니라 이름과 직업 같은 것이 적혀 있는 간이 스테이터스 창을 보여주었다.

이름 : [마리 애들러]

직업 : [기자(저널리스트)] (소속 출판사 : 〈DIN〉)

[포주] 같은 직업이 있으니 놀랍지는 않은데 [기자]도 있는 건가. 직업 폭이 넓네.

"〈DIN〉은 뭐죠?"

"〈덴드로그램 인포메이션 네트워크〉의 약자예요~. 옛날식으로 말하면 신문장사. 폼을 좀 잡자면 국경 없는 정보상 집단이죠. 각 나라에서 정보를 손에 넣어 다른 나라에 팔고 있어요~."

"……그거, 지금 같은 시기에 괜찮은가."

왕국은 지금 그야말로 이웃 나라와 전쟁 중. 나라의 정보를 다른 나라에 흘리는 녀석은 가장 먼저 잡혀갈 것 같은데.

"그야 각 나라의 높으신 분들 중에 〈DIN〉의 팬도 많아서요. 저는 말단이라 시민이나 〈마스터〉를 위한 정보 전문이지만요."

"예를 들면."

"시민을 위한 정보로는 황하에서 산더미처럼 번식한 판다를 찍거나 묘사하곤 했죠."

……그거 게시판에서 봤었지.

"〈마스터〉를 위한 정보로는 최근에 알터 왕국 주변을 떠들썩하게 만들었던 PK 테러 이야기가 있고요~."

"…………흐음."

그녀가 그 정보를 다루고 있다면 이번 사건이 해결된 흐름에 대해 알고 있는 걸까?

"방금 전에 정답이라고 했는데…… 그대는 사건의 진상에 대해 알고 있는가?"

"들으실래요? 하나당 600릴. 네 개 세트로 저렴하게 2000릴에 모십니다."

그렇구나, 궁금하게 만들면서 등장한 건 정보를 팔아넘기기 위해서인가.

분하지만 흥미도 있고, 무슨 일이 있었는지 신경 쓰인다.

"……낼게."

"아! 레이 씨, 저도 절반 낼게요!"

나와 루크가 1000릴 씩 냈다.

"매번 감사합니다. 우선 결론부터 말하자면 이곳 왕도 알테어의 동서남북 사냥터를 점거하고 있던 PK는 전부 괴멸당했습니다."

갑자기 살벌한 단어가 튀어나왔다.

"괴멸이라니?"

"사냥터에 있던 PK는 거의 모두 데스 페널티예요. 그렇게 무서운 일이 일어난 이상 이제 일하러 오지는 않겠죠. 클랜에 따라서는 해산될지도 모르겠네요."

일? 클랜?

"저기……."

"아, 그렇죠. 전제 정보가 부족했네요. 사실 이번 PK 집단은 여러 PK 클랜의 연합이었어요."

"연합……?"

단독으로 움직이지 않는다는 이야기는 있었는데 PK 클랜의 연합이었다고.

……아니, 이 나라에는 연합을 짤 정도로 PK 클랜이 많은 건가.

"네.

동쪽의 〈이스터 평원〉은 〈K&R(카알)〉.

남쪽의 〈사우더 산길〉은 〈흉성(매드 캐슬)〉.

서쪽의 〈웨즈 바닷길〉은 〈고블린 스트리트〉.

이상, PK를 생업으로 삼고 있던 클랜이 자리 잡고 있었어요."

두 개는 노골적으로 악당 같은 클랜명이다. 노리고 그렇게 붙인 걸까.

……그래서 중요한 북쪽은?

"그들의 동기 말인데요. 그들을 고용하고 PK를 지시한 사람이 있었기 때문인 것 같아요."

"드라이프인가요?"

루크가 묻자 마리는 모르겠다는 듯이 두 손을 살짝 들고 고개를 저었다.

"소문으로는 그런데요. 〈DIN〉에서는 아직 거기까지 사실 확인을 하지 못했기에 모르겠다고 대답할게요."

뭐, 지금 이 나라가 피해를 받으면 기뻐할 곳은 전쟁 중인 드라이프니까 가능성은 높지.

역시 너무 직접적이라는 느낌도 들지만.

"PK 클랜들은 이번 건으로 PK 장소를 바꾸기만 하면 추가보수를 받을 수 있어서 신이 났겠지만, 세상은 그렇게 짭짤하기만

한 건 아니죠. 그들은 어떤 네 명의 〈마스터〉의 활약에 의해 괴멸당하게 되었어요."

"네 명⋯⋯."

단 네 명의 〈마스터〉가 동서남북의 PK를 괴멸.

그런 짓이⋯⋯ 아니, 남쪽은 그 피가로 씨다.

그렇다면 다른 사냥터도⋯⋯.

"그래요, 알터 왕국에 소속된 네 명의 〈초급〉이 움직여서⋯⋯ 모든 PK 클랜이 괴멸당한 거예요."

〈초급〉.

〈엠브리오〉를 최종 도달 형태인 제7형태까지 진화시킨 자들.

현재 게임 전체에서도 100명이 안 된다고 하는 최상급 플레이어층.

"'정체불명' [파괴왕], '무한연쇄(無限連鎖)'의 피가로, '월세계'의 후소 츠쿠요, '주지육림'의 레이레이. 그들이 각 사냥터에 자리 잡고 있던 PK 클랜을 한 명씩, 한 명씩 섬멸한 형태죠~. 아, 후소 츠키요는 그녀의 클랜과 함께 했지만요."

"호오⋯⋯."

피가로 씨, '무한연쇄'라는 별명이었나⋯⋯ 사슬을 사용하니까?

그리고 [파괴왕]의 별명, '정체불명'은 뭐야.

이름도 나오지 않았고, 이상한 녀석인가?

"그러면 이쪽을 봐주세요~."

마리는 수정 구슬을 꺼내어 테이블 위에 올려놓았다.

"그건?"

"음~, 영상 매체 같은 거예요. 마법 카메라로 녹화한 영상을 띄울 수 있어요."

마법 카메라…… 뭐, 마법으로 움직이는 비디오카메라 같은 거겠지만. 운영 쪽은 마법이라고 붙이기만 하면 뭐든 상관없다고 생각하는 건가.

"〈DIN〉은 요즘 사건이나 소동이 많은 알터 왕국에 살짝 몰래 카메…… 어흠, 정보 수집 설비를 늘렸거든요."

……불법 도촬인가.

"거기에 이번 테러 사건의 막바지가 찍혔거든요. 여기에 있는 건 그 처음부터 끝까지."

마리는 손 근처에 있는 수정 구슬을 기동시켰다.

"우선 방금 전에 두 분께서 이야기하고 있던 남쪽…… '무한연쇄'의 피가로 쪽부터 보도록 하죠."

■ 〈흉성〉 오너 [갑주거인(풀아머 자이언트)] 바르바로이 배드 번

덴드로에는 플레이어끼리 싸우는 방법이 두 종류 있다.

하나는 결투. 투기장에서 서로 조건과 규칙, 걸 아이템을 정하고 전투를 벌인다. HP가 0이 되더라도 사망하지 않고, 전투가 끝나면 대미지도 없었던 것이 되는 '놀이'.

다른 하나는 PK. 플레이어를 투기장 바깥에서 공격하여 최종적으로는 데스 페널티로 몰아넣는다.

사망한 플레이어는 랜덤으로 돈이나 아이템을 떨어뜨린다. 몬스터와 마찬가지로.

결투에서 걸고 지더라도, PK에서 져서 떨어뜨리더라도 잃는 것은 별반 다를 것이 없다(임의인지 랜덤인지 차이가 있긴 하지만).

결투와 PK의 큰 차이는 쓰러진 쪽이 죽는가 죽지 않는가라는 점.

그래서 결투 전문인 녀석들이 있다.

그렇기 때문에 PK전문인 우리들이 있다.

클랜 〈흉성〉의 리더인 나…… 바르바로이 배드 번은 PK를 정말 좋아한다.

지금도 동료들과 PK를 엔조이하고 있다.

"으아아악! 으아아아아악!"

초등학생 정도로 보이는 초보 플레이어——아마 실제 나이도 그 정도——는 울면서 초기 장비를 휘두르며 몇 번이나 공격해 왔다.

하지만 아무리 해봤자 대미지는 0이다.

『크하하, 왜 그러냐아? 대미지를 1이라도 입히면 봐줄 건데?』

못 하겠지만.

이쪽은 내구도에 특화된 상급 직업인 [갑주거인].

그리고 대미지를 2할 줄여주는 《대미지 감소》와 대미지를 500 감산시켜주는 《대미지 경감》까지 있으니 낮은 레벨의 초보는 크리티컬이 뜨더라도 대미지가 0이다.

"으흑! 흐으으흑!"

초보는 공격하면서도 필사적으로 도망치려 하고 있었다.

하지만 도망친다 해도 내가 퇴로를 막는 것이 더 빠르다. 둔한 직업이지만 그래도 초보보다는 훨씬 빠르고, 내 〈엠브리오〉의 능력도 있다.

그리고 로그아웃도 못하게 한다.

이 게임의 로그아웃은 30초 정도의 시간이 필요하다. 30초, 누구와도 접촉하지 않고 공격당하지도 않는 상황에서만 로그아웃을 할 수 있다.

범죄 방지용이지만 범죄에도 써먹을 수 있다.

애초에 PK는 금지 행위가 아니기에 범죄는 아니지만.

참고로 희롱 대책인 건지 〈자해〉는 가능하다.

만약 손가락 하나 까딱할 수 없는 상황이라도 마음만 먹으면 곧바로 데스 페널티를 받을 수 있다. 그 대가로 PK를 당했을 때보다 더 많은 아이템이나 돈을 드랍하기에 그런 짓을 하는 녀석은 별로 없지만.

『자~. 타임 오버..』

"아."

필사적으로 소용없는 발버둥을 치고 있던 초보에게 두 손으로들고 있던 큰 방패를 내리쳤다.

직경 1미터의 원형 방패는 거대한 도장이 되어 지면에 흔적을남겼다.

잉크는 플레이어다. 데스 페널티를 받아 금방 흔적도 없이 사라지겠지만 말이야.

그런데 나는 CG 시점이라 상관없지만 리얼 시점이면 방금 그건 징그럽겠지.

리얼 시점인 녀석들은 무슨 생각을 하는 걸까. 언데드와의 전투 같은 건 지독할 텐데.

"이히히힛! 진짜 악당이네요! 저 도련님도 불쌍해! 불쌍해!"

"크하하, 장난 아니네. 오늘은 토마토 못 먹겠습다."

『그러면 저녁 식사는 치즈 햄버그로 할까? 다진 고기라면 준비할 수 있는데?』

"좀 봐주세요오(웃음)."

함께 행동하던 클랜 멤버들이 신나게 떠들자 완전히 쓰레기같은 말로 되받아쳤다.

악당 롤플레이는 즐겁다.

평소에는 내보이지 않는 자신의 속마음이 드러나기 때문인지도 모른다.

지금 웃으면서 떠들고 있는 만불은 현실에 남편과 아이가 있는 공무원이었을 텐데…… 그런 현실, 지금은 상관없다.

『현실은 잊고 PK를 엔조이&익사이팅』, 그것이 〈흉성〉의 모토다.

당하는 쪽은 전혀 엔조이할 수 없겠지만 알 바 아니다.

전투력을 경쟁하는 게임에서 약한 녀석이 나쁜 거지.

"PK가 트라우마가 되어 게임을 떠나는 녀석도 있는 모양인데요~."

『알 바 아니지.』

정말로 알 바 아니다.

죽이는 것도, 살해당하는 것도 게임이잖아.

"방금 그 꼬맹이까지 합치면 여기서 죽인 게 몇 명이나 될까요, 두목."

『내가 죽인 것도 50까지는 세었는데.』

〈흉성〉은 왕도 남쪽에 있는 〈사우더 산길〉에 진을 치고 지나가는 플레이어를 PK하고 있었다.

죽일 수 있는 플레이어만 죽이고 있는데, 지금까지는 모두 내가 죽일 수 있는 수준이었다.

PK 퇴치를 하러 온 녀석들까지 포함해서 나와 클랜 멤버가 모두 쳐죽였다.

"그래도 좋네요, 이 일. PK를 하기만 해도 돈이 팍팍 들어오니까."

『그렇지.』

일. 그렇다. 우리는 일로 여기에서 PK를 하고 있다.

플레이어의 데스 페널티 한 번에 만 릴이라는 보수.

기한은 게임 내 기간으로 한 달.

좋은 조건이다. 이곳이 초보 사냥터라서 피라미들만 있는 상황이 더욱 좋다.

첫날은 대박이라 그날만 해도 100만 릴 넘게 벌었다. 웃음이 나온다.

빅뉴스가 된 것도 재미있다.

우리들은 **북쪽 녀석**과는 다르게 몸을 숨기지 않았기에 알려져 버렸지만 그것도 악당다운 모습이다.

"그래도 요즘은 플레이어가 별로 안 오네요. 역시 다들 겁을 먹었나. 어제 술집에서 들었는데요. 동쪽 녀석들도 한가한 모양이더라고요."

왕도 주변의 다른 사냥터 세 곳에는 다른 PK가 진을 치고 있다.

우리와 동쪽, 서쪽의 클랜은 다들 남에게 폐가 되는 것을 상관하지 않고 PK에 빠져 있는 정신 나간 녀석들이다.

"그래도 서쪽 〈고블린 스트리트〉는 부수입이 짭짤한 모양이던데요."

"그 녀석들은 말이지, NPC도 아랑곳하지 않고 노리니까."

"무섭지도 않은 걸까요."

"글쎄."

PK는 범죄가 아니다. 덴드로의 법률은 〈마스터〉끼리의 싸움에 관여하지 않기 때문이다.

하지만 NPC를 죽이는 것은 범죄다.

상대방이 범죄자라든가, 습격당해서 정당방위라든가, 전쟁 이벤트라든가…… 이러한 이유 없이 NPC를 죽여버리면 NPC간의 범죄처럼 나라에서 지명수배를 받게 되어버린다.

나라 안에서 지명수배를 받으면 그 나라에서는 세이브 포인트를 사용할 수 없다.

그 정도라면 다른 나라로 거점을 바꾸기만 하면 되지만 너무 지나치면 모든 나라에서 지명수배를 받게 된다. 일곱 개의 나라에서 전부 지명수배를 받게 되면 끝장이다. 어떤 나라든 세이브 포인트를 설정할 수 없게 된다.

데스 페널티를 받았을 때, 세이브 포인트로 돌아가지 못하면 무조건 **그곳**으로 보내진다는 것을 생각하면 리스크가 너무 크다.

〈고블린 스트리트〉 녀석들은 일찌감치 카르디나 쪽에 세이브 포인트를 마련해두었겠지만, 우리는 그렇게까지 하면서 NPC를 노릴 생각이 없다.

그리고 NPC를 노리는 건 기분도 좋지 않다.

저번에 범죄자 NPC를 죽인 적은 있지만 비싼 항아리를 부수는 것 같아서 기분이 나빴고.

그런 이유로 인해 우리의 사냥터에서는 NPC를 그냥 보내준다.

뭐, NPC가 겁을 먹어서 오지도 않지만.

"역시 PK만 하는 게 제일 즐겁지."

"그렇죠~. 서쪽 녀석들은 진짜 위험하다고요~. 같은 PK지만 다가가고 싶지 않아요."

『…………』

애초에 내가 보기에는 NPC도 아랑곳하지 않고 노리는 서쪽보다…… 북쪽이 무섭다.

북쪽의 〈노즈 삼림〉에 진을 치고 있는 녀석이 제일 위험하다.

북쪽은 클랜이 아니라 PK 한 명뿐이다.

나는 그 녀석의 이름을 모른다.

실력, 그리고 몸을 숨기는 것이 뛰어나다는 것과…… **일과**밖에 모른다.

일과. 그래, 일과다.

녀석은 덴드로에서 계속 **킬러 플레이**를 하고 있는 것 같다.

누군가에게 당해서 밉다거나, 괴롭힘을 당하고 있다거나, 다른 플레이어에게 복수나 원망하는 마음을 품고 있는 플레이어가 있다.

녀석은 평소에 그런 녀석들의 의뢰를 받아 플레이어를 죽이고 있다.

들은 이야기로는 지명수배를 받은 〈초급〉 암살을 의뢰받은 적도 있다고 한다.

〈초급〉은 〈엠브리오〉를 제7형태로 진화시킨 최강의 플레이어층이다. 보통은 그런 녀석과 싸우려 하지 않는다. 나도 사절이다.

하지만 녀석은 스스로도 큰 대미지를 입으면서도 〈초급〉을 데스 페널티에 몰아넣고 **그곳**으로 보낸 모양이다.

그래서 붙은 이름이 〈초급 킬러〉.

지금은 사업상 동료지만 될 수 있으면 만나고 싶지 않다.

나도 질 생각은 없지만 킬러 같은 끈적끈적한 녀석들은 그냥 PK보다, NPC를 죽이는 것보다 악질이다. 엮이지 않는 것이 정답이다.

『두목~. 다음 사냥감이 왔습니다!』

클랜 멤버에게서 연락이 왔다.

클랜의 멤버끼리만 이야기할 수 있는 아이템을 통해서.

우리는 6인 파티를 여섯 개 짜서 각 파티의 멤버를 분산시킨 뒤 다시 편성한 6인조로 이 영역의 여섯 군데를 감시하고 있다.

한 영역의 멤버들이 기습을 받고 순식간에 괴멸당하더라도 원래 파티 멤버는 간이 스테이터스를 통해 이상이 발생했다는 것을 곧바로 탐지할 수 있는 구조. 익숙한 다인 전투용 전술이다.

『으어, 쩌네. 꽤 좋아 보이는 장비를 차고 있네요, 저 호구.』

『호오. 초보가 아니라면 우리들을 사냥하러 온 녀석인가?』

『그런 모양인데요. 그런데 한 명밖에 없네.』

『한 며엉? 그러면 상관없잖아. 얼른 습격해서 협박한 다음에 장비를 뺏고 죽여버려어.』

『히히힛. 그거 좋네. 오늘은 저 장비를 팔아서 신나게 연회라도.』

[파티 멤버 〈조던α〉가 사망하였습니다.]

[소생 가능 시간 경과.]

[〈조던α〉는 데스 페널티로 인해 로그아웃하였습니다.]

어?

『이, 이봐! 조던이라고 은퇴하는 거냐! 갑자기 그런 짓을 하면 겁먹.』

[파티 멤버 〈로워드 벨트마스〉가 사망하였습니다.]

[소생 가능 시간 경과.]

[〈로워드 벨트마스〉는 데스 페널티로 인해 로그아웃하였습니다.]

또 한 명, 대화중이었던 파티 멤버가 죽었다.

소생 가능 시간은 소생 아이템이나 마법 효과가 있는 시간. 그 시간 내에 소생시키면 데스 페널티를 받지 않게 되지만…… 그 유예 시간은 시체의 손상 상태에 따라 다르다.

이번에 죽은 두 사람은 거의 시간차가 없는 즉사.

단숨에 얼마나 엉망진창으로 박살 난 건지.

나와 같은 포인트에서 감시하고 있던 클랜 멤버에게도 물어보았지만 다들 새파랗게 질려 있었다.

아무래도 방금 그 두 사람과 같은 곳에 배치되어 있던 녀석들은 전부 죽은 모양이었다.

얼마 되지 않는 시간만에 두 곳, 멤버 열두 명이 동시에, 그리고 빠르게 살해당했다.

플레이어 집단의 동시 습격?

말도 안 된다. 각 포인트에는《색적》스킬이 뛰어난 녀석을 한 명씩 넣어두었다.

그 녀석들이 모두 눈치채지 못하는 동안에 동시 공격 준비를 마칠 수 있나?

……그런데 반대로 말하자면 이미 들킨 상태고…… 한 명이라면.

『프, 플레이어다! 알터 왕국의 플레이어다! 사슬이 보였어! 사슬이 마를로를.』

[파티 멤버 〈마무드〉가 사망하였습니다.]

[소생 가능 시간 경과.]

[〈마무드〉는 데스 페널티로 인해 로그아웃하였습니다.]

이어지는 멤버의 절규와 끊어짐이 세 번째 포인트의 죽음을 알렸다.

그런데 방금 죽은 멤버는 유용한 정보를 남겼다.

사슬…… 사슬을 쓰는 플레이어.

그리고 그 녀석은 분명 직전에 발견했던 좋은 장비를 찬 호구다.

우리 멤버를 그렇게까지 일방적으로 학살했다. 보통이 아니다.

그리고 알터 왕국에는…… 사슬을 쓰는 유명한 플레이어가 있다.

그 이름은.

『피, 피가로다아아아아아?! [초투사] 피가로가 왜 이런 곳에에에에?! 끄엑.』

[파티 멤버 〈모히칸X〉가 사망하였습니다.]

[소생 가능 시간 경과.]

[〈모히칸X〉는 데스 페널티로 인해 로그아웃하였습니다.]

[초투사] 피가로.

'무한연쇄', 〈알터 왕국 삼거두〉, 결투도시의 부재왕, etc…… 여러 별명으로 불리는 알터 왕국, 그리고 이 게임의 손꼽히는 실력자.

〈초급〉 중 한 사람이자 신조 던전에 혼자서 파고든다는 소문이 있는 기인.

그런 녀석이 이 산속에 있다.

확실히 우리들에게 적의를 품고.

전혀 있을 수 없는 일은 아니다.

왕국의 플레이어들에게 테러를 했으니 왕국의 랭커가 진압하러 나서도 이상하지는 않다.

하지만 피가로라는 플레이어의 소문은 그런 행동에서 동떨어져 있었을 텐데.

계속 던전을 파고들거나 콜로세움에서 결투만 하는 남자라고
들었다.

그 전쟁에도 참가하지 않았던 남자일 텐데…….

[파티 멤버 〈무시키 고로〉가 사망하였습니다.]

[소생 가능 시간 경과.]

[〈무시키 고로〉는 데스 페널티로 인해 로그아웃하였습니다.]

──부스럭.

『윽!』

다섯 군데, 이곳을 제외한 마지막 포인트의 괴멸을 고하는 알
림과 함께 갖추고 있던 《살기 탐지》 스킬이 내게 날아드는 공격
의도를 알렸다.

어디에서 오는지는 모른다.

하지만 온다는 것을 알고 있는 나라면 대처할 수 있다.

그 직후에 날아온 것은── 사각추와 비슷하게 생긴 돌기에
이어진 사슬.

『《아스트로 가드》!』

순식간에 [갑주거인]의 방어 스킬을 발동── 이동할 수 없게
되는 대신 방어력을 다섯 배로 만든다.

이를 통해 내 방어력은 15000이 넘었고, 매우 단단해졌다.

사슬은 무시무시한 위력으로 방패에 격돌했다.

『……호오!』

HP가 줄어들었다.

방어력 15000 오버. 그리고 2할 줄어든 데다 500의 대미지를 경감하는 철벽 스킬 구성을 뚫다니.

다른 곳에 배치한 멤버가 회복할 틈도 없이 살해당할 만도 하다.

그리고 내가 튕겨낸 사슬은.

"끄엑으아악?!"

내 옆에 있던 만불을 덮쳐 박살 냈다.

만불뿐만이 아니라 이 포인트에 있던 녀석들은 나 말고 모두 사슬로 인해 휘저어져 조각난 뒤 사라졌다.

『……미안하다. 나는 이동할 수 없어서 막아줄 수가 없어.』

그렇게 주위에 생존자가 없어졌고, 이제 그 누구의 통신도 들리지 않았다.

아무래도 클랜 멤버는 전멸…… 모두 데스 페널티를 받은 모양이다.

나는 《아스트로 가드》 자세를 무너뜨리지 않고 계속 부동자세.

지금 움직이고 있는 것은 내게 부딪혀 금속이 격돌하는 소리와 약간의 대미지를 만들어 내고 있는 사슬과 사슬을 따라간 곳에 있는 녀석── [초투사] 피가로뿐이다.

피가로는 사슬을 따라 산길 건너편에서 나타났다.

얼굴은 단정했다. 나와는 다르게 캐릭터 작성에 수고를 들이지 않고 자신의 얼굴을 기반으로 조정했다면 원래부터 상당한 미형일 것이다.

이상한 꼬락서니였지만 아이템의 이름이나 가치를 판정하는 《감정안》 스킬을 지닌 나는 그것이 전부 강력한 희귀 장비라는 것을 알 수 있었다.

너무 희귀해서 내 《감정안》 레벨로는 성능을 파악할 수 없는 것도 있었다.

『당연하다는 듯이 〈UBM〉 특전 무구를 여러 개 장비하기는…….』

〈UBM──유니크 보스 몬스터〉의 MVP 특전은 양도하는 것이 불가능하고 랜덤 드랍도 안 되니까…… 힘들기만 하고 짭짤하진 않지.

하지만 지금 피가로의 몸에는 얼굴이나 장비보다 더 놓칠 수 없는 중요한 요소가 있었다.

그것은 양쪽 팔에 얽혀 있는 여러 줄기의 붉은 사슬.

이 게임에서 장비할 수 있는 무기와 방어구에는 한계가 있다. 무기는 기본적으로 하나, 아니면 내 방패처럼 오른손과 왼손에 하나씩. 그리고 투척 무기나 [젬] 같은 아이템을 사용하는 정도가 보통 사용할 수 있는 한계 숫자다.

하지만 저 녀석은 한쪽 팔에 세 줄기씩, 합계 여섯 줄기의 사슬이 얽혀 있다.

여섯 줄기로 보이지만 사실은 하나인 것도 아니고 사슬 하나하나, 모두가 [홍련쇄옥의 간수(크림존 데드 키퍼)]라는 이름의 독립된 무기다.

피가로가 움직이고 있는 것 같지도 않은데 여섯 줄기의 사슬이 자동으로 움직였고, 뻗어와 나를 공격하고 있었다.

그럴 만도 했다.

감정 결과에 따르면 [홍련쇄옥의 간수]는 《자동 색적》과 《사정 거리 연장》이라는 두 스킬을 지니고 있다. 매우 쓰기 편할 것 같은 무기다.

그리고 《감정안》이 효과를 발휘하고 있는 걸 보니 〈엠브리오〉가 아니라는 것도 알 수 있었다.

다시 말해 녀석은 진짜로 모두 합쳐 여섯 개의 무기를 조종하고 있는 것이다.

척 보기에도 장비 수를 초과했는데, 투사 계통에는 장비 수를 늘리는 스킬이 있었던가.

그것은 잘 봤자 세 개가 한계지만 초급 직업인 [초투사]라면 그 스킬의 강화형으로 보다 많은 무기를 장비할 수 있다고 해도 이상하진 않다.

다시 말해 녀석은 〈엠브리오〉를 사용하지 않고 [초투사]의 스킬과 보유한 장비만으로 우리들을 섬멸한 건가?

"오늘은 자주 막히는 날이네."

피가로는 입을 열자마자 그렇게 영문을 알 수 없는 말을 내뱉었다.

"[갑주거인]인 너는 방어력이 좋구나. 이렇게 단단한 사람은 별로 없지. 〈엠브리오〉도 방어 쪽인가?"

『………….』

나불거리면서 생각을 말하고 있는데, 내가 그 말에 대답할 이유는 없다.

허세를 부릴 수도 있지만 저 녀석이 《진위 판정》── 상대방
이 거짓말을 하면 스킬을 지닌 플레이어에게 알림이 뜨는 센스
스킬──을 가지고 있다면 들킨다.

내 〈엠브리오〉의 능력이 방어 계열 같은 것이 아니라는 사실을.

"……음, 역시 너를 제외한 PK는 정리된 모양이야."

녀석은 기척을 느꼈는지, 아니면 《자동 색적》의 사실이 나에
게만 반응하는 것을 보고 알았는지 그렇게 말했다.

이 녀석 역시 우리들을, 왕도 근처의 PK를 노리고 있었나.

"그런데 네가 이 일대의 PK 집단 리더야?"

『……그렇다고 한다면?』

"내 목적은 결투도시와 왕도 사이의 교통 정상화니까, 이 〈산
길〉에서 철수하겠다고 약속한다면 봐줄 수도 있는데."

『…………우리 클랜 멤버를 다 죽여놓고 할 말이냐?』

"그렇지 않으면 교섭에 응하지 않을 거잖아?"

그렇긴 하다.

섬멸당하기 전까지 호구로만 인식하고 있었으니 무슨 말을 듣
더라도 우선 습격했을 것이다.

〈초급〉의 실력이 이렇게까지 우리 멤버들하고 큰 차이가 날
줄은 몰랐으니까.

『…………』

그런데 나라면…… 제6형태의 〈엠브리오〉를 지닌 〈마스터〉라
면 어느 정도 차이가 있을까?

내 〈엠브리오〉의 **필살 스킬**을 제대로 맞추면…… 죽일 수 있지 않을까?

레벨은 초급 직업이기도 한 피가로가 훨씬 높을 것이다. 하급과 상급을 합쳐 500레벨에서 멈춘 내 레벨의 두 배가 넘어도 이상하진 않다.

하지만 플레이어의 싸움은 레벨과 스테이터스가 전부는 아니다.

어떻게 상대방이 힘을 내지 못하게 하고, 어떻게 자신의 비장의 수를 때려 넣는지에 달렸다.

〈초급 킬러〉도 〈초급〉을 격파했다.

내가 못할 일은 아닐 것이다.

『알겠다. 나는 바로 여기에서 떠나지. 우리 〈흉성〉은 이제 여기에서 초보를 사냥하지 않을 거야.』

나는 거짓말을 하지 않고 진심으로 그렇게 말했다.

이런 녀석이 토벌하러 나온 이상, 이제 여기에서 하는 PK도 끝낼 때다.

철수한다── 이 녀석을 죽이고 나서.

『[계약서]가 있는데, 쓸까?』

나는 아이템 파우치에서 양피지 한 장을 꺼냈다.

이것은 [계약서]라는 종류의 아이템으로 플레이어 간에 약속을 할 때 쓰는 것이다.

어긴 쪽에게는 일정 기간 동안 스테이터스 저하나 상태이상, 데스 페널티를 부여한다.

"그래. 모처럼 있다니 써줬으면 하는데."

『……좋아. 썼다. 확인해줘.』

나는 그렇게 말한 뒤 [계약서]를 들고 피가로에게 다가갔다.

5미터.

4미터.

3미터.

2미터, 사정거리.

내 발치에서 빛나는 마법진──내 〈엠브리오〉인 아틀라스──가 전개되었다.

『──《하늘이여 무거운 돌이 되어라(헤븐즈 웨이트)》!!』

내 〈엠브리오〉, 아틀라스의 고유 스킬 중 하나는 가중.

사정범위 안의 중력을 늘림으로써 지속 대미지를 입힌다.

대상이 내게 가까우면 가까울수록 보다 강력한 가중 효과를 발휘할 수 있고, 2미터 거리에서 최대 500배 중력이 된다.

그와 동시에 [구속] 상태이상이 강력하게 걸리기에, 녀석은 이제 손가락 하나 까딱할 수도 없다.

사슬이 자동으로 움직여 나를 공격하려 했지만 500배 중력에 거역하지 못하고 땅에 기어다니고 있다.

지금까지 이 [구속]과 초중력의 복합 효과를 깨고 움직인 녀석은 없다.

보통 상급 직업이라면 이 시점에서 압사당하겠지만 눈앞에 있는 〈초급〉이 이걸로 죽을 거라고는 전혀 생각하지 않는다.

지금부터가 아틀라스의 필살기다.

『《아스트로 가드》!』

다시 아스트로 가드를 발동시켜서 방어력을 다섯 배로 올리고.

『──《해방된 거인(아틀라스)》!!』

아틀라스 자신의 이름을 딴 필살 스킬을 날렸다.

자신의 방어력을 공격력으로 변환시키고…… 10초 동안 공격력을 10배로 만든다!

공격력 15만 오버.

제대로 맞으면 아무리 초급 직업 스테이터스라도 즉사할 것이다.

움직이지 못하는 피가로를 향해 아틀라스 최강의 일격을──

연타로 때려 넣었다.

『죽을 때까지 부서져라아아아아아!!』

지면이 부서지고, 함몰되고, 거대한 크레이터가 되었다.

하지만 상관없지.

소생이나 대역 액세서리 같은 걸 몇 개나 가지고 있을지 모른다.

이 10초, 죽을 때까지 공격을 때려 넣는다!!

"──■"

그렇게 연타하고 있던 내 목에…… **사슬**이 얽혀 있었다.

『……?!』

내려다보고 깨달았다.

내 연타로 박살 난 대지…… 그곳에 피가로가 없었다.

피가로는 어디에 있을까.

답은 하나── 내 목에 얽힌 사슬 끝에 있다.

사슬이 뻗은 곳은 공중…… 그곳에는 10미터 정도 위로 뛰어오른 피가로가 있었다.

『마, 말도 안 돼?!』

500배의 가중을 받은 상태에서, 무엇보다 [구속]의 상태이상까지 걸린 상태에서 뛰어오를 수 있을 리가 없다.

『……아.』

그때…… 어떤 사실을 깨달아버렸다.

들어본 적이 있었다. 알고 있었다.

[초투사] 피가로는 혼자서 신조 던전을 공략하는 것을 생업으로 삼고 있다고.

혼자서 던전 공략 같은 바보짓을 하려면 필수 조건이 하나 있다.

높은 스테이터스, 아니다.

회복 수단, 아니다.

상태이상 대책이다.

[마비], [수면], [석화], 그리고 [즉사].

회복해줄 동료가 없는 솔로 환경에서 이러한 상태이상에 걸리는 것은 죽음을 의미한다.

그래서 혼자 공략하는 녀석들은 반드시 상태이상 대책을 가지고 있다.

그러니 저 솔로 전문으로 유명한 〈초급〉이 가지고 있지 않을 리가 없었다.

아마 내가 감정하지 못했던 장비 중 하나.

그것이 [구속]을 무효화시키는 장비였을 것이다.

『아니…… 말도 안 돼!!』

한순간 납득할 뻔했지만 그럴 리가 없다.

내 《하늘이여 무거운 돌이 되어라》의 [구속]은 상급 〈엠브리오〉가 날리는 고유 스킬이다.

그것이 이렇게 쉽사리 무효화 되다니…………

다시 깨달아버렸다.

나는 저 녀석이 〈엠브리오〉를 사용하지 않는다고 생각했다.

하지만 그것이 착각이라면.

저 녀석이 내가 알지 못할 뿐, 이미 녀석의 〈엠브리오〉를……

〈초급 엠브리오〉를 사용하고 있고, 방금 그 무효화나 500배의 중력을 아랑곳하지 않는 도약은 그…….

"──■"

바로 위쪽에 있는 피가로를 올려다보았다.

역광이라 표정도 잘 보이지 않았다.

하지만 원인을 알 수 없는 오한이 느껴졌다.

그 오한은 녀석이 착지하여 표정이 보였을 때…… **봐버렸을 때** 가장 커졌다.

"──■■■■"

가늘게 뜨고 있던 눈은 크게 떠서 붉게 빛났고.

미소를 띠고 있던 입가는 목구멍이 보일 정도로 찢어지게 웃고 있었으며.

입에서 새어 나오는 소리는 사람의 그것이 아니라.

몬스터가 으르렁대는 소리와 비슷한 소리, 무의미하고 살기에 가득 찬 소리였다.

『히익?!』

내가 비명을 지른 순간, 녀석이 사슬과 연결된 두 손을 들어 올렸다.

그 순간, 사슬에 묶여 있던 내 목이 올라갔다.

2미터가 넘는 전신 갑옷이, 두 다리가, 지면을 떠나…… 대지가 멀어졌다.

공기와의 마찰음이 귀에 울렸다.

사슬은《사정거리 연장》스킬이 발동된 건지 계속 뻗어나가 엄청난 속도에 도달했음에도 불구하고 더 늘어나고 있었다. 지상에 있던 피가로가 점이 되었고, 산꼭대기를 넘어 구름에 이르렀지만 그것조차도 뚫었다.

이윽고 공기가 사라졌다. 열심히 폐를 움직이려 했지만 아무것도 들어오지 않았다.

질식, 그 두 글자가 머릿속에 떠올랐다. 덴드로는 스스로 설정하지 않는 한 아픔은 단순한 충격으로 바뀌지만 질식이라는 괴로움은 바꿔주지 않는다.

하지만 내가 질식한다는 걱정은 할 필요가 없었다.

왜냐하면 질식하는 것보다 더 무시무시한 일이 일어났기 때문이다.

사슬이 당연하다는 듯이 움직여 지상으로 돌아가기 시작했다.

들어 올려졌을 때보다 더 빨리, 되감기 기능처럼 방금 전에 지나친 광경이 돌아왔다.

『히이아아아아아아아아악……──?!』

절망의 비명이 새어 나왔다.

게임이라고 해도 상관없다.

이 낙하에는 죽음의 공포가 있었다.

통각이 없어도 상관없다. 생물이 죽음을 느끼는 공포의 형태.

이 지나치게 리얼한 게임은 죽음의 공포를 충분하고도 남게 전달하고 있었다.

절명을 피할 수 없는 고도와 속도의 낙하.

종착점에는 여전히 괴물 같은 웃음을 띤 피가로가 있었다.

"■■■──■"

녀석은 사슬 한 줄기 대신 다른 무기──전기톱 같은 모양의 대검을 들고 있었다.

녀석은 낙하하는 나를 향해 전기톱을 휘둘렀다.

다음 순간, 내 몸은 뿌드득 소리를 내면서…….

[치사 대미지.]
[파티 전멸.]
[소생 가능 시간 경과.]
[데스 페널티 : 로그인 제한 24h]

◇ ◇ ◇

□알터 왕국 〈남우정〉 [성기사] 레이 스탈링

"……지독하게 잔혹한 싸움을 봤네."

나는 마리가 테이블 위에 올려놓은 수정에 뜬 영상을 보고 솔직히 질렸다.

영상은 PK의 리더 같아보이는 커다란 갑옷이 두 동강이 난 부분에서 멈췄다.

마리의 설명에 따르면 갑옷은 유명한 플레이어로, 높은 방어력과 근접 카운터로 날리는 필살기의 위력이 발군이라고 한다.

그 해설로 인해 갑옷에게 좀 친근한 느낌이 들어버렸고……갑옷의 말로인 참살 시체는 나와 피가로 씨가 싸웠을 경우의 미래 예상도 같다는 생각도 들었다.

"이렇게 〈흉성〉은 전멸하게 되었습니다. 복귀해도 여기에는 이제 손을 대지 않겠죠."

남쪽 교통을 차단하면 또 피가로 씨가 나갈 테니까.

"다음에 결투도시라는 마을에 가면 피가로 씨에게 인사를 해야겠네."

"그렇구나."

"?"

네메시스는 방금 전부터 왠지 모르겠지만 토라진 상태였다.

수정에서 눈을 돌리고 처음부터 흥미가 없었던 것 같은 바비와 함께 식사를 하고 있었다.

먹는 양은 평소와 마찬가지지만 왠지 홧김에 먹는 것 같기도 했다.

왜지?

"그러면 다음이네요."

마리가 다음에 띄운 것은 낯익은 곳이었다.

내가 처음으로 레벨을 올릴 때 이용했던 사냥터, 〈이스터 평원〉이다.

그곳에도 역시 PK집단이 있었다. 그들은 카메라에 찍혀버리긴 했지만 플레이어들에게는 보이지 않게끔 숨어서 사냥감을 기다리고 있었다.

그러자 왕도 쪽에서 다른…… 기묘한 집단이 나타났다.

집단의 정확한 숫자는 알 수 없었지만 수백 명은 되었고, 한데 뭉쳐 행진하고 있었다.

그들은 하나같이 '초승달과 감은 눈' 문양이 그려진 옷을 입고 있었다. 그 문양은 본 적이 있는 것 같았지만 생각나지 않았다.

갑자기 나타난 집단을 보고 PK 집단은 숨은 채 동요하고 있었다.

그러자 '초승달과 감은 눈' 집단 안에서 한 여자가 걸어났다.

어두운 밤을 연상케 하는 까만 머리카락은 무릎까지 내려오는 길이였고, 전통 복장을 입고 있었다.

마치 옛날이야기에 나오는 카구야 공주를 연상케 하는 미녀.

동화 속에서 튀어나온 것 같은 미녀가 오른손을 들자 세계가 어두워졌다.

바로 전까지는 해가 떠 있었는데 '밤'이 되었다.

갑자기 나타난 '밤'에는 현실은 물론 이 세계에서도 있을 수 없는 **푸른** 보름달이 떠 있었다.

그 직후, 푸른 달빛을 받은 PK 집단이 목을 붙잡고 괴로워하기 시작하다 움직이지 않게 되었다.

'초승달과 감은 눈' 집단은 그것을 기다렸다는 듯이 움직였고, 괴로워하고 있던 PK를 찾아낸 뒤 차례차례 죽여나갔다.

그것은 이미 작업 수준이었다. 아무것도 하지 못하는 PK들을 '초승달과 감은 눈' 집단이 죽이고 있었다.

하지만 그곳에 예외가 나타났다.

달빛을 받으면서도 움직일 수 있는 PK, 늑대와 비슷한 귀와 꼬리가 달린 수인 형태의 여자 플레이어였다.

마리의 해설에 따르면 그녀가 〈K&R(카알)〉에 두 명 있는 리더 중 한 사람이라고 한다.

그녀는 거세게 손톱을 휘두르며 '초승달과 감은 눈' 집단을 휩쓸면서 카구야 공주에게 다가갔다.

하지만 닿지는 못했다.

수백 이라는 숫자의 차이에 눌려 결국에는 창에 무수히 찔린 채 죽었다.

카구야 공주를 연상케 하는 미녀는 그 광경을 보며 깔깔 웃고 있었다.

"그녀가 '월세계'의 후소 츠쿠요군요. 클랜 〈월세회〉의 오너……라고 해야 하나, 교주예요."

"교주?"

이상한 단어인데, 그러고 보니 직업이 [여교황]이었던가.

그런데 뭔가 위화감이 드는 것 같다.

"저기, 〈월세회〉라니, 일본의 종교단체인 〈월세회〉와 무슨 관계가 있나요?"

"……아."

루크가 한 말을 듣자 생각이 났다.

〈월세회〉, 그것은 **현실에 존재하는** 종교단체 이름이다.

"네. 클랜 〈월세회〉는 종교단체 〈월세회〉의 일부…… 아뇨, 지금은 본부예요."

"……어째서 종교단체가 게임에 진출한 건데."

"〈월세회〉의 교의가 '족쇄에 얽매인 육체에서 벗어나 진정한 혼의 세계로 간다'니까요. 덴드로를 그 진정한 혼의 세계라고 생각한 것 아닐까요?"

……이 세계의 리얼함은 나도 알아. 오감, 접하는 티안 사람들도 진짜나 마찬가지다.

하지만…… 그 정도까지 나가나?

"진정한 혼의 세계라는 것에 가는 것이 목적이고, 이곳에 옴으로써 그것을 이루었다고 생각한다면…… 지금 저 녀석들은 뭘 하고 있는 거지?"

"분명 두 번째 교의가 주목적일 거예요. '자유로운 세계에서 자신의 혼이 가는대로 자유를 누려라'였던가요."

……무슨 암흑신 같은 교의네.

"〈월세회〉는 플레이어들 사이에서도 두려움을 사고 있죠. 천 명이 넘는 규모에다 현실의 종교단체 기반이라 '현실에서 무슨 짓을 당할지도 몰라'라고 하면서 무서워하는 사람은 많아요."

하긴, 그건 무섭다.

갑자기 납치당할지도 모르니, 나도 엮이기는 싫다.

"참고로 이번에 PK 토벌에 나선 이유는 '신도가 초보 사냥을 당했기 때문'인 모양이에요. 그렇다고 클랜이 전부 나서서 죽이러 오니 진짜 무섭죠."

……왕국에서 사람이 유출되는 건 전쟁 말고도 저 녀석들 영향 때문 아니야?

마리는 그 뒤를 이어 서쪽의 영상을 띄웠다.

그곳에 뜬 것은 첫날 연회에도 참가했었던 레이레이 씨였다.

참고로 저 사람은 차이나 드레스를 입고 있는데 얼굴은 북유럽 계열이다. 형의 말로는 현실에서도 그쪽 사람이라고 한다.

수정에 뜬 레이레이 씨의 전투 스타일은 단순했다. 하늘까지 들어 올린 다음 전기톱으로 두 동강이 내는 것도 아니고 괴롭히고 나서 집단으로 꿰뚫는 것도 아니었다.

숨어 있는 PK에게 다가가서 팬다. 그게 전부다.

그런데 결과가 이상하다.

피가로 씨의 사슬은 사람이 다진 고기로 변했었는데 이쪽은 그 정도가 아니다.

완전히 **액체**로 변해버린다.

저게 사람이 아니라 사람 형태의 물풍선 아닐까라는 생각이 들 정도로 쉽사리 인체가 파열되었다.

레이레이 씨가 닿은 순간, 살이 뭉개졌고 남은 것은 피와 장기 색깔인 액체, 그것이 흘러나온 피부뿐.

피부는 날아가서 나무에 걸렸고, 이곳저곳에 사람의 피부가 달라붙은 나무가 양산되었다.

곧바로 데스 페널티를 받게 되기에 피부는 사라졌지만 한 번 그걸 보니 얼마간은 잊지 못할 것 같았다.

'주지육림' 중 '육림'의 의미는 매우 잘 알게 되었다. '주지'도 저 액체가 흘러내리는 모습을 '주지'라고 한다면 납득하자. 너무 무섭지만.

연회 때는 밝아 보이는 사람 같았는데 전투 스타일이 진짜로 무섭다.

참고로 레이레이 씨가 왜 PK를 섬멸했는지는 모른다고 한다.

남, 동, 서쪽이 끝나고 남은 것은 북쪽의 〈노즈 삼림〉뿐.

나는 가장 신경 쓰이는 곳이다…… 어찌 됐든 내가 살해당한 곳이니까.

"마지막은 북쪽인데요……."

마리는 왠지 모르겠지만 고민하고 있었다.

이제부터 틀 영상에 뭔가가 있는 건가?

"일단 재생할게요."

마리가 조작하자 수정에는 그 숲의 광경이 떠올랐다.

시간은 밤, 내가 〈묘표미궁〉에 들어가 있을 무렵이다. 아무래도 여기가 첫 번째였던 모양이다.

그런데 PK의 모습은 보이지 않았다.

밤의 숲, 알아보기 힘든 환경이긴 했지만 아예 찾아낼 수가 없었다.

우리들이 수정 너머로 PK를 찾고 있자니—— 갑자기 수정이 빨개지고 카메라의 영상이 끊어졌다.

곧바로 다른 영상으로 전환되었지만 그 영상도 바로 끊어졌다.

다음 영상은 숲속이 아니라 위에서 내려다보는 각도. 아마도 왕도의 외벽에서 찍었을 것이다.

그것은 숲에서 무슨 일이 일어나는지 **이해하기 쉽게** 전달해주었다.

숲은 차례차례 날아드는 포탄으로 인해 터져나갔고, 쏟아지는 **소이탄**으로 인해 타오르고 있었다.

마치 전쟁 영화에서 잘라낸 듯한 광경을 보여주며 그 누구의 모습도 비추지 않고 숲이 불타는 것만으로 영상이 끝났다.

"저기, 이건…… 뭔가요?"

루크가 묻자 마리가 곤란하다는 듯이 웃으면서 대답했다.

"아하하…… '정체불명' [파괴왕]과 마찬가지로 정체불명의 PK…… 통칭 〈초급 킬러〉의 전투영상, 이에요……."

마리는 자기가 한 말에 자신이 없어 보였다.

그야 그럴 것이다. PK의 모습은 보이지도 않았고, 섬멸하는 [파괴왕]의 모습도 없었다.

이건 그냥 환경파괴다.

"……모습이 보이지 않는다면 싸운 게 그 [파괴왕]이 아닐 수도 있잖아? PK도 모습이 보이지 않으니 그 〈초급 킬러〉가 아닐지도 모르고."

"네. 〈초급 킬러〉는 얻은 정보로 인해 거의 확정이지만 [파괴왕]은 결정적인 증거가 없어요. 파괴의 규모로 [파괴왕]이라고 추정하고 있지만요. 애초에 이 [파괴왕] 자체가 정보 노출이 적은 사람이라……."

아, 전쟁에 참가하는 것을 거부한 이유도 '눈에 띄고 싶지 않으니까'였던 모양이니까.

숲을 하나 태워놓고 '눈에 띄고 싶지 않다'는 건 말이 안 되는 것 같은데.

"아, 그래도 [파괴왕]의 〈엠브리오〉는 **전함**이라는 소문이 있거든요. 여기! 여길 봐주세요!"

마리는 그렇게 말하고 영상을 정지한 수정의 한 곳을 손가락으로 가리켰다.

불타는 숲 너머, 어두운 밤에 거대하고 까만 그림자가 있는 것처럼 보였다.

그것은 산이라고 하기에는 능선이 너무 뾰족했고…… 보기에 따라서는 거대한 전함 같기도 했다.

"전함인 〈엠브리오〉도 있나 보네요."

나는 형의 전차라는 전례를 알고 있었기에 그런 케이스도 이미 생각하고 있었다.

오히려 후소 츠쿠요의 〈엠브리오〉에 놀랐다. 그것은 아마 '밤'이 엠브리오일 것이다.

"그런데 저렇게 대규모로 공격해버리면 PK…… 〈초급 킬러〉이외에도 피해가 나오지 않을까?"

상관없는 티안이 죽으면…….

"그건 괜찮을 거예요. PK가 나와서 오가는 사람도 별로 없었다고 하네요. 애초에 [파괴왕]도 다른 사람이 말려들지 않을 거라고 확인한 다음에 저렇게 화려하게 공격했을 거고요."

"그렇구나."

아니면 **아무도 찾을 수 없어서** 숲을 통째로 공격했는지도 모른다.

인터넷 정보를 보니 〈초급 킬러〉는 나 말고는 아무도 목격하지 못한 모양이다.

그리고 보니 〈DIN〉은 어떻게 PK가 〈초급 킬러〉라고 단정할 수 있는 정보를 얻었을까.

"그런데 [파괴왕]이 〈초급 킬러〉를 습격한 이유는?"

"그건 전혀 모르겠어요."

마리는 다시 모르겠다는 자세를 취했다.

"[파괴왕]은 원래 각 나라에서 사건의 중심이 되는 경우가 많은 플레이어인데요, 그 정체나 사건에 끼어든 이유는 거의 알려지지 않았어요."

"그래서 '정체불명'이군요."

"네. 이번 일도 왜 저렇게 대규모 파괴를 저지른 건지 전혀 알수가 없어서……."

……뭔가 마음에 들지 않은 일이라도 있었던 걸까, [파괴왕].

"그래도 이것만으로는 북쪽에 대해 제대로 알 수가 없죠? 정보라고 하기에는 좀 그렇지 않나요?"

루크의 말에 나도 동의했다.

하나당 600릴이었는데, 이쪽 정보는 좀 더 싸게 팔아야 하는거 아닐까.

"윽?! 그렇게 말씀하시면…… 아! 그래도 이쪽 정보에는 추가정보가 있어요!"

"추가 정보?"

"놀랍게도 〈초급 킬러〉는 이 포화 속을 살아서 돌아갔다네요!"

마리의 그 말에.

"──호오?"

지금까지 수정을 그다지 보지 않고 바비와 함께 식사를 하고 있던 네메시스가 반응했다.

나는 네메시스가 왜 그 말에만 반응했는지 알 것 같았다.

오히려 방금 전까지 네메시스가 그런 태도를 보이고 있었던 이유도 이해할 수 있었다.

PK가 전멸했다는 것을 듣고 분했을 것이다.

쓰러뜨리겠다고 맹세한 상대를 가로채기 당한 것이 마음에 들지 않았을 것이다.

나도 그런 기분이 들었다.

하지만…….

"그거 좋은 소식이로구나."

녀석은 살아 있었다.

□〈노즈 삼림〉 [성기사] 레이 스탈링

마리에게 정보를 산 뒤, 루크와는 나중에 만나기로 약속하고…… 나는 네메시스와 단둘이서 〈노즈 삼림〉**이었던** 곳에 와 있었다.

"이건……."

북쪽 성문을 지나자 그곳에는 황무지가 있었다…… 황무지밖에 없었다.

예전에 있었던 숲은 사라졌고, 숯이 된 나무들이 굴러다니고 있었다.

〈노즈 삼림〉은 이미 사냥터의 기능을 잃었고, 삼림이라고 부를 수도 없다. 이 황무지는 도시번영 시뮬레이션 게임이라면 꽤나 건물을 지어볼 만한 광경일 것이다.

뭐, 〈Infinite Dendrogram〉은 분류를 따지면 RPG이기에 상관없는 이야기다.

그런데 플레이어 한 명이 맵을 이렇게까지 바꿀 수 있다니 놀랍다.

그리고 이 탄흔, 파열흔, 아직도 남아 있는 화약 냄새. [파괴왕]의 〈엠브리오〉가 정말로 전함인지는 모르겠지만, 우리 형하고 마찬가지로 중화기…… 또는 병기 형태의 〈엠브리오〉를 사용한다는 것은 틀림없다.

그건 그렇고…… 다른 세 사람이 PK를 골라내서 공격했던 것과는 달리, [파괴왕]은 무차별적으로 맵을 통째로 파괴(디스트로이)한 모양이다. [파괴왕]답기는 하지만 민폐도 정도껏 해야지.

이거, 손가락이 병에 걸렸다고 팔을 통째로 잘라낸 거나 마찬가지잖아.

"……아무리 생각해도 나중에 악영향이 있겠지."

"이 참상으로 인해 인재 유출이 더 악화된 모양이니 말이다."

이건 〈마스터〉가 아니라 티안 이야기.

어제 있었던 포격, 폭격은 왕도를 공포에 몰아넣었다.

드라이프 군의 기습인가 싶어서 기사단도 북문으로 출동한 모양이다. 그때는 포격도 끝나서 불타는 〈노즈 삼림〉만 남아 있었다는데.

왕도까지 불이 옮겨 붙을 낌새는 없었지만 내버려둘 수도 없었기에 기사단은 그 뒤로 밤을 새워 불을 껐고, 그다음에도 처리하느라 바쁜 모양이다.

참고로 이 정보들은 릴리아나에게서 얻었다.

좀 전에 우연히 만난 그녀는 눈 아래에 다크서클이 있었다. '레이 씨도 [성기사]가 되셨으니 좀 도와주세요……'라고 하소연도 들었다.

"우리가 포격 때는 지하에 있긴 했지만 용케 눈치채지 못했구나."

"나는 그럴 때가 아니었으니 말이다. 그대는 그대 나름대로 지쳐서 감각이 둔해진 상태였고."

그리고 왕도 주민들에게 친숙했던 〈노즈 삼림〉이 하룻밤만에 소실된 이번 사건은 그렇지 않아도 긴장 상태였던 세간을 혼란스럽게 만들기에는 충분했다.

왕도 탈출은 오늘 아침부터 가속되고 있다.

각 방면의 PK가 구축된 것도 이유 중 하나다. PK가 주로 노리는 것은 〈마스터〉였지만 티안도 상대에 따라서는 습격당할 위험이 있었기에 교통이 멈춰져 있었다.

그런데 오늘 갑자기 개방되었기에 사람들이 한꺼번에 움직인 것이다.

생각해보니 티안이 보기에는 〈마스터〉와 티안을 구별할 수 없다.

〈마스터〉는 〈엠브리오〉를 사용하고 불사신이긴 하지만 전제로써 **자신들과 마찬가지로** 살아 있는 인간일 테니까.

다시 말해 티안이 보기에 PK는 살인귀 부류에 속한다. 티안까지 노리는 녀석들이라면 특히 그렇다.

"그런데 이렇게 되니 PK 문제 해결에도 장단점이 있네."

"사냥터도 하나 못 쓰게 되어버렸으니 말이다. ……그리고 〈묘표미궁〉의 공포 체험도 소용없었나."

여러모로 비용이 나갔는데 결국 하룻밤만 이용했고.

피가로 씨와 알게 된 건 행운이었지만.

"그런데 그 녀석…… 〈초급 킬러〉는 숲이 사라진 공격에서 벗어나 도망친 거지."

마리가 말했던 〈노즈 삼림〉의 PK── 〈초급 킬러〉의 정보.

〈DIN〉이 그 정보를 얻은 출처는 다름아닌 마리 자신이었다.

그녀는 어제 사건이 일어났을 때 뒤늦게나마 현장을 취재하러 간 모양이었다.

마침 그 타이밍에 〈초급 킬러〉가 숲을 통째로 불태운 포화에서 탈출하여 도망치는 것을 목격했다고 그녀가 말했다.

"모습은 은폐 효과가 있는 스킬을 사용하고 있었기에 알아보지 못했지만요, 사용한 〈엠브리오〉의 특징을 볼 때 틀림없어요!"라고 한다.

물어보니 '탄환 생물을 발사하는 권총형 〈엠브리오〉'라고 했다. 들어맞는다.

〈초급 킬러〉는 탄환 생물을 연사하여 자신에게 날아드는 포화를 상쇄한 모양이었다.

〈초급 킬러〉는 그대로 왕도 안까지 도망쳤다고 한다.

그러한 참상을 만들어낸 [파괴왕]도 왕도까지 포격하지는 못했기에 놓친 것 같다.

이렇게 생각해보니 격이 높은 상대와의 퇴각전, 같은 조건에서 나는 졌고 녀석은 승리했다고 할 수 있다.

복수할 상대를 [파괴왕]이 가로채지 않은 것은 좋은데, 복잡한 기분이다.

"……슬슬 돌아가도록 할까. 루크하고 약속도 했으니까."

"그렇지…… 음?"

왕도 안으로 돌아가려다 보니 네메시스가 무언가를 눈치챘는지 경치 중 한 점을 바라보고 있었다.

"왜 그래?"

"저게 무엇인 것 같으냐?"

네메시스는 그렇게 말하며 손가락으로 가리켰지만 나는 그쪽에서 아무것도 보지 못했다.

"뭐가 있어?"

"덥지도 않은데 아지랑이가 피었다. 아니, 저건…… 공간의 **일그러짐**인가?"

네메시스는 그렇게 말하고 손가락으로 가리킨 쪽으로 걸어가── 사라졌다.

"……어?! 네메시스!"

나는 네메시스가 사라진 곳으로 달려가서…… **보이지 않는 커튼**을 헤쳐 나갔다.

커튼이라고 느낀 이유는 막혀 있는 것 같으면서도 저항하는 느낌이 매우 부드러웠기 때문이다.

보이지 않는 커튼을 빠져나간 나는…….

"……?!"

밝지도, 어둡지도 않다. 그리고 위아래가 없어서 이상한 공간으로 나와 있었다.

그 공간에는 푸르고 투명한 창이 수없이 떠 있었고, 그 안에는 낯익은 사람이 두 명 있었다.

"마스터, 여기는……."

한 사람은 무사히 나를 돌아보는 네메시스.

다른 한 사람은…… 아니, **한 마리**는.

"……어라~? 여긴 어떻게~?"

재주도 좋게 두 손을 움직여서 창을 조작하고 있던 고양이——내가 〈Infinite Dendrogram〉을 시작했을 때 만났던 관리 AI인 체셔가 그곳에 있었다.

◇

보이지 않는 커튼을 헤치고 미지의 공간에 들어가고 나서 몇 분 뒤.

나와 네메시스는 의자에 앉아 체셔가 끓여준 차를 마시고 있었다.

혼란스러워 하고 있던 우리들에게 체셔가 '설명해주겠지만 서서 이야기하긴 뭐하니까~'라고 하면서 준비해준 것이다.

이 공간에는 창 이외에 바닥조차 없었지만 체셔는 아무렇지도 않게 주머니에서 의자와 탁자를 꺼내 설치하고 있었다.

그 모습은 마치 어렸을 때부터 본 고양이형 로봇 애니메이션 같았다. 체셔는 귀가 있지만.

"그래서 관리 AI가 여기서 뭘 하고 있는 거야?"

"환경정비 사전 준비려나~. 본 작업은 3호하고 5호…… 몬스터나 환경담당 관리 AI의 역할이지만~. 이 공간은 즉석 작업실 같은 거야~."

공사할 때 현장에 짓는 조립식 건물 같은 건가.

"우리들 말고는 볼 수도 없고 들어올 수도 없는데 말이지~. 그런데 그 〈엠브리오〉는 메이든인 것 같으니 이런 경우도 있으려나~. 레이 군은 그녀에게 끌려온 거고~."

"메이든이면 뭔가 다른 거야?"

"여러모로 우리 쪽하고 비슷하니까~. ■■■기능도 남아 있고~."

응?

"방금 뭐라고 한 거야?"

"아, 미안~. 언어화할 수 없는 정보였어~. 별것 아니니까 잊어버려~."

얼버무리면서 대답하는데, 운영 쪽 수비의무 같은 것에 걸려 있는지도 모른다. 지금도 무대 뒤를 보고 있는 거나 마찬가지다.

그 밖에도 물어보고 싶은 게 있으니 이 이야기는 여기까지만 하자.

"그건 그렇고, 이 영역을 고치는구나."

리얼함을 우선시하는 〈Infinite Dendrogram〉, 곤충 몬스터에게 점령당한 〈구 과수원〉 같은 곳은 그대로 두었지만 초보 사냥터인 〈노즈 삼림〉은 예외인 건가.

그런데 체셔가 고개를 저었다.

"안 고쳐~. 이번 사건으로 인해 사라진 〈노즈 삼림〉은 직접 재생시키지 않을 거야. 하지만 비슷한 환경이 형성되기 쉽게끔 요인을 마련하는 건 가능하니까~. 내 일은 그 준비~."

체셔는 말을 끊고 홍차를 한 모금 마신 뒤 다시 이야기하기 시작했다.

아무래도 상관은 없지만 고양이 혀는 아닌 것 같다.

"이 세계는 자유니까~. 플레이어, 티안, 몬스터도 이 세계에서 자유롭게 행동한 결과에 대해 관리 AI가 되돌리지는 않아~. 자유의 결과로 인해 무슨 일이 일어나더라도 우리들은 관여하지는 않으니까~. 하지만 가끔씩 예외는 있지. 벌칙용 관리 AI도 있고~."

"벌칙? PK도 제재하지 않는데 뭘?"

"음~ 나라에서 지명수배를 받았을 때려나~. 그, 이 세계에도 법률이 있지만 플레이어는 잡혀도 로그아웃이나 사망을 통해 철창 바깥으로 탈출해버리잖아~. 경찰이나 기사단에게는 그러한 행동을 막는 기술이 없으니까~. 그래서 플레이어용 철창, 통칭 '감옥'은 관리 AI가 담당하고 있어~. 지명수배를 받았을 때 세이브 포인트를 사용할 수 없게 하는 처리도~."

그렇구나, 잡혀도 데스 페널티를 제외한 디메리트가 없으면 범죄를 계속 저지를 수 있으니까.

"이건 설정에 포함되어 있어~. '죄를 범하고 세이브 포인트로 돌아갈 수 없는 상태에서 쓰러진 〈마스터〉는 '감옥'으로 전송된다'고 말이야~. 그러니 최대한 많은 나라에 세이브 포인트를 등록해두는 게 좋지~."

"……그 이전에 지명수배를 당할 만한 행동은 안 할 건데?"

"그게 좋을지도 모르지~. 뭐, 지명수배를 받더라도 쓰러지지만 않으면 보내질 일은 없지만~."

……그러면 강한 범죄자는 그냥 마음대로잖아.

"흐음, 벌칙 전용 관리 AI까지 있다니…… 고양이는 무슨 담당인고?"

"나는 관리 AI 중에서도 잡일 담당이니까~."

잡일?

"AI도 잘하는 것과 못하는 것이 있거든~. 나는 관리 작업을 잘 못해~. 특히 환경 계열은 전혀~."

"지금 하고 있는 작업은 다른 거야?"

"이건 어디까지나 사전 준비야~. 본격적으로 환경 시뮬레이션을 하게 되면 구름 입자의 엔트로피까지 제어해야 하고~."

"…………."

생각하기만 해도 머리가 아프다. 그래도 그것이 가능한 존재가 AI일 것이다.

이 체셔는 못하는 것 같지만.

"내가 가장 많이 하는 일은 튜토리얼의 안내 역할이려나~. 그건 연산 리소스에 여유가 있는 관리 AI가 하는 일이니까~. 여기에 오는 플레이어의 절반은 내가 받았어~."

절반이라니, 그거 꽤 상당한 숫자잖아.

"이러고 있는 지금도 제대로 튜토리얼 일을 하고 있어~. 이런 느낌으로~."

체셔는 그렇게 말하고 다섯 마리로 분열했다.

모양이 다른 다섯 마리가 찰칵찰칵 창을 조작하면서 말했다.

"이런 느낌~."

"그래도 여기에서 분신해봤자 의미가 없지~."

"다섯 명이 되더라도 작업 속도는 똑같고~."

"사용하는 연산 용량도 똑같으니까~."

"오히려 연산하는데 드는 수고가 늘어나서 좀 느려지지~."

다섯 마리는 그렇게 말하고 한 마리로 돌아왔다.

"…………."

연산 같은 이야기를 듣고 이곳이 게임 서버 안이라는 것을 오랜만에 떠올렸다.

처음으로 사이버 테크놀로지 같은 부분을 본 건지도 모르겠다.

"나는 이런 분할 처리를 잘하는 편이니까 잡일을 하게 되는 거야~."

"그렇구나. 그런데 절반을 담당하고 있다는 걸 보니 다른 절반은 다른 AI가 받는 거지?"

"그래~. 그중에는 캐릭터 작성 때 한번 결정하면 변경하지 못하게 하는 AI도 있고?"

"……그건 변경하게 해줘야지."

혹시나 형은 그 관리 AI에게 걸렸는지도 모르겠다.

◇

우리들은 20분 정도 체셔와 근황 이야기를 하고 가보기로 했다.

"이 모습으로 접수처 말고 다른 곳에서 사람하고 만나는 건 오랜만이야~. 선물로 기념품이라도 주고 싶은데~. 그러면 운영 쪽에서 편애한다고 혼내니까~."

"딱히 상관없어. 차하고 과자만으로도 충분해. 고마워."

"음. 맛있었다."

······네메시스가 잔뜩 먹어서 이미 혼날 상황 아닐까 하고 내심 조마조마한 상태였다.

"아니~ 그렇게 말해주니 만든 보람이 있네~."

그 쿠키는 손수 만들었나. 의외다.

······아니, 잠깐. 그 고양이 손으로 어떻게 쿠키를 만든 거야.

"그 쿠키, 시중에 팔아도 괜찮을 것 같다만."

"생각해볼게~. 아, 그렇지. 레이 군은 이제부터 기데온으로 가던가?"

차를 마실 때 그런 이야기도 좀 했다.

"응, 그런데."

"······**조심해~**."

체셔는 의미심장하게 그런 말을 했다.

"뭔가 있어?"

"있다고 하면 있는데······."

왠지 말하기 껄끄러운 모양이다. 말하면 무슨 문제라도 있는 건가?

"그러면 지장이 없는 범위에서 말하는 건데~ '귀신의 심장은 배 속'."

"?"

"그게 다야~. 반드시 만날 거라는 보장은 없지만~."

체셔는 수수께끼, 아니면 미스터리 소설의 힌트 같은 말을 했다.

……일단 메모 창에 적고 기억해두자.

"그러면 또 만날 기회가 있을지는 모르겠지만 인연이 있으면~."

"그래, 또 보자."

우리들은 체셔가 만든 출구를 통해 원래 있던 곳으로 귀환했다.

출구를 지나자 그곳은 원래 있던 황무지였다. 네메시스에게 묻자 지금은 체셔의 작업장으로 들어가는 입구가 보이지 않는 것 같았다.

시간을 보자 오후 3시가 지난 상황이었다.

루크와의 합류 예정 시간은 4시니까 늦지는 않을 것이다.

나와 네메시스는 합류 예정 장소로 지정한 시설—— 모험자 길드로 향했다.

이 〈Infinite Dendrogram〉에서 플레이어가 받을 수 있는 퀘스트는 세 종류 있다.

내가 처음으로 받은 퀘스트처럼 랜덤으로 발생하는 이벤트 퀘스트.

그리고 루크가 했던 것 같은 각 직업 전용인 직업 퀘스트.

그리고 세 번째가 길드 퀘스트다. 모험자 길드라는 시설에서 받을 수 있다.

　길드라는 명칭은 직업마다 있는 길드와 겹치지만 알맹이는 다르다.

　모험자 길드는 토벌, 호위, 수집, 잡일 등 여러 가지 의뢰를 알선해주는 곳이다.

　등록하면 어떤 직업이든, 〈마스터〉나 티안이라도 상관없이 의뢰를 받을 수 있다.

　당연히 우리들도 받을 수 있다.

　레벨을 올리는 것도 진도가 어느 정도 나갔으니, 이번에는 그쪽에서 돈도 벌면서 해나가자는 생각이다.

　루크하고 만났을 때 한 번 같이 해보자고 이야기한 적도 있었기에 이번에는 파티를 짜서 같은 퀘스트를 받기로 했다.

　그래서.

　"……의뢰가 너무 많아서 뭘 받으면 될지 모르겠네."

　"그렇죠……."

　나와 루크는 모험자 길드의 둥근 테이블에 엎드려 두꺼운 책을 보고 있는데…… 솔직히 피곤하다.

　이 책은 퀘스트의 카탈로그이자 이 길드에서 현재 받을 수 있는 의뢰를 한 번에 볼 수 있다.

　읽고 있는 동안에도 누군가가 의뢰를 하면 자동으로 늘어나고, 받아가면 자동으로 줄어드는 마법의 카탈로그다.

　참고로 들고 있는 플레이어가 받을 수 없는 난이도의 의뢰는 처음부터 표시되지 않는다.

난이도 : 3까지는 전부 표시되지만 4 이상의 난이도는 그 시점까지 성공시킨 의뢰의 숫자에 따라 개방되는 구조인 것 같다.

하지만 그걸 감안하더라도 카탈로그는 엄청나게 두꺼웠다. 대충 1000 페이지는 된다.

이 카탈로그의 두께도 [파괴왕]이나 다른 〈초급〉의 영향이다.

[파괴왕]으로 인한 [노즈 삼림] 소실 때문에 왕도에서 탈출하려는 사람이 늘었고, 다른 도시로 이어지는 교통망이 회복된 것으로 인해 교역 상인의 이동 같은 것도 활발해졌다.

결과적으로 다른 도시로 이동하려는 사람들의 호위 의뢰가 엄청나게 늘어난 것이다.

문제는…….

"같은 기데온 행 의뢰라도 보수나 난이도가 너무 제각각이라 고를 수가 없네."

"그렇죠……."

피가로 씨가 있는 결투도시 기데온으로 가는 호위만 해도 수십 건이나 된다. 게다가 같은 난이도라도 보수가 다르거나 같은 금액이라도 난이도가 다른 경우가 있다.

생각 없이 받을 수는 없으니 비교하는 와중에 좋은 조건의 퀘스트를 다른 사람이 받아가서 카탈로그에서 사라지곤 했다.

"그리고 호위라는 일은 미묘하지."

"그렇죠……."

호위는 이동하는 동안 계속 지켜야 할 필요가 있다.

하지만 이쪽은 플레이어. 로그아웃할 필요도 있기에 그동안 호위할 수는 없다.

그런 사정은 '비정기적으로 이세계에 날아가는 〈마스터〉'라는 설정으로 티안 사람들도 알고 있다. 그때문에 〈마스터〉는 호위라는 일에 잘 맞지 않아서 호위 의뢰는 주로 티안이 맡고 있다. 레벨이 매우 높은 〈마스터〉라면 그렇지도 않은 모양이지만.

"토벌이나 배달 의뢰가 좋을지도 몰라. 보수는 좀 떨어지지만."

"그렇죠……."

"……루크, 아까부터 하는 말이 똑같은데."

"아, 죄송해요. 읽다 보니 여러 가지 생각이 나서……."

루크는 중학생 정도 외모니까 시험공부 같은 게 생각난 건가.

루크는 좀 허무한 눈빛으로 '아버지가 만든 교본은 이것보다 두꺼웠지……'라고 중얼거리면서 페이지를 넘기고 있었다.

루크의 얼굴이 현실과 별다른 차이가 없다면 서양 출신.

저쪽도 역시 시험 전쟁이 심한 걸까.

나도 대학교에 입학하려고 고생했으니까…….

"흠흠."

"으으으."

참고로 네메시스와 바비도 아까부터 우리와 마찬가지로 책을 보고 있지만 두 사람이 보고 있는 것은 퀘스트 카탈로그가 아니다.

네메시스는 현상수배 리스트, 바비는 길드 내 음식점 메뉴를 바라보고 있었다.

"마스터여. 여기에서 기데온으로 가는 길에는 가끔씩 [군랑왕

로보타]와 [대장귀 갈드랜더]라는 현상수배 몬스터가 나오는 모양이다. 나오면 좋겠구나."

"그렇게 대놓고 위험한 건 싫은데……."

"저기저기, 루크. 이 스페셜 푸딩 알 라 모드에 데스 소스를 끼얹으면 엄청 맛있을 것 같지 않아? 루크도 먹을래?"

"그렇게 대놓고 위험한 건 싫은데……."

나와 루크는 살벌한 두 사람에 대해서는 신경 끄고 카탈로그에 집중하기로 했다.

우선 기데온으로 가는 도중에 할 수 있는 일을 받는다는 건 이미 결정되었다.

루크도 기데온에 마물시장이 있다고 해서 가보고 싶었던 모양이다.

참고로 정보교환을 하다가 알게 된 건데, 루크는 레벨이 내 두 배 이상 높긴 하지만 스테이터스는 낮았다. MP와 SP만 나보다 높고, 나머지 스테이터스는 전부 다 절반 이하.

이건 내가 상급 직업인 [성기사]이라는 것 이전에 루크의 [포주]가 낮은 스테이터스를 지닌 직업이기 때문인 모양이다.

[포주]는 [매료]시키든지 죽든지, 이렇게 매우 데드 오어 얼라이브 같은 직업인 것 같다.

뭐, 나는 지금까지 있었던 일로 인해 루크의 천직이 [포주]라는 것에 의문을 품지는 않았다.

[포주]가 아니라면 [천사]가 될 수밖에 없다.

"마스터, 진정하거라. 약간 [매료]당하고 있다."

"어어."

물론 루크가 내게 [매료] 스킬을 사용한 것은 아니다. 애초에 여성에게만 통하는 거고.

그런데 너무 미소년이라 분위기에 휩쓸리기는 했다.

길드 안에 있던 모험자들도 아까부터 이쪽을 힐끔거리면서 보고 있고, 어떤 사람은 빤히 보고 있었다.

시선이 쏠리는 것은 루크 한 명 때문이 아니라 네메시스와 바비도 미소녀로 분류되기 때문이다.

이 테이블에 있는 다섯 명 중 세 사람이 미형이니 주목을 받을 만도 하다.

…………다섯 명?

"아니, 저도 모험자 길드에 온 건 오랜만인데요. 퀘스트가 너무 많이 쌓였네요~."

우리 테이블에는 우리들에게 PK 소동 정보를 팔았던 [기자]인 마리도 함께 앉아 있었다.

……아니, 어느새?

처음에는 틀림없이 나와 네메시스, 루크와 바비, 이렇게 네 사람밖에 없었는데.

[기자]에게는 몰래 테이블에 앉는 스킬이라도 있는 건가?

"어라? 마리 씨는 무슨 일로?"

"결투도시 기데온에 갈 일이 좀 있어서요. 가는 김에 의뢰라도 받을까 했는데, 두 분께서 기데온에 간다는 이야기를 하고 계셨잖아요. 이건 낄 수밖에 없다 싶어서. 같이 가도 괜찮을까요?"

낄 수밖에 없다니…….

"……뭐, 나는 별로 상관없는데, 루크는?"

"저도 괜찮아요. 오히려 든든하네요."

"……하긴."

나와 루크는 다른 마을로 가는 것이 처음이다.

반면, 마리는 다른 나라인 황하에도 가본 적이 있는 것 같으니 이러한 장거리 이동도 익숙할 것이다. 그것만으로도 꽤 믿음직스럽다.

마리까지 합세해서 이번에는 셋이서 카탈로그를 뒤적였다.

"[토벌의뢰── [사우더 팬텀 시프]]라는 게 있네요. 보수도 높아요."

"아, 그건 안 돼요. [사우더 팬텀 시프]는 약하지만 발견하기 힘든 몬스터라서 찾아내는 것만으로도 사흘은 걸릴 거예요~."

"[토벌의뢰── [블루 레밍스]], 이것도 보수가 좋은데. 쓰러뜨려야 하는 숫자가 50마리라 좀 많긴 하지만."

"약하지만 찾아내기 쉽고, 원래 몰려다니는 쥐 몬스터니까요. 의외로 편하고."

"쥐는 싫어요."

"루크?"

"쥐는 싫어요."

"그, 그래……."

그렇게 이러쿵저러쿵하며 10분 정도 카탈로그와 눈싸움을 하고 있자니.

"아, 이거 괜찮지 않나요~?"

마리는 그렇게 말하고 어떤 페이지를 손가락으로 가리켰다.

난이도 : 2 [배달의뢰—— 결투도시 기데온 길드간 배송]

[보수 : 3만 릴]

『왕도의 모험자 길드에서 기데온에 있는 길드까지 배달할 물건을 가져다주세요. 짐의 양이 많기에 아이템 박스를 가지고 계신 분에게 추천하는 의뢰입니다. 기한은 사흘 뒤까지입니다.』

『※배달할 물건을 가지고 도망칠 경우에는 자객을 보냅니다.』

"이 의뢰는 길드에서 낸 의뢰네요. 저쪽 길드에 가져다주기만 하면 되니까 수속 같은 게 편해요. 보수도 많은 편이니 좋은 조건이네요."

……의뢰의 마지막 부분이 신경 쓰이는데, 뭐 나쁜 짓을 하지 않으면 되니까.

"나는 이 퀘스트도 괜찮은데, 루크는?"

"네, 저도 이거면 찬성이에요."

"정해졌구나."

"정했어~? 아직 푸딩 다 못 먹었는데~."

내 말에 루크, 그리고 네메시스와 바비가 대답했다.

어찌 됐든 우리가 함께 진행할 첫 퀘스트가 정해졌다.

"그러면 레이 씨, 수속 부탁드릴게요."

"응? 찾아낸 건 마리니까 마리가 받으면 되는 거 아니야?"

"여러 사람이 의뢰를 받을 때는 파티를 짜서 대표가 수속을 하게 되거든요. 그때 대표가 메인 직업을 표기하게 돼요."

"다시 말해?"

"대표가 [기자]나 [포주]면 길드 접수처도 좀 그렇잖아요?"

하긴. 이 의뢰는 길드에서 직접 받는 의뢰이기에 실력이 너무 불안해 보이면 받아주지 않을지도 모른다. 그런 면에서 [성기사]라면 문제없겠지.

……그런데 우리 중에서 레벨이 가장 낮은 건 나인데 상관없나?

"우선 상표부터 보이는 법이니까요. 저도 이번에는 레이 씨가 받는 게 좋을 것 같아요."

루크도 그렇게 말했기에 내가 대표로 받기로 했다.

길드의 접수처에 카탈로그를 가져가서 의뢰 페이지를 제시했다.

"네, 알겠습니다. 카드를 제시해주시고 이쪽 용기에 기입 부탁드립니다."

나는 만든 지 얼마 되지 않은 모험자 길드의 멤버 카드를 내고 필요사항을 용지에 적었다.

"퀘스트 수주를 확인하였습니다. 저쪽 카운터에서 배달할 물건을 받아주세요."

나는 지시대로 배달할 물건을 받아 아이템 박스에 넣었다.

이렇게 준비를 마치고 우리들이 새롭게 내디디는 한 걸음, 길드 퀘스트가 시작되었다.

　대상은 퀘스트 난이도 : 2 [배달의뢰── 결투도시 기데온 길
드간 배송]

　행선지는 결투도시 기데온.

　퀘스트, 스타트.

　■알터 왕국 ???

　갈채.

　그저 갈채만이 있었다.

　그 갈채가 의미하는 것은 환희.

　수많은 고블린이 기뻐하는 나머지 세차게 울부짖고 있다.

　그들의 시선 끝에 그들과 마찬가지로 팔다리를 지녔지만 다른
생물── 인간이 있었기 때문이다.

　그들은 굶주려 있었다. 요 며칠 동안 인간들이 그들의 구역을
지나가지 않았기 때문에.

　인간을, 인간이 운반하는 짐을 좋아하는 그들은 굶주리고 굶
주려서 참을 수가 없었다.

　그동안에는 다른 몬스터를 먹으며 지냈지만 인간과 인간의 음
식 맛을 안 그들에게는 불만족스러운 먹이였다.

　그래서 그들은 기뻐했다.

그 산에서 막혀 있던 사람들의 왕래가 부활한 것을.

지금 다시 그들이 좋아하는 것이 그들 앞에 나타난 것을.

얼마 전 이 구역을 지난 **기묘한 차림을 한 인간**은 무서워서 지나치는 것을 기다릴 수밖에 없었다.

하지만 지금 지나가는 인간들은 무섭지 않다.

그렇다면 저 인간들과 그 짐은 그들의 먹잇감에 불과하다.

"키기이이이익!"

"캬아아아아악!"

고블린은 각각 소리를 지르며 시선 끝에 있는 마차를 향해 뛰어가기 시작했다.

"[고블린]?! 이 숫자는 뭐야……!"

"형씨, 이런 숫자는 도저히 상대할 수가 없어! 마차를 최대한 빨리 몰아!"

"그, 그래!"

"우리들도 도망치자!"

남자 상인이 마차의 속도를 높였고, 상인의 호위를 맡은 티안 모험자들도 그 뒤를 따라 달려가기 시작했다.

그들의 이동속도는 빨랐기에 이대로 가다가는 고블린이 따라잡을 수 없을 것이다.

그래서 고블린은 울부짖었다.

갈채를, 환희를 울부짖었다.

"저 녀석들, 뭐야. 위협하는 건가?"

"신경 쓰지 마! 이대로 도망쳐야 해!"

그들은 위협 같은 것은 하지 않았다.

적이라면 모를까, 먹잇감을 앞에 둔 그들은 그렇게 무의미한 짓을 하지 않는다.

그들은 그저── **부르고 있었던 것**이다.

"하하, 보아하니 도망칠 수 있을 것 같군요··········· 흐억?"

그 직후, 상인이 마차와 함께 통째로⋯⋯ 하늘에서 내려온 '무언가'에게 박살났다.

그 '무언가'는 둥글게 짓눌린 과육과도 같은 시체를 짓밟은 다음 모험자들을 보았다.

"뭐, 뭐, 야아?!"

"저, 저 녀석은 설마, 〈UBM〉[갈⋯⋯."

그들에게는 의미가 있는 말을 할 시간이 주어지지 않았다.

그저 눈앞에 있는 '무언가'와 쫓아온 고블린에게 유린당할 시간밖에 없었던 것이다.

『GOOOAAAAAAAAAAAAAAAAAAAA!!』

그리고 먹잇감을 다 먹어치운 '무언가'와 고블린 무리는 그들이 사는 곳으로 돌아갔다.

또 배가 고플 때 먹잇감이 지나가는 것을 기대하면서.

◆

이 구역의 이름은 〈넥스 평원〉

〈사우더 산길〉의 남쪽, 결투도시 기데온의 북쪽.

결투도시 기데온으로 가려면 반드시 지나야만 하는 구역이었다.

□왕도 알테어 모험자 길드 앞 [성기사] 레이 스탈링

"기데온까지 갈 교통수단은 제게 맡겨주세요."

퀘스트를 받고 모험자 길드 밖으로 나가자 루크가 그렇게 말하면서 오른손을 들었다.

그 오른손에는 작은 보석 같은 것이 붙어 있었다.

"그건?"

"[주얼]이라고 하는데요. 몬스터를 넣어둘 수 있는 아이템이에요. 모델 일의 보수로 받았어요."

루크는 그렇게 설명해주었다.

그것은 내가 루크의 스킬을 보고 나서 신경 쓰였던 점에 대한 대답이기도 했다.

[포주]에게는 부하를 강화시키는 스킬이 있는데, 신경 쓰였던 것은 전투를 하지 않을 때 부하에 대한 취급이다.

우리 플레이어는 현실로 돌아간다. 그동안 부하는 어떻게 되는 걸까.

만약 플레이어가 몬스터나 노예 같은 부하를 우리 같은 곳에 넣어둔 채 게임을 접기라도 한다면…… 상상하기만 해도 너무 비참하다.

그 의문에 대한 대답이 루크가 가지고 있는 [주얼]이었다.

[주얼]은 우리들이 평소에 사용하는 아이템 박스의 생물 버전. 자신이 소유한 부하를 그 안에 넣어둘 수 있고, 그동안에는 내부의 시간이 흐르지 않게끔 설정할 수도 있는 모양이었다.

그리고 로그아웃할 때도 넣어둘 수 있고, 플레이어가 현실 시간으로 두 달, 이쪽 시간으로 반년 동안 로그인하지 않을 경우에는 자동으로 풀어주게 되어 있다고 한다.

그렇구나. 그렇지 않으면 이렇게 리얼한 세계에서 부하를 거느리는 것은 힘들겠지.

뭐, 식사나 [주얼]에서 꺼내 쉬게 해줄 필요는 있는 것 같지만 그건 부하를 거느릴 때 필수로 신경 써줄 부분이니까.

참고로 수납 중에 시간이 흐르게끔 하거나 [주얼]에서 해방시킨 채로 로그아웃을 할 수도 있는 것 같다. 해방시켜놓으면 문제가 생길 수도 있기에 사람에 따라 다른 모양인데.

"그래서, 그 안에는 이미 몬스터가 들어 있다고."

"네. 그란띠앙 씨가 몇 가지 보수 중에서 고르라고 했는데요. 저는《마물 강화》스킬도 있어서 이 아이를 골랐어요."

기본적으로 [포주] 자신의 전투력은 낮은 것 같으니 몬스터로 전력 상승을 꾀하는 것은 올바른 선택일 것이다.

"그럼 보여드릴게요.《환기(콜)》── 마릴린."

『VAMOOOOOOOOOOOOOOoo!!』

루크가 주문을 외우자 오른손에 있던 [주얼]이 빛났다.

그리고 **마릴린**이라는 몬스터가 나타났는데…….

"……마릴린?"

그 몬스터를 마릴린이라고 부르는 것이 합당한지에 대해서는 따져볼 여지가 있을 것이다.

마릴린에 대해 간단히 설명하자면…… 마차를 끌고 다니는 트리케라톱스다.

거대한 몸집은 푸르고 두꺼운 껍질로 덮여 있어서 등이나 어깨는 마치 갑옷을 입은 것 같다.

무엇보다 머리에 난 뿔은 성벽조차 박살낼 것 같은 위압감을 내뿜고 있었다.

아무리 봐도 우리들보다 강할 것 같은 몬스터다.

그 [데미 드래그 웜]하고도 멋진 승부를 벌일 것 같다. 오히려 이겨버릴지도 모른다.

"[트라이 혼 데미 드래곤(삼중 충각 아룡)]인 마릴린이에요. 용차는 덤으로 받았어요."

데미 드래곤이라니, 역시 그 레벨이잖아. 종족명이 강하다고.

이걸 보수로 받을 수 있는 건가…… 뭐, 밀리안느 때보다 난이도 높았으니 이상하지는 않지만.

"왜 마릴린인 겐가?"

"여자애라서요. 유명한 여배우 분의 이름을 붙여줬어요."

그렇구나. 여자애구나. 그러면 어쩔 수 없지.

……마릴린 먼로가 무덤 속에서 무슨 생각을 할지는 모르겠지만.

"와아, 장관이네요. 그래도 이렇게 강하면 종속 캐퍼시티가 넘어버릴 것 같은데요~."

""종속 캐퍼시티?""

나와 루크가 한목소리로 말했다.

"아, 그러면 그 부분을 좀 설명할게요."

마리는 그렇게 말하고 아이템 박스에서 스케치북 같은 것을 꺼내 그림을 그리면서 우리들에게 설명하기 시작했다.

왜 스케치북을 가지고 있지…… [기자]라서?

"우선 이 〈Infinite Dendrogram〉에서 파티 인원수는 여섯 명이에요."

마리는 스케치북에 나와 루크, 마리를 축소시킨 SD 일러스트를 그렸다. 특징을 제대로 잡았고, 묘하게 잘 그린다.

"우리 경우에는 이미 세 사람이 있죠. 자, 남은 세 칸 말인데요. 여기에는 테이밍 몬스터나 가드너 〈엠브리오〉를 넣을 수도 있어요."

우리 일러스트 옆에 SD 바비와 마릴린을 그려 넣는다.

"넣을 수도 있다, 그렇다면 넣지 않고 전투를 시킬 수도 있는 건가요?"

"네. 파티 멤버로 세지 않고 소유자의 전력 중 일부로 취급할 수도 있어요. 그때 필요한 것이 종속 캐퍼시티죠."

이번에는 루크의 일러스트 밑에 파생되는 형태로 바비와 마릴린을 그렸다.

"이 방법은 파티 칸이 부족해지지 않지만 한계가 있어요. 그게 종속 캐퍼시티예요."

"흐음."

"스테이터스 화면의 부속항목을 봐주세요."

그 말을 듣고 스테이터스 화면의 보조화면을 보았다.

그곳에는 '종속 캐퍼시티 0/50'이라고 적혀 있었다.

"이건가?"

"네, 캐퍼시티의 범위 안에서 몬스터를 자신의 전력으로 삼을 수 있어요. 사용하는 캐퍼시티는 개체별로 다른데요. 예를 들면 레벨이 1인 [리틀 고블린]은 1을 소비하죠."

다시 말해 지금 나는 레벨이 1인 [리틀 고블린]을 50마리까지 부릴 수 있다는 건가.

아니, 많긴 하지만 미묘하다. 범위공격 한 방에 날아가 버릴 것 같다.

"제 캐퍼시티는 500이니까 500마리네요."

캐퍼시티가 내 열 배나 되는 건가.

"[포주]는 캐퍼시티도 높네요. 레이 씨도 기사 계통이니까 탈 짐승을 다룰 필요가 있으니 상급 직업의 평균보다는 약간 높은 거예요."

그렇구나, 탈 짐승인가. 조만간 입수해두는 게 좋겠어.

"……그런데, 그렇군요."

파티 칸이 부족한 상황에서 몬스터를 꺼낼 수 없다면 기본 전투력이 다른 직업보다 낮을 [종마사(테이머)]나 [포주]는 파티를 짜기 힘들 것이다.

하지만 캐퍼시티로 자신의 전력에 포함된 몬스터를 부리면 다른 직업보다 뒤떨어지지 않는다. 오히려 다른 직업을 뛰어넘을 수도 있는 직업일 것이다.

"캐퍼시티를 넘으면?"

"능력에 제한이 걸리고 경험치도 들어오지 않아요."

그렇구나, 꽤 큰 디메리트야.

"이 마릴린은 루크 군의 캐퍼시티로는 부족하네요. 아룡은 강한 만큼 코스트도 높으니까요."

나도 레벨이 1인 [리틀 고블린] 500마리와 그 [데미 드래그 웜] 중 어느 쪽과 싸울지 선택하라고 하면 반드시 전자를 고를 것이다. 둘 사이에는 그 정도의 차이가 있다.

"그러니 이번에는 마릴린을 파티 인원수 칸에 넣도록 하죠. 사람도 적어서 칸이 남으니까요."

"저기~저기~! 질문이 있는데, 바비의 코스트는 어떻게 되는 거야~?"

"〈엠브리오〉의 코스트는 전부 다 0이에요. 그렇지 않으면 가드너로 진화시킨 사람은 자신의 〈엠브리오〉도 제대로 다루지 못하게 되어버리니까요."

그건 그렇지.

"자, 이야기가 길어져버렸는데요. 기데온으로 가는 이야기로 돌아가도록 하죠. 마릴린의 용차를 타고 가면 하루 정도 만에 기데온에 도착할 거예요."

"그러면 오늘은 여기서 해산하고 내일 아침에 출발하도록 할까. 둘 다 예정은 괜찮아?"

방금 말한 예정은 현실 이야기다.

지금부터 도착 예정인 모레까지 사흘, 현실에서는 하루가 지나게 된다.

"괜찮아요. 딱히 예정도 없었고."

"저도 괜찮아요. 지금은 백수라서."

······이거, 웃으면서 대답하는 게 나으려나.

◇

다음 날, 우리는 마릴린이 끄는 용차에 흔들리면서 기데온으로 가는 길을 나아가고 있었다.

길의 폭은 넓어서 마릴린 두 마리가 나란히 지나갈 수 있을 정도로 여유가 있었다. 마릴린이 길을 막아버리는 것 아닐까 하는 걱정은 기우였다.

의외로 마릴린의 걷는 속도는 빨랐다. 언덕길 같은 곳에서도 변함없는 속도로 용차를 끌어주었기에 4륜구동 오프로드 카를 떠올렸을 정도다.

이대로라면 별 탈 없이 기데온까지 갈 수 있을 것이다.

뭐, 가끔씩 튀어나오는 몬스터를 토벌하고 있으니 논스톱이라고 할 수는 없었지만.

초보 사냥터 중 하나이기도 하기에 많은 몬스터가 무리지어 습격하지는 않아서, 동시에 습격하는 것은 잘해봐야 세 마리 정도였다.

그것들을 나, 루크, 바비, 세 명이서 각개격파하는 것이 현재 전투의 흐름이다.

참고로 마리는 용차 안에서 '힘내세요~'라고 차를 마시면서 응원하고 있었다.

……아니, 응. 그것도 사정이 있다. 아니, 물어보지 않았던 내 잘못이지만.

애초에 [기자]라는 직업은 전투 직종이 아니다.

[기자]의 특징이라 할 수 있는 스킬은《펜은 칼보다 강하다》라는 것으로, 그 효과는 파티 전체의 경험치를 늘려주지만…… 자신은 전투를 전혀 할 수 없게 된다는 것이다. 게다가 사용할 수 없게끔 할 수도 없는 스킬인 모양이다.

그렇기 때문에 [기자]는 전투 면에서 전혀 도움이 되지 않는 장식품에 가까운 직업인 것 같다.

경험치 보너스는 고맙다.

초보 사냥터의 일종이기에 우리들만으로도 문제는 없다.

우리들보다 경험이 풍부하기에 여러모로 조언을 받기도 하고 몬스터의 정보도 정확하다.

그런데 뭔가, 뭔가…… 뭐, 상관없나.

『펜은 칼보다 강하다. 그렇게 말하니 펜으로 뭐든지 베는 스킬이라 생각했다만.』

"그 말은 그렇게 물리적인 뜻이 아니거든."

이 세계니까 칼보다 강한 펜도 어딘가에 있을 것 같긴 하지만.

여정은 순조로웠다.

경험치 보너스의 효과도 있어서 나와 루크의 레벨도 올랐다. 나는 레벨 16이 되었고, 루크도 27이 되었다.

전투도 밸런스 좋게 돌아가고 있어서 이 레벨대 몬스터라면 고전하지는 않을 것이다.

그리고 산길에서 곰 몬스터가 한 번 우리들의 앞을 막은 적이 있었다.

척 보기에도 이 산길의 보스 몬스터 같았는데, 우리들이 손을 쓸 틈도 없이 길이 막혀서 화가 난 마릴린이 쓰러뜨려 버렸다.

루크가 드랍 아이템을 회수했는데 [상자]였기 때문에 곰은 보스 몬스터였던 모양이다.

참고로 보스 몬스터는 드랍 아이템이 짭짤하지만 기본적으로 그 생식 영역에서는 최상위 전투력을 지니고 있기에 주의할 필요가 있는 것 같다. 이번에는 쉽사리 쓰러져버렸지만.

그리고 대부분의 보스 몬스터는 같은 종류로 여러 마리가 생태계를 이루고 있지만, 마리의 이야기에 따르면 세계에 한 종류, 한 마리밖에 없는 몬스터도 있다고 한다.

그것은 〈UBM〉라 불리는 것.

전부 다 특수한 힘을 지니고 있으며 상급 파티라도 손쉽게 괴멸시킬 수 있는 힘을 지닌 것도 드물지 않다고 한다.

애초에 한 종류, 한 마리밖에 없기 때문에 맞닥뜨리는 경우도 별로 없는 것 같은데.

기복이 있는 〈산길〉을 지나자 이번에는 평지가 이어졌다.

이 평지는 〈넥스 평지〉라는 이름으로, 이곳의 길을 따라가면 기데온에 도착한다고 한다.

우리 모두가 순조로운 여행이라 생각하고 있었을 때, 〈평원〉 길 앞에서 그것을 발견했다.

행상인인 것 같은 마차 몇 대.

그리고 무장을 한 채 마차를 습격하고 있던 무리, 백 마리가 훨씬 넘는 고블린 무리였다.

◇

그 고블린들은 나나 루크가 싸웠던 [리틀 고블린]보다 체격이 더 좋았다.

[리틀 고블린]은 내 키의 절반 정도였지만 그 녀석들은 나와 비교했을 때 8할 정도의 크기였다.

그리고 검이나 갑옷, 활 같은 것으로 무장하고 있었다. 그중에는 소형 육식 공룡과 비슷한 몬스터를 타고 있는 녀석도 몇 마리 있었다. 이름도 [고블린 워리어]나 [고블린 아처], [고블린 라이더]라고 떴기에 분명히 상위종일 것이다.

백 마리가 넘는 그것들이 행상 마차들을 습격하고 있었다.

마차 쪽에서도 티안으로 보이는 호위들이 응전하고 있었지만 숫자 차이가 너무 심했다.

"……숫자도 많고 각 개체들도 〈산길〉의 몬스터보다 강한 것 같네요. 어떻게 하실 건가요?"

마리가 '어떻게 하실 건가요?'라고 물어본 것은 싸울 것인가, 그러지 않을 것인가라는 뜻이다.

"…………."

지금 우리들은 초보고, 아직 약하다.

베테랑인 마리는 완전한 비전투요원이고, 상대방의 숫자는 이쪽보다 훨씬 많다.

승산은 낮다. 안전을 생각하면 발길을 돌려 〈산길〉까지 후퇴, 그런 다음 저 [고블린] 무리가 떠난 뒤에 기데온으로 가는 것이 나을 것이다.

하지만 그렇게 하면 분명히 저 마차에 있는 사람들을 죽게 내버려두게 된다.

그러면…… 뒷맛이 씁쓸하다.

"루크, 마리. 데스 페널티 때문에 퀘스트를 실패하게 될지도 모르지만……."

그래도 상관없다면.

"하죠."

계속 말하려 했던 내 말을 루크가 받았다.

그리고 루크는 용차와 마릴린 사이를 이어주는 이음매를 벗기고.

"치어버려."

고블린 군단에게 가벼워진 마릴린을 돌진시켰다.

277

"VAMOOOOOOOOOOOOO——!!"

마릴린이 포효하며 세차게 달렸다.

충각 세 개를 진동시키며 일심불란하게 고블린에게 돌격한다.

고블린들은 그제야 겨우 눈앞에 있는 사냥감인 마차들이 아닌 다른 기척을 눈치챘지만 때는 이미 늦었다.

열 마리 가까운 고블린이 마릴린의 뿔에 의해 분쇄되었다.

"가죠, 레이 씨. 아무리 마릴린이라 해도 혼자서 저 숫자는 힘들 테니까요."

"……그래!"

『흐음. 우리 마스터가 의외로 뜨거운 것과 마찬가지로 저 녀석은 의외로 성격이 위험한지도 모르겠구나.』

"으으! 마릴린도 참, 선배인 바비보다 더 활약하다니. 치사해~!"

나와 루크, 바비는 마릴린이 파헤쳐 만든 길에 뛰어들어 고블린과의 난전에 돌입했다.

"이얍!!"

눈앞에 있던 [고블린 워리어]에게 대검으로 변한 네메시스를 있는 힘껏 휘둘렀다.

대검은 [워리어]가 입고 있던 갑옷의 오른쪽 어깨에 파고들었지만 10센티미터 정도 박히고 멈췄다.

"끼이익!"

치명상을 입히지는 못했고, [워리어]가 다시 무기를 들어 올리려 했다.

"그, 러면!!"

나는 대검이 박혀 있는 [워리어]의 몸까지 통째로 들어 올린 뒤, 그대로 지면에 내리쳤다.

더해진 기세에 의해 이번에는 잘리다 만 갑옷까지 통째로 [워리어]의 육체가 두 동강이 났다.

지금은 이런 것도 가능하니 레벨이 오른 보람이 있다.

하지만 수고스러우니 다음부터는 목을 노리자.

『큭큭큭, 꽤나 공격적인 전투로구나. 나쁘지 않아.』

네메시스도 좀 즐거운 것 같다.

……좀비는 질색하면서 잔인한 표현은 괜찮은 모양이구나, 네메시스.

『뒤다.』

"……어이쿠!"

돌아서자마자 대검을 가로로 휘둘러 뒤에서 달려들던 [워리어]의 목을 날렸다.

공교롭게도 이쪽에는 네메시스 덕분에 전방위에 눈이 있는 거나 마찬가지다. 난전은 별로 문제가 되지 않는다.

"너희들은 누구냐?!"

마차를 지키면서 싸우고 있던 호위 중 한 사람이 누구냐고 소리쳤다.

우선 요점만 전달하자.

"기데온으로 가던 〈마스터〉예요. 도와드리죠. 저 데미 드래곤은 저희 동료니까 공격하지 말아주세요."

"그런가, 알겠다! 조력에 감사한다!"

호위하던 사람은 납득하고 다른 동료들에게도 그 사실을 전했다.

이제 적과 아군을 구별할 수 있을 정도로는 연계하여 싸울 수 있을 것이다. 상대방이 고블린, 그리고 탈 짐승밖에 없으니 마릴린 이야기만 전달되면 적과 아군을 구별하는 것은 쉽다.

그렇다고 해도 이렇게 적의 숫자가 많으면 역시 위험하다.

마릴린은 도움닫기를 하지 못하고 있어서 처음처럼 기세 좋게 적을 쓰러뜨리지 못하고 있다. 마차 쪽 호위도 분전하고 있지만 그래도 수적 불리함은 뒤집을 수 없다.

그때 눈치챘다. 루크와 바비의 모습이 보이지 않는다.

어디에 있나 하고 찾다 보니 두 사람은 함께 한곳에 모여 있었다.

난전를 벌이고 있는 한복판, 루크와 바비 두 사람은 등을 맞대고 나란히 서 있었다.

그리고 두 사람이 움직였다.

"《수컷의"

"《새끼 음마의"

루크는 오른손을.

바비는 왼손을 뻗고.

""──유혹》.""

천천히 손짓하는 것처럼 손을 움직였다.

다음 순간, 고블린 군단 중에서 특히 용맹하게 싸우고 있던 암컷 [고블린 워리어]가 옆에 있던 동료의 목을 잘라냈다.

그리고 후방에서 지휘를 맡고 있던 [고블린 아처]가 자신이 타고 있던 탈 짐승의 머리를 박살내고 있었다.

"끼이이익?! 누님, 무, 무슨 짓으으으으으을?!"

"대장?!"

비명과 당황. 무엇보다 혼란이 퍼져나갔다.

피해는 더욱 확대되었다.

차례차례, 고블린이 제정신을 잃고 아군을 죽여대기 시작했다.

[매료]된 자가 [매료]되지 않은 자를 공격했고, [매료]당하지 않은 자는 [매료]당한 자를 공격하지 못하고 주저하다가 자신도 [매료]되거나 살해당했다.

피해는 기하급수적으로 늘어났고, 이윽고 모든 고블린이 [매료]되거나 죽었을 때.

"《리림 드레인~》♪"

바비가 [매료]된 고블린들을 차례차례 드레인으로 빨아들여 죽였다.

그 과정에서 제정신으로 돌아온 자도 있었지만 방금 전과 마찬가지로 [매료]당한 자에게 살해당하거나 다시 [매료]되기만 했다.

"잘 먹었습니다♪"

그 한마디로 쉽사리, 그리고 당사자에게는 지옥 같았던 전투가 끝났다.

고블린 군단은 전멸. 나와 마차의 호위에게 쓰러진 자를 제외한 시체는 아군끼리 죽였거나 미이라처럼 바싹 말라 있었다.

『……우리의 카운터가 그 망할 지네 같은 보스와의 일대일 전투에서 효과적인 것에 비해 저 두 사람은 다수의 적을 물리칠 경우에는 최흉최악의 콤비일지도 모르겠구나.』

루크와 바비의 힘의 성질은 우리들과는 전혀 달랐다.

[매료]를 통해 적 집단 안에 산발적으로 자신의 전력을 만들어 낸다.

그러면 적 집단은 어딘가 한 쪽으로 전력을 집중할 수 없게 되어 연계가 완전히 무너진다.

그러는 동안 [매료]로 인해 전력이 더 줄어든다. 그것이 반복된다.

집단 전투에 있어서는 악몽 그 자체다.

『적이 아니라 다행이로구나.』

아니, 정말. 진짜로.

티안인 호위나 마차 안에 있던 상인들도 루크와 바비를 보고 질렸는지 얼굴이 굳어 있었다.

뭐, 어쩔 수 없지.

저 두 사람이라 상관없지만 하는 짓이 완전히 악당 쪽이다.

[매료] 무섭다. 로크부케(로맨싱 사가 2) 무서워.

"실전에서 쓴 건 처음이었는데요. 도움이 되어 다행이네요."

"별로 맛있진 않았지만 배불러!"

이게 아직 하급 직업&제1형태니까 무시무시하다.

"아! 루크루크! 스킬이 늘어났어! 바비, 제2형태가 되었어!"

"정말?!"

그때 두 사람이 그렇게 이야기하는 것이 들렸다.

겉으로 보기에는 변한 것이 없었지만 아무래도 이번 전투라는 이름의 섬멸을 통해 바비가 진화한 모양이었다.

뭐, 저렇게 많이 쓰러뜨렸으니 그럴 만도 하지.

간이 스테이터스를 보니 루크의 레벨도 30은 가볍게 넘은 것 같고. 참고로 나는 20이다.

"축하해."

"감사합니다! 그런데 바비, 어떤 스킬이 추가되었어?"

"그러니까, 《드레인 러닝》이래!"

루크가 〈엠브리오〉 창에 떠 있는 그 스킬을 보고 내게 내밀었기에 살펴보니 다음과 같은 문장이 적혀 있었다.

'몬스터에게 드레인을 사용할 때 낮은 확률(1퍼센트)로 대상이 가지고 있는 스킬을 랜덤으로 하나 습득한다'라고.

"······러닝인가."

유명한 예로는 모 명작 RPG 시리즈의 청마법(파이널 판타지 시리즈)이겠지.

적 몬스터가 사용하는 기술을 쓸 수 있게 된다라는 거다.

바비의 경우, 현재 확률은 1퍼센트지만 그래도 백 번 드레인을 하면 6할 정도의 확률로 스킬을 하나 입수할 수 있게 된다. 스킬은 얼마든지 지닐 수 있기 때문에 매우 유용하다 할 수 있다.

······장래에 무시무시하게 될 것 같은데.

『으으…….』

갑자기 네메시스가 왠지 곤란하다는 듯이 끙끙대고 있었다.

"왜 그래, 네메시스."

『왠지 우리의 활약이 루크, 바비와 비교하면 수수한 느낌이라 고민하고 있는 게다.』

"……아니, 그런 고민은 필요 없어."

최초의 [데미 드래그 웜] 이후로 지기도 했고, 화려하게 활약하지는 못했지만 말이야.

〈초급 킬러〉나 피가로 씨 같은 고수가 차례차례 적으로 나타나면 또 죽어버릴 거야.

그러니까 아무 일도 없다면 그게 좋은 거지.

——그런 네메시스의 고민이나 내 마음의 소리와는 상관이 없었겠지만.

『GoooooGAAAAAAAAAAAAAA!!』

고블린이 모조리 죽은 전장에 절규하는 무언가가 뛰어내렸다.

아니, 뛰어내렸다 정도로 가벼운 분위기는 아니었다.

거대한 무언가가—— 아니, '귀신'이 낙하한 것이다.

그 '귀신'은 땅을 울리면서 무사히 착지했다.

나는 '귀신'의 모습을 올려다보았다.

그것은 이상한 형태의 괴물이었다.

그 모습을 뭐라 표현해야 할까.

구릿빛 색깔에 검정 무늬가 있는 몸.

이마에 난 뿔, 5미터가 넘는 다부진 체구는 그야말로 귀신 그 자체였다.

그런데 다른 부분이 이상했다.

귀신은 머리, 양쪽 어깨에 큰 입이 있었다.

입 세 개에서 항상 검보라색 연기가 흘러나오고 있었고, 그것을 보고 있기만 해도 무시무시해서 겁을 먹게 되었다.

그리고 귀신의 머리 위에는 [대장귀 갈드랜더]라는 이름이 떠 있었다.

[갈드랜더]가 내뿜는 위압감으로 인해 모두의 반응이 늦어졌다.

그 직후, 호위 중 한 사람이 [갈드랜더]의 오른발에 짓밟혔고.

내가 거대한 주먹에 꿰뚫려——.

『《카운터…… 앱솝션》!』

네메시스가 전개한 빛의 벽이 아슬아슬하게 나와 [갈드랜더]의 주먹 사이에 끼어 그 대미지를 경감시켰다.

몇 번이나 재빨리 발동시킨 경험이 있었기 때문인지 네메시스의 반응이 빨랐다. 불행 중 다행이다.

『이 녀석, 그 지네보다 더 강하다……!』

"[데미 드래그 웜]보다 더 세다고."

[대장귀 갈드랜더]…… 칭호와 이름을 지닌 몬스터.

이런 종류의 몬스터는 지금까지 본적이 없다…… 아니, 어제 네메시스가 보고 있던 현상수배 리스트에 이런 이름이 있었던가?

"레이 씨, 루크 군, 조심하세요!"

그런 생각을 하고 있자니 전투범위 바깥에 있던 마리가 뭐라고 소리치고 있었다.

"그 녀석은 〈UBM〉예요!!"

마리의 경고를 듣고 나는 wiki에 나와 있던 어떤 정보를 떠올렸다.

〈UBM〉.

그것은 유일(유니크)이라는 단어가 나타내는 것처럼 세계에 한 마리밖에 존재하지 않는 몬스터의 통칭이다.

보스 몬스터라도 보통은 [데미 드래그 웜]처럼 같은 종류가 여러 마리 존재한다.

하지만 〈UBM〉은 다르다. 이 세계에 한 마리밖에 존재하지 않고, 같은 종류는 전무후무하다.

그리고 전부 다 특이한 고유능력이나 뛰어난 전투력을 지니고 있다.

어떤 의미로는 몬스터 쪽의 〈마스터〉라 할 수 있는 존재.

그렇기 때문에 같은 레벨의 보스와 비교해도 훨씬 뛰어난 전투력을 지니고 있다 한다.

"왜 또 이런 녀석이……."

좀 전에 싸웠던 고블린과 비교해도 여기에 있을만한 몬스터는 아니다.

아니, 잠깐. 고블린?

『그렇군……. 이 덩치가 그 고블린들의 두목인가. 부하가 전멸해서 나온 모양이로구나.』

그렇다면 우리들에게 화가 잔뜩 났을 것이다.

하지만 나도 하고 싶은 말이 있다.

"…………."

눈을 돌려보니 그곳에 한 시체가 있었다.

나와 동시에 공격을 받고 죽은 마차 호위다.

방금 전에 나와 이야기를 주고받은 사람이다.

그의 시체, 갈드랜더에게 짓밟힌 그것은 왠지 만들어진 물건처럼 보였다.

그런 생각이 든 것은 분명 나 자신이 손상된 시체를 만들어진 물건으로만 봤기 때문이다.

하지만 지극히 현실에 가까운 이 세계에서는 실감이 들었다.

사라진 생명의 실감이.

나는 언데드와 싸웠었고, 그 저녁 무렵의 숲에서 〈초급 킬러〉에게 살해당한 플레이어가 연기처럼 흩어지는 것도 본 적이 있었다.

방금 전에도 우리들이 난입하기 전에 고블린에게 살해당한 호위도 있을 것이다.

하지만 눈앞에서 사람이 죽은 것은 처음이다.

"…………."

저 사람의 이름도 모르고, 어떤 사람이었는지도 모른다.

얼굴도 기억이 잘 나지 않는다.

하지만…… 나는 방금 전까지 저 사람과 이야기를 나눴었다.

하지만 그는 이제 어떻게 해볼 수가 없다.

이 세계에도 되감기는 없다.

죽었다.

"뒷맛이 씁쓸하다고……."

짜증을 말로 내뱉으면서 갈드랜더를 올려다보았다.

올려다본 [갈드랜더]의 머리에는 혈관이 튀어나와 맥이 뛰고 있었다.

그것뿐만이 아니라 양쪽 어깨의 입 주위까지 크게 맥이 뛰었고…….

"브레스가 와요! 물러나세요!!"

마리가 외친 것이 빨랐는지 늦었는지.

[갈드랜더]는 입 세 군데에서 검보라색 연기를 맹렬한 기세로 내뿜었다.

"……윽?!"

생각난 것은 살충제다.

짜증 나게 날개소리를 울리면서 날아다니는 해충을 한 번에 죽이는 살충제. 나도 당연히 써본 적이 있다.

하지만 당하는 쪽이 된 적은 없었다.

맹독 브레스는 나와 루크, 바비, 호위와 마릴린, 세 군데로 동시에 쏟아졌다.

그 검은색과 보라색의 지독한 독기를 뒤집어쓰자 대미지는 없었다.

하지만 그 직후에 맹렬한 현기증으로 인해 무릎에서 힘이 빠졌다.

스테이터스 창을 보자 [맹독], [어지러움], [쇠약]이라는 세 종류의 상태이상이 걸려 있었다.

[맹독]의 영향으로 HP가 조금씩 줄어들었고, [어지러움]으로 인해 일어서는 것조차 힘들었으며, [쇠약]으로 인해 절반 이하로 저하된 스테이터스는 장비조차도 무겁게 만들었다.

루크는…… 머리 위에 있었다. 보아하니 바비에게 안겨서 공중으로 도망친 것 같았다.

『V, VAMOOOOOOOOOOOOOO……!』

귀에 익은 포효, 하지만 좀 전보다는 약하게 들렸다.

마릴린이다.

마릴린도 마찬가지로 방금 전의 그 독기로 인해 상태이상에 빠져 있었다.

하지만 그 거대한 몸을 뒤흔들며 대지를 짓밟고 [갈드랜더]에게 돌격했다.

고블린이라면 열 마리, 낮은 레벨이라면 보스 몬스터도 일격에 분쇄하는 그 돌진은 과연.

『GoAAAAAAAAAAAAAAAAAAA!!』

[갈드랜더]에게── 막혔다.

녀석은 마치 통나무 같은 양쪽 팔을 뻗어 마릴린의 뿔 세 개 중 바깥쪽의 뿔을 잡고 있었다.

그리고 몇 미터 물러났지만 거기서 아룡인 마릴린의 돌진을 훌륭하게 막아냈다.

[갈드랜더]는 힘을 더 주고.

『GeeeeeYYYAAAAAAAA──!!』

마릴린을 하늘로 내던졌다.

몇 톤은 될 법한 마릴린의 거대한 몸이 포물선을 그리며 10미터나 날아가 충격음과 함께 지면에 내동댕이쳐졌다.

"마릴린……!"

루크가 당황해하는 목소리가 들렸다.

『Va, vamo, mo…….』

마릴린은 힘없이 울고 있었다.

방금 그 낙하 대미지, 그리고 지금도 몸을 갉아먹고 있는 상태 이상으로 인해 한계인 것 같았다.

"《송환(리콜)!》"

루크의 말과 함께 마릴린은 루크의 [주얼]에 수납되었다.

내부에 있는 생물의 시간은 정지되기 때문에 마릴린은 괜찮을 것이다.

"으으으으! 안 통해~!"

바비는 아까부터 [갈드랜더]에게 《유혹》을 시험해보고 있는 것 같았지만 상대방의 레벨이나 MP, SP가 너무 높아서 [매료]에 걸리지 않는 것 같았다.

"상성인가."

루크와 바비의 스킬은 보스전에 적합하지 않다.

적합한 것은…….

『마스터!』

네메시스의 목소리를 듣고 나는 눈앞에 있던 [갈드랜더]에게 다시 집중했다.

[갈드랜더]는 상태이상으로 인해 움직이지 못하는 나를 향해 마치 파리라도 잡으려는 듯이 오른쪽 손바닥을 내리치려 하고 있었다.

"──얕보지 마!"

무거워진 몸을 움직여서 대검인 네메시스를 들어올린 뒤 [갈드랜더]의 손바닥에 내리쳤다.

"《복수는 나의 것》!!"

접촉과 동시에 스킬을 발동시켰다.

무효화한 주먹 공격의 대미지, 지금도 맹독으로 감소되고 있는 HP, 그것들을 합치고 두 배로 만든 대미지가 [갈드랜더]의 오른쪽 손바닥에 작렬했다.

그 일격으로 인해 녀석의 손바닥은 갈기갈기 찢어졌고, 손가락이 세 개 날아갔다.

『GuuuooooAAAAAAAAAA?!』

[갈드랜더]가 괴로워하며 소리를 질렀다.

하지만 대미지는 가볍다.

[갈드랜더]에게 받은 대미지의 축적량이 적었기 때문에 위력

을 별로 내지 못했다.

그리고 방금 그 일격으로 축적한 대미지를 반사시켜버렸다.

두 번째 《복수는 나의 것》을 날리려면 다시 대미지를 축적시킬 필요가 있다.

"하앗!"

추격타를 날리기 위해 네메시스를 휘둘러 《복수는 나의 것》이 아닌 통상 공격을 가했다.

하지만 그 일격은 방금 전보다 훨씬 약했고, 평소보다도 훨씬 정확도가 떨어졌다.

원인은 분명하다. 현재진행형으로 이 몸을 갉아먹고 있는 상태이상이다.

저 [대장귀 갈드랜더]는 마릴린을 내던질 정도로 뛰어난 신체 능력에 3중 상태이상으로 약체화시키는 특성을 지니고 있는 것 같다.

[맹독]으로 인한 HP 감소는 감안하고 HP 게이지를 신경 쓰면 걸린 상태로도 어떻게든 된다.

하지만 [어지러움]으로 인한 반고리관의 마비…… 즉, 플레이어 자신의 신체 조작 능력 저하와 [쇠약]으로 인한 약 5할 정도의 스테이터스 감소가 전투행위 자체를 곤란하게 만들고 있다.

"큰일이네……."

안 그래도 스펙만으로도 불리한데.

"레이 씨!"

그때, 뒤쪽에서 마리의 목소리가 들렸다.

이번에는 무슨 경고인가 싶어서 돌아보니⋯⋯ 얼굴에 **유리병**
이 제대로 맞아 깨졌다.

"커헉⋯⋯."

『마스터?!』

나는 유리병 파편과 내용물을 뒤집어쓰면서 몸을 젖혔다.

통각을 차단하게끔 설정해두었기에 아프지는 않다. 아프지는
않은데, 왜지.

마리가 공을 던진 뒤의 투수 같은 자세를 취하고 있어서 아무
래도 그녀가 던진 것 같다고 추측할 수 있었다.

전투 중에 대체 무슨⋯⋯ 나는 그렇게 말하려다 깨달았다.

"HP와 상태이상이 회복되었어?"

HP는 최대치까지 회복되었고, 상태이상은 세 개 다 스테이터
스 창에서 사라졌다.

이건⋯⋯.

"비장의 [쾌유 만능 영약(에릭실)]이에요! 이제 앞으로 180초 동
안은 병이나 독 계열 상태이상에 걸리지 않아요! 하지만 이제
없으니 힘내세요!"

[쾌유 만능 영약]이라는 건 방금 그 유리병인가. 내용물은 꽤
효과가 좋은 회복약이었던 모양이다.

하지만 이제⋯⋯.

"적어도 이쪽은 완벽한가⋯⋯."

『음. 상태이상이 없다면 저 녀석은 망할 지네에 털이 조금 난
정도다.』

그렇다면 지금 내 HP와 방어력으로 버틸 수 있고, 버틸 수 있다면 승산은 있다.

"독하고 마릴린, 그리고 죽은 사람의 몫…… 확실하게 되돌려주마, 망할 귀신."

나는 네메시스를 겨누고 [갈드랜더]에게 돌격했다.

[쾌유 만능 영약]의 효과시간은 154초 남았다.

이 시간이 지나면 다시 [갈드랜더]의 독기에 당해 3중 상태이상이 걸려 제대로 된 전투를 할 수 없게 된다.

그러니 그 전에 결판을 내야만 한다.

"으아아아아아앗!!"

위로 들어 올린 대검을 [갈드랜더]의 무릎으로 내리쳤다.

대검은 녀석의 피부를 찢고 피거품을 튀게 만들었지만 얕았다.

피부를 찢기만 하고 근육은 뚫지 못해 그 너머에 있는 뼈까지는 전혀 닿지 않았다.

역시 스테이터스가 완쾌되더라도 평범한 수단으로는 공격력이 부족하다.

나 자신의 STR이 그렇게 높지도 않고, 네메시스의 장비공격력은 레벨 1일 때는 모르겠지만 레벨 20에 도달한 지금은 오히려 약한 축에 들 것이다.

제대로 붙으면 150초는커녕 1500초가 걸려도 저 녀석을 쓰러뜨릴 수 없다.

하지만.

『GuuuOOOOOAAAAAAA!!』

나는 반격하는 [갈드랜더]의 발차기를 일부러 맞았다.

"끄윽……!"

거센 충격과 몸이 마비되는 느낌이 들었지만 7미터 정도 날아간 곳에 착지할 수는 있었다.

크게 날아가긴 했지만 대미지는 그렇게 높진 않다.

방금 공격으로 받은 대미지는 약 600.

내 지금 HP의 4분의 1 정도다.

레벨 20이 된 내 현재 HP는 레벨 업 때의 직업 보정, 〈엠브리오〉의 보정, 그리고 장비 스킬《HP 상승》이 합쳐져 2500에 달했다.

《성기사의 가호》를 통해 대미지가 줄어들었고, 장비도 [데미드래그 웜]과 붙었을 때보다 훨씬 좋다.

그렇기 때문에 데미 드래그 웜보다 다소 강한 정도의 힘이라면 즉사하지는 않는다.

그리고 즉사하지 않는다면 해볼 만하다.

"《퍼스트 힐》."

나는 자신에게 회복마법을 걸면서 뛰어갔고, 가지고 있던 [힐 포션]도 사용했다.

이걸로 내 HP는 거의 다 회복되었다.

"이야아아아압!"

이제 그걸 반복한다.

공격한다. 반격당한다. 회복한다.

150초 동안 그걸 반복하기만 하면 된다.

그러면 이길 수 있다.

한 세트가 약 20초에 대미지 600, 〈성기사의 가호〉로 감소하는 분량을 더하면 약 660.

시간 내에 일곱 번, 합계 대미지 4620.

그것을 《복수는 나의 것》이 두 배로 만들면…… 추정 대미지 9240.

그것을 머리에 직접 맞으면…… 살아남을 수 있겠냐, 망할 귀신.

『그것밖에 방법이, ……마스터!!』

내가 남은 시간과 대미지량을 머릿속으로 계산하고 있자니 네메시스의 목소리가 들렸다.

그것은 이미 귀에 익은 경고하는 목소리.

『위다!』

그 목소리를 듣고 하늘을 올려다보았다.

그곳에는 [갈드랜더]가 내뿜은 독기로 흐려진 하늘과.

『KIIIIIAAAAAAAAAAAAAAAAAAAAAAAAA!!』

발톱으로 소리를 내며 하늘에서 매우 빠르게 급강하하는 '거대하고 붉은 맹금류'의 모습이 있었다.

"!"

곧바로 옆으로 피하자 그 자리를 붉은 돌풍이 지나쳤다.

나를 잡지 못한 맹금류는 아쉽다는 듯이 날갯짓을 한 번 한 뒤 하늘로 급상승했다.

날아간 순간에 보인 맹금류의 머리 위에는 [크림즌 로크 버드—— 탈 짐승 : [대장귀 갈드랜더]]라는 이름이 떠 있었다.

"탈 짐승, 이라고……?!"

그 표기를 보고 나는 그제야 눈치챘다.

[갈드랜더]가 이곳에 내려왔을 때, 녀석은 이곳으로 **뛰어내렸다.**

하지만 녀석에게는 비행능력이나 도약능력이 없고, 이 평원에는 뛰어내릴 만한 고지가 없다.

그렇다면 이야기는 간단하다…… [갈드랜더]를 태우고 날아온 녀석이 있었던 것이다.

그리고 녀석은 전투를 시작한 뒤로 계속 상공에서 대기하고 있었을 것이다.

"……큰일이네."

이래서는 [갈드랜더]에게 집중할 수가 없다.

저 속도나 몸집을 보면 알 수 있다. 녀석은 상당히 강력한 몬스터다. 아마도 저쪽도 [데미 드래그 웜]급이나 그 이상.

최악의 경우, 저 발톱에 붙잡혀 상공으로 끌려간 다음 높은 하늘에서 떨어지게 될 것이다.

또 위험한 상대.

하지만 이대로 가만히 있어봤자 [쾌유 만능 영약]의 효과시간이 지나가면 끝장이다.

"어떻게 해야……."

"레이 씨!"

새로운 적에 어떻게 대처할 것인지 고민하고 있었던 그때.

"[로크 버드]는 저희들이 상대할게요!"

"날 수 있는 바비에게 맡겨줘~!"

루크와 바비…… 내 파티 멤버의 목소리가 들렸다.

"레이 씨는 [갈드랜더]에게 집중해주세요!"

"하지만."

루크와 바비 두 사람만으로는 저 강력한 몬스터와 맞설 수 없다.

아마도 [매료]도 통하지 않을 것이다. 그렇게 말하려고 하자……
루크가 막았다.

"레이 씨가 [갈드랜더]를 쓰러뜨릴 때까지 저희들이 얼마든지
시간을 벌게요!"

"그러니까 안심해~!"

바비와 바비에게 잡혀 있는 루크는 그렇게 말하고 날아올라
[로크 버드]를 요격하러 갔다.

"…………."

『마스터여. 두 사람의 마음을 헛되게 할 수는 없겠지?』

"……그래, 물론이지."

나는 네메시스를 겨누고 다시 [갈드랜더]에게 달려갔다.

내가 지금 이렇게 싸울 수 있는 것은 마리가 [쾌유 만능 영약]
을 썼기 때문이다.

내가 [갈드랜더]와의 싸움에 집중할 수 있는 것은 루크와 바비가 [로크 버드]를 막아주는 덕분이다.

지금 나는 네메시스와 단둘이서 싸우는 것이 아니다.

〈초급 킬러〉에게 살해당했을 때와는 다르다.

지금 나는, 우리들은…… 파티로 싸우고 있는 것이다.

"남은 시간, 57초…… 회복을 최소한으로 해서 3, 가능하면 4세트야."

『알겠다!』

나와 네메시스는 달려가서, 베고, 공격당하고, 일어서서, 다시 달려갔다.

동료들이 만들어준 이 기회를 헛되게 하지 않기 위해서.

우리들의 승리할 확률을 끌어올리기 위해서.

아무리 너덜너덜해지더라도 상관없다.

그리고 남은 시간은 10초.

"네메시스ㅇㅇㅇㅇㅇㅇㅇ!!"

『축적 대미지 4973! 할 수 있다. 마스터!!』

녀석의 마지막 반격을 맞은 시점에서 준비되었다.

내 HP는 절반 이하지만 아직 움직일 수 있다.

이제 《복수는 나의 것》을 때려 넣기만 하면 된다.

나는 [갈드랜더]에게 필살의 일격을 날리기 위해 마지막 돌격을 감행했다.

남은 시간은 이제 7초.

6초.

5초.

4초.

『Guuuu──GAAAAAAAAAAAAAAAAAAAAAAAAAAAAAAAA
AA!!』

녀석을 사정거리 안에 포착하기까지 몇 걸음밖에 남지 않았다.

그때, 녀석은 머리 쪽 입을 크게 벌리고 새빨간 화염을 토해냈
다.

독기가 아니다.

순수하게 대미지를 입히는 공격을 하기 위한 브레스.

지금까지 아껴두고 있던 녀석의 필살기, 제대로 맞으면 내 HP
로는 순식간에 죽을 것이다.

하지만.

"합쳐서 쳐먹어라!!"

『《카운터 앱솝션》!!』

빛의 벽이 연옥의 불꽃을 가로막아 대미지를 흡수했고.

"《복수는…… 나의 것》!!"

녀석의 불꽃까지 두 배로 만들어 날린 일격이── [갈드랜더]
의 머리를 박살 내고 숨통을 끊었다.

──그런 것처럼 보였다.

『────.』

머리가 사라진 [갈드랜더]는── 아무 일도 없었다는 듯이 계속 움직이며 나를 공격했다.

"?!"

머리가 날아가 뇌를 잃었는데도 불구하고 녀석은 아랑곳하지 않고 내게 왼팔을 휘둘렀다.

방어 수단을 모두 사용하여 혼신의 일격을 날린 직후였던 나는 그 공격을 피하지 못했다.

"……윽!"

제대로 맞아 뒤쪽으로 튕겨나간 뒤 지면과 등으로 마찰을 일으키며 10미터는 미끄러졌다.

하지만 머리를 잃은 것이 녀석의 능력에 조금이나마 영향을 주었는지 대미지는 전보다는 가벼웠고, 치명적이지는 않았다.

"《퍼스트…… 힐》……."

몸을 일으키며 회복마법을 자신에게 걸었다.

하지만 제한 시간이 다 되었다.

180초…… [쾌유 만능 영약]의 효과가 사라진다.

주위에는 아직 [갈드랜더]의 독기가 가득 차 있었고, 나는 다시 3중 상태이상에 걸렸다.

"젠, 장……."

이 상태로는 제대로 싸울 수도 없는데, 녀석은 아직 건재하다.

머리를 잃은 영향으로 나를 보지 못하고 있는 것이 다행……

아니.

"얼마나 괴물 행세를 해야 성이 차는 거야……."

녀석의 양쪽 어깨에 있는 입 바로 위에 갈라진 부분이 생겨났고, 양쪽 어깨에 한 쌍의 징그러운 구체…… 눈알이 생성되었다.

지금은 아직 보이지 않는 것 같았지만 곧바로 시력을 회복하여 나를 죽이러 올 것이다.

『어떻게 된 것이냐! 우리들은 분명 녀석을 박살 냈을 터인데!』

《복수는 나의 것》으로 인해 녀석은 머리를 중심으로 터져나갔다.

제대로 맞은 머리는 흔적도 없었고, 가슴 쪽도 반원 형태로 파헤쳐진 상태였다.

저러면 심장도 사라지…………

"……심장?"

자신이 생각한 그 말에 뭔가 걸리는 부분이 있다는 것을 느꼈다.

그리고── 생각났다.

[어지러움]으로 인해 떨리는 손을 겨우 움직여 메뉴 창에서 메모 창을 띄웠다.

『귀신의 심장은 배 속' by 체서』, 내가 적은 메모가 거기 있었다.

"……그런, 건가."

『마스터?』

체셔가 한 말과 현재 상황이 이야기해주고 있었다.

분명 체셔는 내가 기데온으로 간다고 말한 시점에서 이 녀석과 맞닥뜨릴 거라고 예상하고 이 말을 가르쳐준 것이다.

아마도 [갈드랜더]의 심장…… 생명 기능을 관장하는 코어는 머리나 가슴이 아니라 복부에 들어 있을 것이다.

그리고 [갈드랜더]는 그곳을 박살 내지 않는 한 죽지 않는다.

저 녀석에게는 머리도 공격 기관 중 하나에 불과하다.

중추를, 복부의 코어를 파괴하지 않는 한 남아 있는 양쪽 어깨의 얼굴을 박살내더라도 녀석은 움직일 것이다.

나는 방금 전의 그 일격을 날릴 때 머리가 아니라 배를 노렸어야 했다.

하지만 지금 그걸 알아봤자 이제 여력은…………

"……아니야."

여력이 없다고?

상관없다.

지금도 루크와 바비는 [로크 버드]를 막아주고 있다.

그렇다면 [갈드랜더]를 쓰러뜨리는 역할을 맡은 내가 혼자서 멋대로 포기할 수 있겠냐고.

"아직이야……"

포기하지 않는다.

아무리 상태이상으로 인해 몸이 움직이지 않는다고 해도, 스테이터스가 저하되었다고 해도, 포기하지 않는다.

한계까지 버텨서 복부에 다시 일격을 때려 넣는다.

그것을 할 수 있는지, 없는지는 문제가 아니다.

동료가 맡겨주었다.

내가 맡았다.

그렇다면 나는 내 역할을 한계까지…… 한계를 넘어서라도 해내겠어.

──승리의 가능성을 잡아내겠어.

"그 정도가 아니라면 〈초급 킬러〉에게 복수하지도 못할 테니까……!"

우리는 아직 패배의 경계선에서 버틸 수 있다.

『마스터!』

"네메시스, 지금부터는 꽤 불리하겠지만 아직 끝나지는 않았어. 함께해줘."

『그래. 물론이다. 그런데 마스터, 내가 하고 싶은 말은 그게 아니다.』

뭐?

『이것이 무엇인 것 같으냐?』

내가 띄운 창 구석에 본적이 없는 붉은 창이 있었다.

[동조자(마스터) 생명 위기 감지.]

[동조자 생존 의사 감지.]

[〈엠브리오〉 TYPE : 메이든 [복수소녀 네메시스]의 축적 경험치── 그린.]

[■■■실행 가능.]

[■■■기동 준비중.]

[정지할 경우 20초 이내에 정지 조작을 실행하여주십시오.]

[정지하시겠습니까? Y/N]

이게 뭐야?

"네메시스."

『나도 모른다. 이건, 대체……?』

마치 경고하는 것 같은 붉은 창.

내용을 보니 네메시스에 관련된 무언가라는 것은 알겠다.

하지만 중요한 부분이 마치 글자가 깨진 것처럼…… 아니, 머릿속으로 언어가 되어 들어오지 않았다.

이게…… 뭐지?

"…………."

20초에서 점점 줄어드는 숫자.

나는 불안해져서 10초 밑으로 떨어진 카운트를 정지하려고 손가락을 뻗으려다…….

『CuuuuaaaaaaaaaaaaaaaaaaaaaaaAAAAAAAA!!』

양쪽 어깨의 눈이 보이게 된 모양인 [갈드랜더]의 돌격으로 인해 방해받았다.

"이럴 때에……!"

달려드는 [갈드랜더], 눈앞의 붉은 창.

나는 붉은 창을 무시하고 [갈드랜더]와 맞섰다.

하지만 [쇠약]으로 인해 스테이터스가 약해졌고, [어지러움]으로 인해 제대로 움직일 수 없는 지금 상태로는 네메시스의 대검을 겨누는 것밖에 하지 못한다.

지금은 방어와 회복만 하면서 어떻게든 다시 한 번 《복수는 나의 것》을 날릴 기회를⋯⋯.

[카운트 종료.]

[■■■에 의한 긴급 진화 프로세스 실행 의사를 인정합니다.]

[현재 축적 경험으로 채용할 수 있는 172 패턴 중 현재 가장 적합한 답을 산출.]

[대상 〈엠브리오〉 : [복수소녀 네메시스]에게 ■■■에 의한 긴급 진화를 실행합니다.]

[부하 경감을 위해 다음 진화까지의 축적 기간을 연장합니다.]

그 알림이 표시된 것을 곁눈질했을 때, 손안에 있던 네메시스가 입자로 변해 흩어졌다.

"어⋯⋯?"

그것은 평소에 네메시스가 인간에서 대검으로 변신할 때와 똑같은 광경이었다.

하지만 지금은 사람으로 돌아가지도 않고, 대검으로 변하지도 않은 채 내 주위를 맴돌고 있다.

『CQAAAAAAAAAAAAAAAAAAAAAAAAAAAAA!!』

상황을 이해하지 못하고 있는 내게 [갈드랜더]가 주저하지 않고 달려들었고.

[■■■── 완료되었습니다.]

이해할 틈도 없이 창에 새로운 글자들이 떴고.

[──Form2 [The Flag Halberd]]

내 주위를 떠다니고 있던 네메시스의 입자가 손바닥 안에 모여들었다.

빛의 입자가 되어 흩어진 네메시스는── 전혀 다른 형태가 되어 다시 내 손으로 돌아와 있었다.

『뛰어라! 마스터!』

네메시스의 목소리.

나는 그 목소리에 응하여 땅을 박차고 [갈드랜더]에게서 거리를 벌리기 위해── [갈드랜더]를 두고 멀리 벗어났다.

"?!"

정신을 차리고 보니 나는 20미터가 넘는 거리를 뛴 상태였다.

놀란 것은 자신의 있을 수 없는 도약, 그리고 손바닥 안에 있는 네메시스의 모습 때문이었다.

지금 네메시스는 사람이 아니었다.

대검도 아니었다.

그것은 '창'.

그것도 자루 끝에 도끼날이 붙어 있는 '도끼창(핼버드)'이라 불리는 무기다.

도끼날 반대쪽에서는 까만빛이 흐르는 것처럼 뿜어져 나와서 보기에 따라서는 군대용 깃발 같기도 했다.

장비 창에는 흑기부창(黑旗斧槍, 블랙 핼버드)이라는 새로운 이름이 떠 있었다.

"네메시스. 너 어떻게 된 거야?"

『어떻게 되었냐고 말해봤자 말이다. 나도 정신을 차리고 보니 이렇게 되어 있었다.』

입자가 되어 있던 동안에는 의식이 없었던 건가?

『하지만 한 가지 알고 있는 것이 있다.』

"그게 뭔데?"

『나는 제2형태로 진화한 모양이다. 내 안에서 전보다 강한 힘이 느껴진다.』

진화.

〈엠브리오〉의 가장 큰 특징이자, 무한한 패턴의 힘을 부여하는 것.

그 붉은 창에도 분명 긴급진화가 어쩌고저쩌고 하는 내용이 적혀 있었다.

그건 이걸 위한 거였나?

그런데 루크 때는 그런 게 뜬 것 같지 않았는데…….

"……뭐, 그건 지금 생각할 게 아닌가."

지금은 하나만 생각하면 된다.

『CoaaaaaaaAAAAAAAA!!』

나라는 사냥감을 놓치고 다시 발견한 [갈드랜더]가 양쪽 어깨로 울부짖었다.

"그런데 네메시스."

『뭔가, 마스터.』

"강한 힘이라고 했는데…… 어느 정도야?"

그렇게 물어본 순간, 나는 네메시스가 시원스럽게 웃는 모습의 환상을 보았다.

『저 망할 귀신에게 이길 가능성이 있다.』

"좋아."

가능성이 있다.

'이긴다'라고 딱 잘라 말하지 않는 말투에 처음 만났을 때를 떠올렸다.

하지만 그거면 된다.

녀석에게 이길 수 있는 가능성이 있다면.

루크와 바비, 마리를 위해서, 생명의 위기에 처한 티안 사람들을 위해서, 내가 해야 할 역할을 다해낼 수 있는 가능성이 있다면.

이제 그것에 모든 것을 걸고 온 힘을 다할 뿐.

"그러면 해보자고, [갈드랜더]."

고블린과의 난전으로 시작해서 네게 당하고, 머리를 박살 내고, 궁지에 몰리고, 지금 다시 승산을 얻었다.

이제 네 비밀은 알고 있다.

이걸로 마지막이다.

나는 흑기부창을 크게 들어 올린 뒤, 머리가 없는 갈드랜더에게 소리쳤다.

"최종 라운드—— 시작이다."

◇

나는 흑기부창을 한 바퀴 돌린 뒤, [갈드랜더]에게 덤벼들었다.

[쇠약]으로 인해 스테이터스가 낮아졌을 텐데, 질주하는 속도는 완전히 회복되었을 때보다 훨씬 빨랐다.

[어지러움]으로 인해 흔들려야 할 시야도 평소보다 많은 것을 포착하고 있다는 느낌조차 들었다.

[갈드랜더]가 손가락이 빠진 오른팔을 휘둘렀지만, 나는 그것을 종이 한 장 차이로 피한 뒤 스쳐 지나가는 순간에 손목을 도끼날로 베었다.

피부를 찢고, 살을 가르고, 뼈까지 닿았다.

끊어진 팔의 혈관에서 검붉은 피가 뿜어져 나왔다.

"상태가 꽤나 좋은데."

네메시스가 진화해서 무기로써의 성능이나 보정이 올라간 거겠지만 그렇다고 해도 방금 전까지와 너무 다르다.

이거라면 어떻게 되려나…… 어이쿠, 위험하다.

나는 여전히 [맹독]에 걸린 상태다.

방심하면 HP가 계속 깎이……?

"……몸 상태가 너무 좋잖아."

[맹독]으로 인해 줄어들어야 할 내 HP는 지금 오히려 **계속 회복되고 있다.**

신체능력 상승, 날카로운 감각, HP의 지속회복.

마치 상태이상이 **역전**된 것 같다.

"그렇구나, 다시 말해 이것이……."

『그렇다. 이것이 내 새로운 스킬──《역전은 나부끼는 깃발과 같이(리버스 애즈 플래그)》.』

네메시스가 띄운 창에는 《역전은 나부끼는 깃발과 같이》라는 이름과 함께 그 스킬의 힘이 적혀 있었다.

그것은 적에게 받은 상태이상, 디버프 효과를 역전시키는 스킬.

[맹독]으로 지속형 HP 대미지를 받는 대신 지속형 HP 회복을 실행한다.

[쇠약]으로 스테이터스가 감소되는 대신 스테이터스를 상승시킨다.

[어지러움]으로 감각기관을 마비시키는 대신 감각을 날카롭게 만든다.

《역전은 나부끼는 깃발과 같이》는 몸에 쏟아지는 온갖 고난을 역전시키는 신체 강화 스킬이다.

『꽤나 안성맞춤, 짜고 치는 것 같은 스킬이긴 하다만.』

"……그렇지. 하지만."

그 창에 뜬 메시지에는 네메시스가 될 수 있는 가능성에서 최적의 답을 불러낸다고 적혀 있었다.

그런데 그것은 어디까지나 일어난 사실을 전달했을 뿐일 것이다.

이 결과를 부른 것은 어디까지나 내 의지라는 것을 왠지 모르게 실감할 수 있었다.

그리고 이 스킬은 이 상황을 타개할 수 있는 가능성이다.

네메시스와 만났던 그때와 마찬가지로.

그렇다면…….

"지금은…… 이 가능성에 모든 것을 건다!"

『그건 나도 동감이다!』

나를 박살 내려 하는 [갈드랜더]의 두 팔을 피한 뒤 다시 베면서 외쳤다.

[갈드랜더]의 3중 상태이상은 최악이었다.

하지만 지금은 그것이 내 힘을 끌어올려 나와 [갈드랜더] 사이에 있는 힘의 차이를 메꾸었다.

HP 회복, 감각 강화, 신체 강화, 이 3중 강화를 받은 나, 그리고 머리를 잃고 독기라는 특성조차 사라진 거나 다름없는 [갈드랜더].

지금 양쪽의 전력은 동등…… 아니, 역전되었다.

『CUUUAOAAAAAAAAAA!!』

우세와 열세의 역전에 격노한 [갈드랜더]가 마구잡이로 독기를 계속 뿜어냈다.

하지만 그 독기도 지금의 나와 네메시스에게는 단순한 연막에 불과했다.

"흡!"

숨을 토해내는 것과 동시에 [갈드랜더]의 배를 찔렀다. 흑기부 창 끄트머리가 녀석의 살을 뚫고 근육 너머에 있는 급소── 코어에 닿았다.

『CEEEEAAAAAAAAAAA……!!』

[갈드랜더]가 괴로워하며 소리 질렀다. 역시 약점은 배에 있다.

하지만.

"재생한다……!"

방금 찌른 상처가 검보라색 연기와 함께 사라졌다.

『하핫, 급소에는 재생기능이 달려 있는 모양이로구나.』

"찔끔찔끔 공격해봤자 영원히 쓰러뜨릴 수 없다는 거지."

『어찌 됐든 장기전은 불가능하다만.』

네메시스가 한 말이 무슨 뜻인지 나도 이해하고 있었다.

현재 내 HP는《역전은 나부끼는 깃발과 같이》의 효과로 계속 회복되고 있다. 하지만 반대로 SP는 현재진행형으로 계속 줄어들고 있다. 그것은 이 스킬의 유지 비용이다.

HP와 비교하면 내 SP는 그렇게 많지 않다. 오래 가지는 못할 것이다.

이 상황에서 이기기 위해서는 어떻게 해야 할까.

재생하는 심장과 한정된 전투시간, 그리고 나와 네메시스의 힘.

답은 하나다.

"피하지 않고 녀석의 공격을 계속 맞는다."

『어쩔 수 없구나.』

녀석이 가하는 대미지를 축적하여 다시 한 번 《복수는 나의 것》을 때려 넣는다.

이번에야말로 급소인 배 속의 심장에.

『주의사항이 하나 있다.』

"뭔데?"

『이 형태에서는 《카운터 앱솝션》과 《복수는 나의 것》을 사용할 수 없다.』

"《앱솝션》은 어차피 다 썼잖아."

『아니. 진화한 덕분인지 스톡 숫자가 세 개로 늘어서 하나 더 남아 있다. 하지만 《역전(리버스)》이 흑기부창으로만 사용할 수 있는 것처럼, 그것들도 대검으로만 사용할 수 있는 모양이다.』

다시 말해, 《복수는 나의 것》을 날리려면 흑기부창에서 대검으로 전환시킬 필요가 있다.

《역전은 나부끼는 깃발과 같이》의 효과도 사라진다는 말이다.

상태이상에 걸린 상태로 확실하게 필살의 일격을 때려 넣으려면…… 기동력을 빼앗는다!

"네메시스, 녀석의 다리를 박살 내자!"

『알겠다!』

나는 흑기부창을 휘둘러 [갈드랜더]의 발목을 두 번, 세 번, 거듭하여 베었다.

[갈드랜더]도 반격으로 팔을 휘둘렀지만 그건 일부러 맞았다.

대미지로 인해 HP가 깎였지만 [맹독]이 역전된 지속 HP 회복으로 금방 나았다.

[쾌유 만능 영약] 효과가 있었을 때와 거의 비슷한 흐름.

하지만 지속 회복 덕분에 공격, 피탄, 회복이라는 흐름을 보다 끊임없이 반복할 수가 있었다.

『…………3250, …………3784.』

네메시스가 말해주는 축적 대미지 카운트를 듣는 것과 동시에 시야 구석에 있는 스테이터스 창으로 SP를 확인했다.

남은 SP…… 53, 52…… 《역전》의 지속 가능 시간이 이제 1분도 남지 않았다.

『……4265……, 마스터!』

승부를 건다!

"으아아앗!!"

나는 연막 같은 독기를 뚫고 [갈드랜더]의 발치로 뛰어든 뒤 모든 힘을 담아 흑기부창을 가로로 휘둘렀다.

날린 도끼날이 지금까지의 공격으로 인해 손상되었던 [갈드랜더]의 양쪽 다리 힘줄을 잘라냈다.

『CuqEEEEEEEEEEEE?!』

녀석은 땅을 울리며 지면에 무릎을 꿇었다.

"지금이야! 네메시스!"

『Form Shift—— [Black Blade]!』

흑기부창이 손 안에서 입자로 흩어졌고, 곧바로 까만 대검 형태로 모여들었다.

그와 동시에 3중 상태이상이 내 몸에 쏟아졌다.

하지만 이제 상관없다.

남은 것은 최후의 일격을 때려 넣는 것뿐이다.

나는 [어지러움]으로 인해 비틀거리면서도 뛰어갔다.

무릎을 꿇고 있는 [갈드랜더]에게 대검을 들어올리고.

『!』

눈치챘다.

검보라색 연막 독기가 피어올라 잘 보이지 않는다.

하지만 그럼에도 불구하고 알 수 있을 정도로 녀석의 양쪽 어깨에 '붉은빛'이 있다는 것을.

『CUUUGGAAAAAAAAAAAAAAAAAAAA!!』

필살의 화염.

머리뿐만이 아니라 양쪽 어깨에서도 토해낼 수 있는 모양이다.

하지만 나는 발걸음을 멈추지 않았다.

『《카운터 앱솝션》!』

네메시스가 전개한 세 번째, 진화하여 획득한 추가 스톡 《카운터 앱솝션》이 녀석의 화염을 가로막고 대미지를 흡수했다.

이 대미지로 인해 축적된 대미지량은 지금까지 모았던 것 중에 최대치에 달했다.

이거라면 할 수 있어!

『마스터! 지금이다!』

화염이 사라졌고, 빛의 벽이 소실되었다.

나는 이번에야말로 녀석의 벼를 향해 대검을 휘두르고.

『CUUQAAAAAAAAAAAAAAAAAA!!』

──불을 뿜기 직전의 **왼쪽 어깨** 턱을 올려다보았다.

『뭐……!』

"……윽!"

이 녀석, 학습했어……!

[갈드랜더]는 필사의 화염을 오른쪽과 왼쪽으로 **나누어 사용했다.**

네메시스의 《카운터 앱솝션》을 깨기 위해.

계속 토해내고 있던 독기도 시야를 막아 나누어 쏘는 것을 눈치채지 못하게 하려는 포석이었다……!

『마스터……!』

내 두 팔은 이미 대검을 휘두르고 있다.

녀석의 복부에 《복수는 나의 것》을 때려 넣는 궤도를 탔다.

상태이상에 걸린 이 몸으로도 3초만 있으면 맞출 수 있다.

하지만 그것보다 녀석이 화염을 토해내는 것이 더 빠르다.

주마등을 보는 것처럼 세계가 슬로우 모션으로 보였다.

왼쪽 어깨의 턱이 열렸고, 최대의 화염이 뿜어져 나와——

『키기이이이이이익!!』

——그 직전, 독기를 뚫고 날아든 **탄환과 비슷하게 생긴 무언가**가 [갈드랜더]의 왼쪽 어깨에 직격했다.

눈에 익은 그것이 터졌고, 화염을 뿜기 직전이었던 [갈드랜더]의 왼쪽 어깨가 유폭되었다.

열파가 내 볼을 쓰다듬었을 때.

"『복수는(벤전스)! 나의(이즈)! 것(마인)!!』"

나와 네메시스의 일격이 [갈드랜더]의 복부…… 코어를 분쇄했다.

　[갈드랜더]의 몸은 상하로 두 동강이 났고, 땅에 소리를 내며 쓰러지자 다른 몬스터의 말로와 마찬가지로 빛의 입자가 되어 소멸되었다.

　[갈드랜더]가 사라지자 피어오르던 독기도 마찬가지로 사라졌다.

　짙은 독기 안개가 원래 그런 것처럼 햇빛 속으로 사라졌다.

　[〈UBM〉 [대장귀 갈드랜더]가 토벌되었습니다.]

　[MVP를 선출합니다.]

　[[레이 스탈링]이 MVP로 선출되었습니다.]

　[[레이 스탈링]에게 MVP 특전 [장염수갑 갈드랜더]를 증여합니다.]

　독기의 소실과 방금 뜬 메시지가 내게 전투가 끝났다는 것을 알려주었다.

　나는 알림이 뜬 창을 지면에 쓰러진 채로 보고 있었다.

　『이겼, 나.』

　"아직이야……!"

　아직 루크가 상공에서 [크림즌 로크 버드]와 싸우고 있다.

　어서 구하러 가야…….

『하지만 마스터! 그대는 아직 상태이상이⋯⋯.』

간이 스테이터스를 보니 독기가 사라졌지만 3중 상태이상은 남아 있었다.

[맹독]으로 인해 HP가 깎이고 있었고, MP와 SP도 이미 바닥난 상태였다.

하지만 아직 싸움은 끝나지 않았다.

상공에 있는 [로크 버드], 그리고 [갈드랜더]를 격파하기 직전의 그 공격.

그건 틀림없이⋯⋯.

"레이 군! 괜찮아요?"

그 목소리를 듣고 돌아보니 내게 [쾌유 만능 영약]을 건넨 뒤 보이지 않았던 마리가 달려오고 있었다.

독기가 사라져서 다가온 모양이었다.

"상태이상 표시가 심하네요. 잠시만 기다려주세요."

마리는 그렇게 말하고 아이템 박스——내 가방 형태나 체셔가 썼던 주머니 형태와는 다른 팔찌 형태——안에서 약병을 몇 개 꺼냈다.

내가 썼던 것과 같은 HP 회복 포션. 그리고 MP, SP라는 이름표가 붙어 있는 약병이다.

"우선 응급처치예요. 상태이상도 낫게 하면 좋겠지만 [어지러움]이나 [쇠약]용 약은 원래 가지고 있지 않았고, [해독약]도 다 써버려서요⋯⋯."

마리가 그렇게 말하며 본 것은 나와 마찬가지로 독기에 당한 마차 쪽 사람들이었다.

호위를 포함한 모두가 [어지러움]과 [쇠약] 때문에 쓰러져 있는 것 같았지만 [맹독]으로 인해 죽은 사람은 없는 것 같았다.

말을 들어보니 마리가 치료를 해주고 있었던 모양이다.

"꽤 많이 있었는데 말이죠~. 다 합쳐서 열두 명이나 되니 다 써버렸어요."

약을 먹이면서 돌아다니니 [약제사(파머시스트)]가 된 기분이었어요~, 마리는 그렇게 말하며 웃었다.

마리는 계속 마차 쪽 사람들…… 티안이 죽지 않게끔 힘쓰고 있었던 것 같다.

"…………."

"뭐죠? 싱글싱글 웃고."

싱글싱글…… 그런 식으로 웃은 적은 없는데.

"아니, 착하다 싶어서."

"착하고 그런 건 아니에요. 그냥 싫잖아요."

"싫다고?"

"플레이어는 죽어도 데스 페널티에 그치니까 OK지만 티안은 되살아날 수가 없으니까요. 영원히 사라지는 건 좀 싫으니까 NG예요."

"……그렇지."

내가 뒷맛이 씁쓸하다고 느끼는 것과 마찬가지인가.

그런데 플레이어는 죽여도 OK라고, 최근에 살해당한 내가 보기에는…… 아.

"그렇지, 마리. 방금 전에 이 근처에 그 녀석…… 〈초급 킬러〉가 있지 않았어?"

"아, 맞아요! 그것도 있었어요!"

마리는 손뼉을 쳤다.

"저, 봤어요! 〈노즈 삼림〉에서 본 사람, 〈초급 킬러〉라는 남자가 [갈드랜더]의 왼쪽 어깨에 〈엠브리오〉를 쏘는걸! ……그런 다음 바로 떠나버렸지만요."

역시 그건 〈초급 킬러〉의 〈엠브리오〉였나…….

그런데 왜 그 녀석은 왼쪽 어깨만 쐈을까. 〈UBM〉인 [갈드랜더]를 쓰러뜨리는 것이 목적이라면 그때처럼 더 많이 쐈을 텐데.

마치 나를 도와준 것 같다.

"〈초급 킬러〉말인데요, 떠난 방향을 보면 우리처럼 기데온으로 가고 있는 것 같네요."

"그런가……."

그렇다면 또 마주치게 될지도 모르겠구나.

"아, 회복되었나요?"

"그래."

이야기하는 동안에도 회복이 이루어지고 있었다. HP는 [맹독]으로 인해 감소 중이지만 MP와 SP는 돌아왔다.

네메시스가 흑기부창으로 변형했다.

하지만 조금 전과는 달리 《역전은 나부끼는 깃발과 같이》가 발동되지 않았다.

상태이상의 원흉인 [갈드랜더]를 쓰러뜨렸기 때문일까.

"뭐, 어쩔 수 없지.《역전은 나부끼는 깃발과 같이》가 없는 상태라도 이겨주겠어."

『음. ……그런데 마스터.』

"왜?"

네메시스는 도끼창 끝을 위로 들어올리고.

『어떻게 **공중전**에 난입할 생각인가?』

완전히 생각해보지도 않았다는 것을 깨달았다.

"…………."

『………….』

"…………."

이 상황에서는 뭘 해볼 수가 없다.

생각하지 못했다.

구하러 가기는커녕, 손도 못 대잖아.

"음, 돌이라도 던질까요?"

"저 높이까지는 안 닿아……."

거대한 날개를 지닌 [로크 버드]조차 점으로 보일 정도의 높이다.

루크와 바비는 점으로도 보이지 않는다…… 아.

"내려오네요."

점처럼 보이던 [로크 버드]가 내려오기 시작했다.

그런데 상황이 이상하다.

나를 습격했을 때처럼 빠르게 급강하하는 것이 아니라 천천히 고도를 낮추고 있다.

이윽고 [로크 버드]의 모습이 자세히 보이게 되었을 때 깨달았다. 그 등에 싸우고 있어야 할 루크가 타고 있었다.

[로크 버드]는 천천히 착지하여 루크를 땅에 내려주었다.

"레이 씨! 마리 씨! 괜찮으신가요?!"

"그래, 이쪽은 괜찮은데…… 루크 쪽은? 바비가 안 보이는데."

"바비는 전투 때문에 지쳐버려서 제 안으로 돌아와 있어요."

루크는 그렇게 말하고 왼손의 문장을 보여주었다.

"그렇구나. ……그래서, 그 녀석은?"

"오드리예요!"

『KIIIEAAA!』

오들이?

아, 오드리인가.

『이름을 붙여준 걸 보니 혹시…….』

"네! 매료시키니 테이밍할 수 있었어요!"

그러고 보니 루크의 《수컷의 유혹》 효과에 낮은 확률로 테이밍한 것도 있었던가.

……그렇다면 이 녀석도 암컷인 건가.

"아니, 잠깐만…… 이 새, [갈드랜더]의 탈 짐승이었던 것 같은데."

"처음에는 매료가 잘 안 먹혔는데요, 독기가 가실 때쯤 갑자기 먹히게 되었어요."

독기가 가실 때쯤이면 바로 내가 [갈드랜더]를 쓰러뜨린 타이밍이다.

주인이 죽어서 탈 짐승에서 벗어나 매료와 테이밍 난이도가 내려간 건가.

보아하니 오드리는 루크의 등에 날개를 비벼대고 있었다······ 구애행동 같은 건가?

어찌 됐든 루크를 잘 따르는 것 같다.

오드리라는 이름도 마릴린보다는 어울리는 것 같다. 오드리 헵번이 무덤 속에서 어떻게 생각할지는 모르지만.

"독기가 너무 짙어서 레이 씨가 있는 쪽 상황을 알 수가 없으니까 걱정했어요."

"아, 이겼어. 루크하고 마리 덕분이야."

『그리고 내 덕분이다!』

"나도 알아. 고맙다, 네메시스."

『······으, 응. 알고 있다면, 상관없다만······.』

응?

왠지 묘한 반응인데.

"이제 전부 정리된 거죠~."

"그래."

〈초급 킬러〉가 신경 쓰였지만 이미 이곳에 없으니 어쩔 수 없다. 일단 나중으로 미뤄두기로 했다.

우리는 내 회복마법이나 마리의 약으로 HP를 회복시키면서 상태이상이 풀리기를 기다렸다.

원흉인 독기가 사라졌기 때문인지 10분 정도 지나자 상태이상이 전부 사라졌고, 그 무렵 마차 쪽 사람들도 회복되었다.

그들의 리더인 상인──알레한드로 씨라고 하는 것 같다──은 매우 고마워했다.

'당신들이 없었다면 나와 가족들이 죽었을 것이다', '생명의 은인이다', '아무리 고마워해도 끝이 없다'라고 눈물을 흘리면서 고마워하자 나와 루크는 쑥스러워졌다.

알레한드로 씨는 계속 기데온으로 간다고 했기에 우리도 함께 가기로 했다.

이번 전투 때 호위가 줄었고, 남아 있는 사람들도 완벽한 상태가 아니었기에 걱정되었기 때문이다.

알레한드로 씨는 우리들의 제안을 고마워하며 받아들여주었다.

출발하기 위해 마차를 일으키고 있자니 살아남은 사람들이 죽은 사람들의 품속에서 무언가를 꺼내고 있었다.

보아하니 상자형 아이템 박스 같아 보였다.

그들은 그것에 죽은 사람들의 시체를 넣고 있었다.

각자의 시체를 가지고 있던 아이템 박스에 하나씩.

마리에게 묻자 저것은 마을 사이를 오가는 티안 사람들의 '관'인 모양이다.

몬스터도 있는 위험한 길이기에 죽을 위험은 항상 있다.

하지만 목숨을 잃었을 때, 살아남은 동료가 있으면 저렇게 시체를 '관'에 넣어 부패하지 않게끔 가족이나 고향으로 보내줄 수 있다고 한다.

그래서 자신이 들어가기 위한 아이템 박스를 가지고 다닌다.

그것은 죽을 위험이 가까운 곳에 있는 티안 사람들의 생사관을 조금이나마 느끼게 해주었다.

"…………관이라."

다른 게임에서 NPC가 죽더라도 특별하게 생각해본 적은 없지만, 지금은 아니었다.

숨이 좀 막혔다.

이것이 게임이라는 것을 알고 있지만 나는 이쪽에서 사람이 죽는 것에 익숙해질 것 같지 않다.

그것은 〈Infinite Dendrogram〉이 너무 리얼하기 때문인지도 모른다.

아니면…….

"뭐…… 지금은 됐어."

나는 그 생각을 멈추고 마차를 일으키는 작업을 다시 시작했다.

◇

다시 출발해서 한나절 정도 마릴린의 용차에 몸이 흔들거려 매우 졸렸다. [갈드랜더]와의 전투로 너무 신경을 많이 써서 그런지도 모른다.

마리가 '좀 주무시는 게 낫지 않겠어요? 무슨 일이 있으면 깨울게요'라고 말했기에 호의를 받아들이기로 했다. 로그아웃해서 자면 혼자 남겨지게 되기에 여관에서 그랬던 것처럼 로그인한 채 자기로 했다.

용차 짐받이에 등을 기대고 앉은 채로 눈을 감았다.

그런데 5분도 지나지 않아 누군가가 내 옆에 앉아 몸을 기댔다.

누군가 싶어서 눈을 떠보니 네메시스가 내 팔에 머리를 얹은 채 자고 있었다. 보아하니 네메시스도 지쳐서 졸린 모양이었다.

"……그건 그렇고, 참 잘 자네. 네메시스."

네메시스를 본받아 나도 다시 눈을 감고 자려 했다.

그런데 눈을 한 번 떠서 그런지 좀처럼 잠들지 못했고, 머리로는 생각하기 시작해버렸다.

구체적으로는 〈Infinite Dendrogram〉에서 일어난 여러 가지 일들을 떠올리기 시작하고 있었다.

현실에서는 사흘 정도인데 꽤나 밀도가 높은 시간을 지낸 느낌이었다.

그중에서 가장 강한 기억이 뭐냐 하면, [갈드랜더]와의 싸움이다.

위기의 정도로 따지면 〈초급 킬러〉가 더 강할지도 모른다.

하지만 PK당한 것에 대해 후회하는 마음은 네메시스와 서로의 마음을 털어놓았기 때문인지 데스 페널티를 받은 직후만큼 강하지는 않았다.

지금은 [갈드랜더]나 고블린에게 살해당한 티안 사람들의 모습과 가슴을 아프게 만드는 무언가가 마음에 남아 있다.

그들은 〈Infinite Dendrogram〉이라는 게임의 캐릭터다.

하지만 내 마음은 현실에서 사람이 죽은 것처럼 애도하고 있다.

나 자신도 그 마음이 잘못된 것은 아니라고 느끼고 있다.

"⋯⋯⋯⋯."

문득 눈을 뜨고 네메시스⋯⋯ 내 〈엠브리오〉의 얼굴을 보았다.

네메시스는 내 〈엠브리오〉이자 파트너이며, 〈Infinite Dendrogram〉이라는 게임 속 존재다.

하지만 이렇게 보니 그녀가 자는 모습은 살아 있는 소녀가 잠자는 모습으로밖에 보이지 않는다.

살아 있다. 그렇다, 살아 있는 것으로밖에 보이지 않는다.

"사람과 비슷한 정도의 지능을 지닌 AI⋯⋯라고."

티안⋯⋯ 이 〈Infinite Dendrogram〉의 사람들은 그런 평가를 받고 있다고 형이 말했다.

"⋯⋯⋯⋯하지만."

한 번 사라졌던 졸음이 돌아와서 뇌가 조금씩 수마에게 침식당하기 시작했다.

하지만 애매해진 생각 속에는 첫날 밤 연회 때 생각했던 것이 다시 떠올랐다.

릴리아나와 밀리안느 같은 사람들⋯⋯ 티안.

[데미 드래그 웜]이나 [갈드랜더]⋯⋯ 몬스터.

그리고⋯⋯.

"네메시스⋯⋯."

그녀를 필두로 한 〈엠브리오〉.

그녀들은 너무나도…… 살아 있는 것 같은 느낌이 들었다.

"……정말로……."

정말로 게임인 건가?

그 말을 입 밖으로 꺼내기도 전에 내 생각이 졸음 속으로 떨어지기 시작했다…….

□■???

[극성웅 폴라 스타] 토벌

최종 도달 레벨 : 83

토벌 MVP : [신수렵(갓 헌트)] 카루루 루루루 Lv 263 (합계 레벨 : 763)

〈엠브리오〉 : [불괴불후 네메아레온]

MVP 특전 : 고대 전설급 [Q극 인형 옷 시리즈 폴라 스타]

[광룡왕 드라그니움] 토벌

최종 도달 레벨 : 64

토벌 MVP : [대교수] Mr. 프랭클린 Lv 198 (합계 레벨 698)

〈엠브리오〉 : [마수공장 판데모니움]

MVP 특전 : 고대 전설급 [광룡왕 완전유해 드라그니움]

[군항뇌어 포트 피드] 토벌

최종 도달 레벨 : 42

토벌 MVP : [대제독(그레이트 어드미럴)] 쇼유코킨 Lv 229 (합계 레벨 729)

〈엠브리오〉 : [대염양 아부라스마시]

MVP 특전 : 일화급 [내내어뢰 포트 피드]

[호시탄탄 엔료]

최종 도달 레벨 : 56

토벌 MVP : [체신(더 글레이브)] 호쿠겐인 미도리노 Lv 335 (합계 레벨 835)

〈엠브리오〉 : 없음

MVP 특전 : 전설급 [소각호안 엔료]

[대장귀 갈드랜더]

최종도달 레벨 : 24

토벌 MVP : [성기사] 레이 스탈링 Lv 20 (합계 레벨 20)

〈엠브리오〉 : [복수소녀 네메시스]

MVP 특전 : 전설급 [장염수갑 갈드랜더]

"으응?"

어둠 속, 그것은 정해진 작업과 기록을 하며 고개를 갸웃거렸다.

평상시에는 말없이 작업만 하는 그것치고는 드문 일이다.

"이상하군. 〈UBM〉보다 낮은 레벨로 쓰러뜨리다니, 드문 케이스다."

그것이 의문을 품는 것도 무리는 아니었다.

〈UBM〉이란 격이 다르며 동떨어진 존재.

같은 레벨의 보스 몬스터와 비교하더라도 몇 배의 전투력을 지니고 있다.

상급 〈마스터〉라 해도 고전은 면치 못한다.

그렇기 때문에 〈UBM〉보다 레벨이 더 낮은 상대가 쓰러뜨린다는 것은 흔한 일이 아니다.

수많은 저레벨 플레이어가 모여서 쓰러뜨렸고, 우연히 이 인물이 MVP가 되기라도 한 걸까, 그것은 그렇게 생각하며 로그를 불러왔다.

하지만 현실은 상상을 뛰어넘었다.

그 인물── 레이는 단독으로 〈UBM〉인 [갈드랜더]를 격파했다.

"호오?"

자이언트 킬링에 적합한 능력이라는 것.

전투 중에 ■■■에 의한 진화가 상황에 완전히 들어맞는 능력이라는 것.

본인의 꺾이지 않는 의지.

이긴 요인은 몇 가지 있었지만 그것이 신경 쓰였던 것은 하나뿐이다.

"첫 번째 머리를 박살 낸 시점에서 눈치챘군. 너무 빨라."

그것이 〈UBM〉로 **인정한** [대장귀 갈드랜더]는 함정 덩어리였다.

우선 대놓고 독기와 불꽃을 뿜어내는 머리가 있다.

이것을 약점으로 보고 파괴하면 이번에는 양쪽 어깨에 새로운 얼굴이 생겨난다.

이 얼굴 세 개 전부가 함정이다.

박살 내봤자 [갈드랜더]는 약해지지 않고 보다 강화된다.

만약 모든 머리를 파괴했을 경우—— 모습이 또 변하고 전투력이 더욱 올라간다.

그리고 복부의 코어를 파괴하지 않는 한, 불멸이다.

이러한 성질로 인해 [갈드랜더]는 상당히 성장할 개체로 예상하고 있었다.

언젠가는 〈UBM〉의 정점이자 몬스터의 한계점인 레벨 100을 뛰어넘는 예외—— 〈SUBM(슈페리얼 유니크 보스 몬스터)〉가 되더라도 이상하지 않을 거라 생각하고 있었다.

하지만 실제로는 하급 〈마스터〉의 기적과도 같은 전투로 인해 성장과정에서 쓰러졌다.

"뭐, 됐어. 이번 같은 케이스도 있지. 참고가 되었다."

그것은 전투의 분석을 끝내고 전투 로그 창을 닫았다.

그런데 문득 생각이 말로 새어 나오는 것처럼 혼잣말을 했다.

"어찌 됐든 기쁘구나. 기존의 〈초급〉이 강해지기만 하는 걸로는 의미가 없다. 새로운 힘이 자라지 않는다면 백의 〈초급〉은 갖춰지지 않고…… 〈무한(인피니트)〉에도 닿지 않을 테니."

그리고 그것은 혼자서 고개를 끄덕인 뒤 다시 레이의 기록을 보고 말했다.

"자, 그는…… [갈드랜더]를 다룰 수 있을까?"

그것은 미래를 상상하고 살며시 미소를 지었다.

"어찌 됐든 즐기면서 강해지거라. 이 세계(월드)는 **너희들에게만큼은** 처음부터 끝까지 유희(게임)니까."

그리고 그것―― 〈UBM〉을 담당하는 관리 AI 4호 재버워크는 자신의 직무로 돌아갔다.

곰　　『후기 시간이다곰~!』

고양이　"제1권을 사주신 여러분, 감사합니다~!"

곰　　『후기는 말투와 이름을 보면 알 수 있듯이 곰 형님, 슈우 스탈링과.』

고양이　"덴드로의 고양이라고 하면 바로 저, 관리 AI 13호 체셔가 보내드립니다~!"

　　　　"참고로 이 후기, 처음에는 작가가 진지하게 인사를 하려고 했는데요~."

곰　　『역시 덴드로의 더블 마스코트가 후기를 보내드리게 되었다곰.』

곰　　『우선은 진지하게 책으로 나오기까지의 흐름 이야기를 한다곰.』

고양이　"그렇지~. 그건 지금으로부터 11개월 전."

고양이　"소설가가 되자의 작가 편지함에 보낸 사람 이름이 빨간색인 메시지가 있었습니다."

고양이　"'빨간색?! 이게 뭐지?! 무서운데?!' 작가가 그렇게 말하고 부들부들 떨면서 제목을 잘 읽어보니."

고양이　"──서적화 문의 연락, 이라고 적혀 있었습니다."

고양이　"그렇습니다. 그것이 하비 저팬 편집자 K씨가 보낸 연락이었던 겁니다!"

곰　　『작가도 '학생 때 읽었던 게임 개더의 출판사에서 연락
이 올 줄이야'라고 놀랐다곰.』

고양이　"그 뒤로는 긍정적으로 검토하겠다는 답장을 보내고,
얼마 뒤에 첫 회의를 하게 되어서."

곰　　『그대로 설명을 듣고 바로 계약을 맺어서 서적화가 결
정되었다곰.』

고양이　"참고로 그 이후가 문제였습니다. 아니, 문제라고 하긴
좀 그렇지만."

곰　　『편집자 K씨의 기대, 그리고 허들 올리기로 인해 작가
의 심장이 아팠다곰.』

고양이　"'일러스트는 타이키 씨로 결정되었습니다' '그 디자인
하신 분이죠! 기쁘네요!'"

고양이　"'발매 전달 HJ문고에 덴드로 전단지 넣을게요' '선전을
그렇게까지!'"

고양이　"'특설 사이트하고 PV도 만들겠습니다' '그, 그런 것까
지요?!'"

고양이　"'트위터로 50분에게 응원 일러스트를 그려달라고 하겠
습니다' 'ㅎㄷㄷ……'"

곰　　『이건 전부 실화다곰.』

고양이　"편집자 K씨의 기대에 부응할 만큼 팔리면 작가도 안심
할 수 있습니다……."

고양이　　"이 후기를 많은 분들이 읽어주신다＝많이 팔린다. 이러면 좋겠네요(절실)."

곰　　　『마지막으로 작가가 감사의 말씀을 드리겠습니다곰.』

《인피니트 덴드로그램》제1권을 사주신 여러분, 《소설가가 되자》에서 부족한 작품을 지지해주신 여러분, 투고 전에 매번 확인해준 여동생, 그리고 부족한 작품을 받아주신 주식회사 하비 저팬 여러분과 편집자 K씨. 진심으로 감사드립니다.

여러분의 응원과 기대에 부응할 수 있게끔 앞으로도 《인피니트 덴드로그램》의 집필을 계속해나갈 예정이니 잘 부탁드립니다.

카이도 사콘

고양이　　"그러면 2권에서 다시 만나요~!"
곰　　　『후기는 곰 형님과.』
고양이　　"체셔가 보내드렸습니다~!"

곰 『제2권은 12월 말(일본현지)에 발매될 예정이다 곰~!』

안녕하세요. 천선필입니다.

《인피니트 덴드로그램》 1권, 재미있게 읽으셨는지 모르겠습니다.

이 작품은 요즘 많은 관심을 받고 있는 가상현실(VR), 그중에서도 해당 기술을 이용한 온라인 게임을 소재로 다루고 있습니다. 일러스트레이터 분 소개글에도 있듯이 2016년은 VR 원년이라고 해서 오큘러스 리프트, HTC Vive, PS VR 등으로 대표되는 디바이스들도 차례차례 발매되었고 그와 함께 대응되는 소프트웨어들도 나왔던 해였죠.

얼마 전까지 게임회사 사업부에 있었기에 해당 산업에 대한 움직임을 계속 봐온 입장에서 이러한 작품들은 목표로 작용함과 동시에 갈 길이 멀다는 느낌을 주기도 합니다. 지금까지 만들어왔던 게임들에서 하지 못했던 것들, 그리고 만들고 싶었던 것들이 담겨 있으니까요. 그런데 지금까지 발매되었던 게임, 만들어왔던 게임들과는 차이가 크기에 갈 길이 멀게 느껴지는 것이죠.

간단히 말씀드리자면 가장 큰 차이는 역시 '시점의 이동'에 있을 것 같네요. 지금까지 제작해왔던 게임들은 콘솔, PC, 휴대용 게임기, 스마트폰을 막론하고 기본적으로 플레이어가 모니터 등의 디스플레이 앞에 있는 것을 전제로 하고 있습니다. 콘솔이나 PC의 경우 모니터나 TV 앞에서 컨트롤러나 키보드&마우스로 조작한다는 전제 하에 UI를 배치하고 유저들의 시선 움직임을 고려하여 플레이어의 캐릭터, 적으로 등장하는 캐릭터 등의 오브젝트를 배치합니다. 휴대용 게임기나 스마트폰도 화면의 크기나 조작 방식을 제외하면 동일할 겁니다.

반면 VR 게임의 경우 플레이어가 모니터 너머에 위치한다는 전제 자체가 무너지게 됩니다. 현재는 헤드 마운트 디스플레이(HMD)를 사용하는 것이 대세이기에 해당 기기를 중심으로 주위 360도까지 상정하여 UI, 오브젝트, 기타 게임 요소를 배치할 필요가 있습니다. 물론 사람이 눈으로 볼 수 있는 한계 및 기기 성능의 한계로 인해 현재는 전방 또는 약간의 측면까지 포함하여 시야각을 제한하는 경우가 대부분이긴 합니다.

이렇게 화면 바깥에 있을 수밖에 없었던 플레이어를 화면 안으로 끌어들일 수 있게 되었으니 써먹을 구석은 그야말로 무궁무진하겠죠. 하지만 생각보다는 VR 기술의 발전이 좀 더디게 느껴지는 분들도 많을 겁니다. 당장 저도 그렇고요.

보통 개발은 하고 싶은 것(만들고 싶은 것)을 먼저 정하고 나중에 구현방법을 강구하는 형식으로 이루어집니다. '공격을 했을 때

입힌 대미지를 숫자로 머리 위에 띄워주고 싶다'라는 것이 만들고 싶은 것이라면 구현방법은 그에 맞게 여러 가지 방법 중에서 정해지게 되겠죠. 내부 연산을 거쳐 나온 값을 가져다가 지정된 폰트, 지정된 그림, 지정된 모델링으로 출력한다거나…

이야기가 좀 늘어지는 것 같은데 VR 기술의 발전이 더디게 느껴지는 이유 중 하나는 VR로 넘어오면서 하고 싶은 것(만들고 싶은 것) 자체는 폭발적으로 늘어났는데 중요한 구현방법이 아직 제대로 정리되지 않았기 때문인 것 같습니다. 딱히 표준이라고 할 정도로 산업이 발전되지도 않았다는 것도 그렇고요. 사실 만드는 사람 입장에서도 굉장히 답답한 경우이기도 합니다.

그래서 이 작품처럼 VR을 소재로 한 작품들이 가까운 미래를 무대로 설정하는 것 같다는 생각도 드네요. 조만간 이 작품처럼 현실과 별 차이 없는 모험을 즐겨볼 수 있었으면 좋겠습니다. 저도 게이머다 보니…… 그런 욕구는 저버릴 수가 없는 것 같네요.

감사의 말씀 드리고 후기를 마치려 합니다.

항상 고생 많으신 담당 편집자 분과 소미미디어 관계자 분, 걱정만 끼쳐드리고 있는 아버지, 어머니, 누나, 감사드립니다.

그리고 무엇보다 읽어주신 독자 여러분들께 진심으로 감사의 말씀드립니다. 항상 그렇지만 이런 후기를 쓸 수 있는 것도 여러분 덕분이라 생각하고 있습니다.

마지막에 나온 떡밥도 그렇고 2권도 기대해볼 만한 내용인 것 같습니다. 일본에서도 출간이 꽤 빠르게 이루어지고 있으니 걱정은 안 해도 될 것 같네요.

　항상 건강하시고 행복하시길 바랍니다.
　감사합니다.

천선필

Infinite Dendrogram 1
© 2016 Sakon Kaidou
Originally published in Japan in 2016 by HOBBY JAPAN Co., Ltd.

인피니트 덴드로그램 1 가능성의 시작

2017년 3월 1일 1판 1쇄 발행
2019년 12월 31일 1판 3쇄 발행

저 자	카이도 사콘
일 러 스 트	타이키
옮 긴 이	천선필
발 행 인	유재옥
본 부 장	조병권
담당편집자	김민지
편집 1팀	정영길 김민지 조찬희 이성호
편집 2팀	김다솜 이본느
편집 3팀	박상섭 김효연
미 술	강혜린 박은정
라이츠담당	박선희 김슬비
디 지 털	전준호 박지혜
물 류	허석용 최태욱 김희민
발 행 처	㈜소미미디어
등 록	제2015-000008호
제 작 처	코리아피앤피
주 소	서울시 마포구 토정로222, 403호(신수동, 한국출판콘텐츠센터)
판 매	㈜소미미디어
마 케 팅	한민지, 한주원
전 화	편집부 (070)4164-3962, 3963 기획실 (02)567-3388
	판매 및 마케팅 (070)4165-6688, Fax (02)322-7665

ISBN 979-11-5710-726-1 04830
ISBN 979-11-5710-725-4 (세트)